Pamphlet, documenti, storie
REVERSE

© Chiarelettere editore srl
Soci: Gruppo Editoriale Mauri Spagnol S.p.A.
Lorenzo Fazio (direttore editoriale)
Sandro Parenzo
Guido Roberto Vitale (con Paolonia Immobiliare S.p.A.)
Sede: Via Guerrazzi, 9 - Milano

ISBN 978-88-6190-493-4

Prima edizione: ottobre 2013

www.chiarelettere.it
BLOG / INTERVISTE / LIBRI IN USCITA

A cura di Francesco Emanuele Benatti
Hanno collaborato alla stesura del libro: Jessica Borroni, Chiara Porro, Jacopo Zerbo
Ha collaborato alle ricerche: Gabriella Canova

In copertina: disegno di Dario Fo / foto di Urbano Sintoni

Franca Rame
In fuga dal Senato

chiare**lettere**

Franca Rame nasce il 18 luglio 1929 a Parabiago, in provincia di Milano, figlia di Domenico Rame ed Emilia Baldini, attori girovaghi di tradizione antichissima. Dopo l'incontro con Dario Fo e il matrimonio, fonda insieme al marito una compagnia teatrale che ottiene uno straordinario successo, anche in Europa. Nel 1962 viene loro affidata la conduzione di *Canzonissima*, la trasmissione più importante della televisione italiana. La Rai impone tagli e modifiche ai loro testi, che Franca e Dario non accettano. I Fo tornano al teatro e nel 1964 va in scena *Settimo, ruba un po' meno*, che denuncia la corruzione italiana trent'anni prima della rivoluzione di Mani pulite, a cui peraltro Franca dedicherà un altro spettacolo, *Settimo, ruba un po' meno 2*.
I Fo recitano al di fuori dei circuiti ufficiali e subiscono la censura anche dal Partito comunista. Franca, indignata, restituisce la tessera.
Nel 1969 fonda Soccorso Rosso, movimento di sostegno a giovani, studenti e operai arrestati durante le lotte nelle fabbriche, nelle scuole e durante le manifestazioni antifasciste. L'attrice porterà avanti questo impegno sino al 1985.
Il 9 marzo 1973 è sequestrata e violentata da un gruppo di fascisti. La sua testimonianza diventerà molti anni dopo un monologo che reciterà lei stessa durante la trasmissione *Fantastico* condotta da Adriano Celentano e poi in moltissimi teatri europei.
Il 28 aprile 1978 Franca fa visita a Renato Curcio e ad altri brigatisti in carcere per chiedere la liberazione di Aldo Moro.
Dopo il premio Nobel a Dario nel 1997, la coppia decide di devolvere l'intero ammontare (1.650.000.000 di lire) ai disabili attraverso il comitato «Il Nobel per i disabili» fondato da Franca.
Nel 2006 viene eletta senatrice con il partito Italia dei valori, raccogliendo oltre 500.000 voti. Suo principale obiettivo sarà la lotta agli sprechi di Stato. Per raccontare la sua esperienza in Senato apre un blog molto frequentato.
Dopo la guerra dei Balcani, Franca organizza sulla rete una campagna di raccolta fondi per le famiglie dei militari italiani morti a causa dell'uranio impoverito.
Con Dario ha continuato a tenere incontri e corsi di teatro e ha lavorato fino all'ultimo giorno a questo libro. Tutte le commedie (Einaudi editore) portano la sua firma insieme a quella di Dario Fo. Tra le ultime pubblicazioni: *Una vita all'improvvisa* (Guanda 2009) e i dvd *Arlecchino* e *Ruzzante* (Einaudi 2011 e 2012).

Sommario

IN FUGA DAL SENATO

Prologo	3
Anno 2006	21
Anno 2007	221
Anno 2008	291

IN FUGA DAL SENATO

Prologo

Il più misero fra gli uomini è quello che manca di conoscenza

Nei primi diciotto anni della mia vita non ho mai letto un giornale, eppure ne circolavano in casa: li leggevano mio zio, mio fratello, mio padre... Erano cose da maschi. Quando sono arrivata a Milano ho scoperto che cosa significa vivere da persona informata, cosciente di ogni situazione, e che esistono lotte per la dignità e la giustizia, che la politica non è roba da congrega e nemmeno un fatto di opinioni diverse, bensì la chiave fondamentale dell'emancipazione civile.

Ho imparato a confrontare sui giornali articoli diversi sullo stesso tema, a discernere fra la smaccata propaganda e un'onesta dialettica, a intendere i linguaggi e a distinguere il valore delle idee. Credo sia stato un incidente a farmi cambiare registro quasi all'istante.

Allora a Milano mi muovevo preferibilmente in bicicletta, pedalando come un'autentica spericolata: superavo macchine in manovra e perfino qualche motoretta. In uno di quei sorpassi urtai una Topolino, in realtà la sfiorai appena, ma frenando all'improvviso mi trovai a terra. Il portapacchi della piccola auto era colmo di volumi che nella frenata rotolarono tutti sull'asfalto. Il conducente, un venditore ambulante di libri usati che aveva una bancarella proprio lì a Brera, mi aggredì sbracciandosi: «Ma dove hai la testa? Guidare in quel modo... Siete una manica di incoscienti senza rispetto per chi lavora!».

Forse temeva mi fossi fatta molto male.

«Ma che ho fatto, dopotutto? Le ho appena sfiorato il parafango...»

«Sì, ma mi hai fatto prendere un coccolone, pensavo ti fossi ingrippata tutta. Ecco come si rovina l'Italia, facendo e disfando senza discernimento. Si delega la vita a chi capita, siete degli incivili, una gioventù senza opinioni né conoscenza!»

E così dicendo raccoglieva da terra mucchi di libri e me li tirava addosso: «Qual è la vostra cultura? Cosa leggete voi? Di cosa vi interessate? Hai mai letto questo?».

E mi tirò un librone che per poco non mi beccava in piena fronte. Poi saltò in macchina e se ne andò, sempre imprecando e spernacchiando col motore. Io ero attonita. Ma cosa gli era preso? E mi misi a raccogliere il tomo che avevo scansato per miracolo e altri libri rimasti a terra.

Per me quello scontro con caduta fu come la folgorazione di Saulo sulla via di Damasco; a parte l'incidente e la reazione esagerata, quel lancialibri aveva ragione: io ero un'incolta, anzi, un'ignorante. Era tempo che mi dessi da fare, che tornassi a leggere e a studiare.

La porta girevole del destino

Ma la lezione più importante l'ho ricevuta senz'altro nei caffè di Brera – Giamaica, sorelle Pirovini – dove ho incontrato giornalisti e scrittori famosi, e anche ragazze, giornaliste preparate, e pittori e registi che non parlavano solo di quadri e di messe in scena, ma anche di fatti legati al quotidiano e alla politica.

Eravamo nell'immediato dopoguerra e per la prima volta si pubblicavano in Italia saggi e soprattutto romanzi stranieri che il regime fascista aveva bloccato per anni, con una censura ottusa e spietata. Ricordo di aver letto in bozze addirittura *Nuova York* di Dos Passos (poi riproposto con il titolo originale, *Manhattan Transfer*) e *Addio alle armi* di Hemingway. Fra i miei nuovi amici c'era un giovane, Giuseppe Trevisani, che traduceva per Einaudi testi di grandi scrittori inglesi e americani che uscivano per la prima volta nelle nostre librerie. La cosa incredibile è che questi amici traduttori, scultori, pittori e registi erano a loro volta legati come fratelli a Dario. Fra loro, oltre appunto a Trevisani, c'erano anche Alik Cavaliere, Bobo Piccoli, Enrico Baj, Luciano Bianciardi: lavoravano insieme, si incontravano ogni giorno per discutere, fare progetti, ma io e Dario non ci incrociavamo mai. Era una situazione a dir poco paradossale, degna di una *pochade* e di un *vaudeville*, con i personaggi che entrano ed escono in continuazione da porte diverse senza riuscire mai a incrociarsi. Era destino che io e Dario ci si incontrasse in teatro solo due anni dopo.

L'incontro sul palcoscenico

Sono sempre a Milano e mi trovo a recitare al cinema teatro Colosseo nella compagnia Sorelle Nava e Franco Parenti, un ambiente così lontano da quello in cui ho vissuto finora. Siamo negli anni Cinquanta, alterno momenti neri a buone scritture nelle compagnie di varietà più famose. I personaggi che incontro scorrono uno dietro l'altro come in una sequenza da film muto, hanno gesti veloci e di colpo rallentati. Transitano gli adulatori stucchevoli che mi fan la corte, invitandomi a cena con la speranza di proseguire in un letto, e dai quali fuggo come dal pollo fritto che mi imponeva mia madre. Scorrono poi i compagni di lavoro, quelli pieni di spocchia e quelli civili e garbati; tra questi c'è anche Dario: ma che ci fa qui con noi quel lungagnone dinoccolato e sorridente? So che ha piantato il Politecnico e perfino un lavoro sicuro per fare 'sto mestiere da commediante. Lo intravedo solo ogni tanto, se ne sta spesso in disparte, quasi a evitare le smancerie e i discorsi così poveri di intelligenza che si fanno sul palcoscenico e fra le quinte. È questa la dote che apprezzo maggiormente in lui, la riservatezza.

Sono io a invitarlo dopo le prove a mangiare qualcosa in una trattoria. Dario sembra non accettare volentieri quell'invito; poi, giacché insisto, mi svela la ragione della sua reticenza: «Non ho un soldo. Per potermi liberare dal lavoro e venire alle prove ho dovuto licenziarmi dallo studio di architettura». E io, allegra: «Mi fa piacere, adoro nutrire randagi, gatti abbandonati e disoccupati affamati».

Lessico e parole

Le parole variano di significato secondo il valore e il peso che si attribuisce loro. Prendiamo il termine «moderato»: persona a modo, perbene, onesta e mite. Poi arriva un politico «moderato», che in realtà è una persona che non dà garanzie, che finge giustizia ed è spietata, mente, trucca e colpisce i deboli a tutto vantaggio di chi detiene il potere.

D'altra parte, che abisso di significato esiste tra le espressioni «stare in pace, essere in pace» e «azione di pace, intervento di pace». Poi ecco che ogni tanto torna qualche bara accolta da autorità contrite.

Prologo 7

Più di vent'anni fa Dario, facendosi aiutare da Alik Cavaliere, allora noto scultore di madre russa, ha accettato di trascrivere e commentare, per Editori Riuniti, poesie e introduzioni al teatro di Majakovskij. Molte di quelle opere erano completamente sconosciute sia da noi che in Russia: alcune perché ignorate, altre per effetto della censura da parte del governo sovietico. Io lo aiutavo soprattutto a scrivere i commenti e a scegliere le varianti per la traduzione. Spesso mi capitava di leggere e rileggere dei brani per fissare nella memoria i ritmi e le soluzioni davvero sconvolgenti di quel poeta, morto (forse suicida) a poco più di trent'anni. Uno di quei ritmi, quasi un testamento, lo ricordo a memoria. Eccovelo:

Memorie per i posteri
Mi sono inchinato per raccogliere un frammento di canzone
che m'era cascato sotto il tavolo
o forse l'avevo gettato stoltamente
dopo averlo scritto e riletto senza attenzione.
Mi rivolgo a voi,
miei posteri,
perché ne facciate documento.
Strappate queste foglie dal vento
che se le porta intorno
facendole danzare presso i muri e gli alberi.
Forse oggi vi sembreranno indegni d'essere salvati,
ma verranno utili fra non poco.
I fatti e le parole si vanno ripetendo ancora superflui e stantii,
ma credetemi:
dietro ci stanno le urla di tanti uomini
e ancor più donne
che hanno vissuto con caparbia costanza quelle situazioni.
Tenetene conto,

di certo se avrete la pazienza di riconsiderarle,
vi saranno utili.
Ripetersi
è il destino di ogni generazione.
Ma alcune volte è la sola strada di salvezza
di fronte all'inutile che ci si presenta.

Ecco Majakovskij, poeta che incide sulle pietre.

A mia volta umilmente mi sono imposta di rimettere insieme brani e appunti, note e frasi spezzate, con l'idea precisa di comunicarvi la mia esperienza vissuta in Senato dall'aprile del 2006 al gennaio del 2008. Rimontando i fatti e i pensieri nel tempo, ho stracciato e gettato storie e avvenimenti in gran numero giacché, come ho imparato in questa mia vita vissuta nel teatro, non c'è assoluto che conti più della sintesi, il che vuol dire stringere e liberarsi d'ogni ridondanza a vantaggio dell'essenziale.

Elogio della memoria

A proposito dell'esperienza e del mestiere sul palcoscenico, ci sono lezioni che non ho vissuto se non nella memoria riportata dalla mia gente. Spettacoli, testi e opere che non ho avuto l'occasione di recitare poiché non ero ancora nata, ma che sono diventati determinanti per il formarsi del mio carattere e della conoscenza grazie ai racconti che ne facevano mio padre, lo zio poeta e tutti i membri della compagnia dei Rame. Era tradizione presso i gruppi di attori che risalivano dal ventre della Commedia dell'arte, come noi, passare dal teatro delle marionette e dei burattini a quello di persona. Tutto dipendeva dall'andamento e dal clima più o meno felice, dalla situazione sociale ed economica del paese.

Rispettare gli antichi significa saccheggiarli

Mio padre e suo fratello, il poeta della compagnia, erano due teatranti informati, anzi giungerei a definirli «comici colti»; basta dare un'occhiata ai testi che mettevano in scena sia nel teatro di persona che in quello delle marionette. Tanto per cominciare, nel loro repertorio c'era la storia di Arnaldo da Brescia e della sua lotta per l'emancipazione dei miseri e la messa in atto dei diritti civili fino alla sua condanna al rogo; la tragedia d'amore e di passione di Abelardo ed Eloisa; l'allestimento di opere del teatro elisabettiano, Shakespeare compreso; e via di seguito tutti i classici del periodo dei Lumi, fino alle opere dei grandi commediografi russi.

La cosa incredibile è che la messa in scena di testi così importanti suscitava un interesse inimmaginabile presso un pubblico davvero popolare che avresti detto appassionato solo di feuilleton e di farse sboccate, ma che invece riconosceva l'origine della propria cultura, grazie soprattutto al linguaggio usato in scena.

La scoperta della satira

Poi è venuto il tempo in cui ho conosciuto un gruppo di attori del Piccolo Teatro che si erano dati al lazzo comico con gran successo: Giustino Durano, Jacques Lecoq e Franco Parenti. Ah, no, dimenticavo... c'era anche un certo Dario Fo. Tutta gente di vent'anni o giù di lì. Da quel momento la mia vita si è ribaltata, mi sono aggregata a loro: eravamo la prima compagnia del dopoguerra che mettesse in scena spettacoli grotteschi di palese sapore politico. Brutalmente venivamo chiamati «comunisti». Certo, la gran parte del pubblico era gente di sinistra ma, seppur con un certo imbarazzo, venivamo seguiti anche da spettatori piccolo-borghesi e perfino conservatori: la forza di un grande successo!

Recitavamo in tutte le città d'Italia e nei teatri più prestigiosi finché non ci hanno chiamati perfino in televisione.

La Rai viene da noi

Le prime due rappresentazioni a *Canzonissima* furono davvero trionfali, milioni di spettatori. Poi qualcuno dei dirigenti politici capì che si trattava di satira contro il potere. E qui la censura arrivò a piedi giunti o, se preferite, a gamba tesa. Sfasciavano i testi senza nemmeno capire di che si trattasse; bastava un termine come «ideologia» o «lotta di classe» e scattava il divieto.

Succedeva nel 1962, cinquant'anni fa. Arrivammo a parlare anche di mafia: era la prima volta che succedeva sul piccolo schermo. Durante il dialogo, ogni botto di lupara significava che un giudice o un sindacalista moriva ammazzato. Il cardinale Ernesto Ruffini di Palermo, in una risentita omelia, disse: «In Sicilia non esiste la mafia, ma al massimo gruppi di comuni malviventi».

Un altro scandalo inaccettabile scoppiò per la scena dedicata alle morti sul lavoro. I politici della Dc urlarono indignati: «Non ci sono morti sul lavoro, solo qualche incidente, ma è colpa di operai dediti all'alcol».

L'antefatto era appunto un incidente sul lavoro: un operaio si trova su un ponteggio che di schianto crolla. Il muratore precipita da parecchi metri travolto dall'impalcatura. Portato d'urgenza all'ospedale, è dichiarato in fin di vita. L'imprenditore, chiamato da tutti «il Supremo», a questa notizia va in crisi. Grida rabbia e disprezzo verso se stesso e contro la logica del profitto a ogni costo, contro il risparmio sulle misure di sicurezza; ordina immediatamente che si approntino stabili corrimano, che si adottino imbragature sicure per quegli operai che salgono su impalcature pericolose e, soprattutto, reti tese a ogni tornante di salita.

Quindi si lascia andare a una feroce autocritica davanti ai propri collaboratori, ingegneri compresi, si dichiara addirittura un assassino senza scrupoli. In preda allo sdegno, stacca dal collo della sua amante, personaggio interpretato da me, una collana di grande valore che le ha regalato il giorno stesso. Lei scoppia in lacrime e per tutta risposta l'imprenditore la caccia via dall'ufficio. Ma poi arrivano notizie positive sullo stato di salute dell'operaio infortunato: molto probabilmente si salverà. Di certo però dovranno amputargli una gamba.

Ci sarà un'inchiesta e sicuramente il responsabile dell'impresa, lui cioè, «il Supremo», verrà condannato. L'imprenditore richiama a sé la ragazza che ha cacciato e a sua volta scoppia in lacrime per il gesto brutale, chiede anche scusa per gli insulti che ha rivolto a un ingegnere. Passa un po' di tempo ed ecco che dall'ospedale giunge una notizia rassicurante: l'operaio infortunato avrà salva anche la gamba malridotta.

Tutti si abbracciano. In quel momento entra in scena un ingegnere che, aiutato da due tecnici, stende una grande rete di frenata. L'imprenditore chiede: «Cos'è 'sta roba? Andiamo a pesca?!».

E l'ingegnere: «È quella che avevamo richiesto, come da suo ordine, per salvare gli operai da possibili cadute».

«Ma che scherziamo, siamo al circo qui?! Esercizi con la rete e senza rete... Niente! Non butto via i soldi in simili fesserie e sia chiaro che da oggi il primo operaio che cade dagli impiantiti e si infortuna lo licenzio a pedate!»

Fine della scena.

La censura non è un hobby. È un'istituzione

I dirigenti Rai che stavano assistendo alla prova generale si levarono tutti in piedi e, venendo verso di noi, ci chiesero con tono grave: «Ma voi siete al corrente del fatto che casualmente proprio domani, quando andrà in onda questo vostro sketch, gli edili di tutta Italia si troveranno in sciopero, sciopero generale?».

E noi all'unisono: «No, ma cancellare questa rappresentazione, perché la messa in onda potrebbe sostenere e favorire la lotta degli operai, sarebbe un gesto poco leale da parte di tutti noi. Quindi a priori rifiutiamo che si censuri questo brano».

Torniamo a casa silenziosi. Jacopino continua a chiederci: «Cosa avete?... perché non parlate? Ho fame... Non si mangia oggi?». Dopo cena invitiamo i nostri avvocati a casa per una riunione. Esponiamo loro il problema e la nostra decisione di non accettare censure. Piuttosto abbandoniamo la trasmissione. Ci guardano sbalorditi: «Riflettiamo insieme... vi immaginate a cosa andrete incontro? La Rai non è un'azienda qualsiasi... la Rai è la Rai, l'unica emittente in Italia e una delle più potenti d'Europa... far saltare una trasmissione!... pure sulla prima rete! Riflettete con calma. Ci rivediamo domattina».

Passiamo la notte seduti sul letto a riflettere. Ci sentiamo dalla parte della ragione. I testi erano già stati sottoposti alla direzione la bellezza di tre mesi prima: non era stata cambiata una sola parola. Come possono imporci di togliere di mezzo tutti gli interventi satirici?! La mattina dopo rispondiamo che no, piuttosto ce ne andiamo. «Fate pure – sentenzia il direttore generale – ma ricordatevi che non metterete più piede in Rai, neanche per gli spettacoli radiofonici.»

Così fu. Bisogna ammetterlo, i dirigenti della tv sono gente seria, non fanno mai minacce a vuoto. Quella notte ci siamo addormentati all'alba pieni di pensieri ma con la determinazione di non accettare la «censura».

Prologo 13

Su consiglio dei nostri legali, il giorno appresso ci rechiamo al Teatro della Fiera, dove si svolgono le riprese. La diretta è prevista per le 21. Verso le 16 arriva dai capi Rai di Roma la richiesta di allestire una visione privata recitando il brano per una trasmissione in bassa frequenza. Lo facciamo. Commento della direzione: «Non fa nemmeno ridere», e confermano la censura. I nostri avvocati ci consigliano di non lasciare il teatro: a Roma potrebbero cambiare idea. Ci trucchiamo e ci vestiamo, pronti per andare in scena.

Nessun dirigente all'orizzonte. Intorno sentiamo l'affetto e la solidarietà di tutto il personale tecnico. Poi inizia la trasmissione e dal monitor del nostro camerino sentiamo una presentatrice che annuncia: «Dario Fo e Franca Rame si sono ritirati dalla trasmissione». E via con la sfilata di cantanti che partecipano allo spettacolo. Poco dopo, raccolte le nostre cose, lasciamo un po' tesi il Teatro della Fiera. Non facciamo in tempo a far cento passi che veniamo investiti da un numero incredibile di persone, che aumentano di minuto in minuto: una folla. Abbracci, baci, solidarietà. «Braviiiii!»

L'indomani arrivano fiori, lettere, telegrammi.

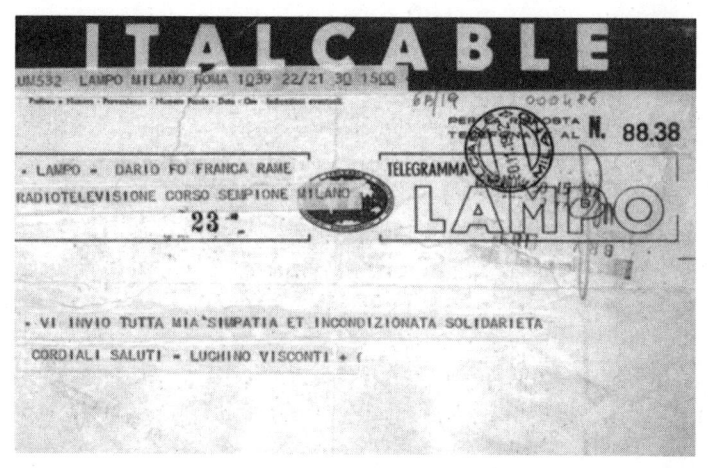

La scoperta della solidarietà

Per tutti gli anni a venire (ben sedici) fummo costretti a servirci solo del teatro e mettemmo in scena spettacoli sempre più feroci e spietati, fra i quali *Settimo, ruba un po' meno*, che anticipava di almeno trent'anni lo scandalo di Mani pulite, con tanto di furti a go-go e arresti a valanga. Nel finale venivano anche gettate addosso agli interpreti ammanettati manciate di monetine, ma, si intende, erano tutte false! Si sa, il teatro è finzione.

Chi si vede? Giulio

Ma la censura non smetteva mai di azzannarci; allora il responsabile della cultura era nientemeno che Giulio Andreotti, naturalmente più giovane ma sempre curvo di schiena e strisciante come un vescovo dell'Arizona.

A un certo punto ci siamo detti: «Ma perché noi si deve rimanere a esibirci in un teatro della borghesia, frequentato da una gran quantità di persone, maschi e femmine, che grazie ai nostri sarcasmi e ironie si sentono più democratici e tolleranti? È inutile che noi si vada ripetendo che il nostro è un teatro popolare e rivoluzionario. A 'sto punto dobbiamo essere coerenti: mettiamo in scena testi di satira anticapitalista per i proletari? E allora è a loro che dobbiamo rivolgerci, agli operai e ai contadini, più qualche studente pendolare».

Ci radunammo con tutta la compagnia al completo: attori, tecnici e operatori. Dario mi disse: «Parla tu!». E io non mi feci pregare: «Da questo momento, cari amici, si cambia completamente assetto! Ci chiameremo "Nuova Scena" e andremo a fare spettacolo in periferia e nelle campagne, in spazi e luoghi dove il teatro non è mai arrivato. Metteremo in scena commedie dove i protagonisti non sono dirigenti e amministratori ma operai e studenti costretti a lavorare per pagarsi la retta, contadini e anche qualche ladro travestito da industriale o politico. Non ci sarà differenza di ruoli, cioè a dire che anche gli attori dovranno contribuire a montare le scene, le luci e il sonoro. La paga sarà uguale per tutti».

Qualcuno si levò e disse: «Do le dimissioni, voi siete pazzi!», e se ne andò.

Iniziammo le prove a Milano, poi ci trasferimmo a Sant'Egidio di Cesena, dove debuttammo con *Grande pantomima per pupazzi piccoli, grandi e medi* scritto da Dario. Quindi andammo a Forlì, Ravenna e via via per tutta l'Italia, dalla Sicilia al Trentino. Eravamo distrutti ma felici.

Abbiamo recitato in luoghi impossibili: balere, chiese sconsacrate, case del popolo, capannoni dismessi, fabbriche occupate, nelle università pure occupate, nei palazzetti dello sport e perfino in piazze gremite di operai in sciopero, come a Genova, dove ci siamo esibiti davanti a venticinquemila persone. Grazie a una buona dose di pazzia siamo riusciti a farcela!

Naturalmente la polizia non ci lasciava tranquilli. Ogni tanto tentava di bloccarci, ma noi avevamo il pubblico come alleato. Persone a cui potevi togliere tutto ma non il diritto di godersi uno spettacolo scritto e messo in scena proprio per loro. S'incazzavano come iene! Così ci siamo trovati una volta con il teatro bruciato, un'altra volta un sindaco reazionario tolse la luce a tutto il paese, ma noi e il pubblico non ci perdemmo d'animo. Recitavamo nel palazzetto dello sport: automobili e camion con i loro fari permisero che lo spettacolo si realizzasse. Creatività delle masse!

La galera come scuola di libertà

Gli spettacoli trattavano sempre più vistosamente dei soprusi che il potere infliggeva alla gente. E così ecco che alla fine vennero ad arrestare Dario, quattro attori e perfino il suggeritore. Tutti in galera! Eravamo in Sardegna, a Sassari. Il pubblico si riversò nella piazza, proprio di fronte alla prefettura, poi davanti alle carceri, e lì mi issarono sopra il tetto di una macchina e mi imposero di recitare per i manifestanti *Michele lu' Lanzone*, storia di un sindacalista ucciso dalla mafia.

I carcerati ascoltavano in gran silenzio. Vedevamo i loro visi tra le grate, lassù, per quattro piani. E per comunicarci la loro gioia lanciavano pezzetti di carta incendiata uno dopo l'altro, come una pioggia di fuoco.

Il giorno dopo Dario e gli altri furono messi in libertà: a piede libero, ma in attesa di giudizio. Riprendemmo lo spettacolo, al termine del quale ogni volta si dava inizio al dibattito, che pian piano era diventato la parte più importante della manifestazione. Operai, contadini, studenti discutevano con grande calore della situazione politica del momento e proponevano di mettere in scena altri eventi, altre storie.

Per esempio, ci sollecitavano ad allestire uno spettacolo che raccontasse della rivolta in Ungheria e in Cecoslovacchia; e un altro dove si rappresentasse il lavoro a domicilio, con in scena padre, madre, figlia e anche il nonno, tutti costretti a lavorare ai telai, e perfino il prete che a Natale veniva a benedire la casa: anche lui costretto al telaio...

Dalle parti di Borgosesia c'era la tradizione, ogni anno, di ricordare il processo e l'esecuzione per impiccagione e squartamento di fra Dolcino e Margherita, una monaca che nel Medioevo aveva lasciato il convento per mettersi con quell'eretico che andava intorno a provocare i contadini: «Ehi, vilàn! Che fai lì in mezzo a quelle zolle?! Stai zappando?! E di chi è quella terra? Immagino tua? No?! Ah, non è tua! È del padrone! E il raccolto che ne ricavi? Ah, anche quello è suo! Ah, voi credete davvero che sulla Bibbia ci sia scritto: "Il tal appezzamento di terra è assegnato al tal dei tali! E quest'altro con la montagna dietro al tal altro! In eterno!". Coglioni! Loro, i furbi, sono arrivati prima di voi tutti e hanno detto: "Questa è mia e anche quell'altra terra è mia", e poi l'han data da lavorare a voi. Deficienti! La terra è di chi la lavora!».

Pensate un po', andare in giro a raccontare una cosa del genere! È da pazzi incoscienti dirlo oggi, figuratevi nel Medioevo! «Eccolo lì il padrone! Via da quella terra, è mia! C'ho pure il contratto, firmato pure da lui, da Dio in persona! Non ci credi?! Eccolo qua, villano, sai leggere tu? No?! E allora?! Non stare a rompermi le zolle, vattene di qua o te le strappo di netto!»

Il presidente Bush portato nell'arena

Tutto questo avveniva negli anni Settanta. A 'sto punto devo fare un gran salto in avanti nel tempo, cioè arrivare esattamente al 2006. Qualche giorno prima avevamo debuttato con un nuovo spettacolo all'Arena di Verona dal titolo *Decidano le madri per la guerra*.

Non so se vi riesce di immaginare che cos'è l'Arena di Verona colma di pubblico, venticinquemila e più persone che ti guardano e ti ascoltano. Io recitavo la storia di Cindy Sheehan, una madre americana alla quale hanno ucciso il figlio nella guerra in Iraq. L'avevamo scritta a quattro mani io e Dario. Un monologo che molti critici, anche al debutto in Inghilterra, definirono sconvolgente: la scena principale era quella in cui questa madre decide di andare direttamente a parlare con Bush, il presidente degli Stati Uniti, e lo va ad aspettare proprio davanti al suo ranch nel Texas, seduta su una sedia di legno con un grande cappello in testa e un ombrellone per ripararsi dal sole.

Cindy chiede a gran voce che lui, George W. Bush, venga fuori ad ascoltarla, e di qui comincia il racconto dalla partenza del figlio per l'Iraq fino alla sua morte.

Finalmente ecco che il presidente esce e la donna lo aggredisce: «Tu l'hai mandato laggiù! Io voglio sapere perché hai mentito a tutto il popolo americano dicendo che quelli, gli iracheni, si stavano preparando ad aggredire gli Stati Uniti con le armi di distruzione di massa e poi si scopre che non era vero, era una balla che coi tuoi generali avevate preparato per fregarci e portarci via i figli da mandare al macello!».

Alla fine di questo monologo, durato quasi un'ora, il pubblico era come inchiodato ai gradini e alle poltrone. Non riuscivano nemmeno ad applaudire. Alcune donne si misero a urlare: «Grazie, grazie, anche se ci fai piangere!». E poi cominciarono tutti a battere le mani.

Qualche mese prima avevo avuto l'onore di conoscere Cindy a Londra dove, in teatro, avevo recitato la sua storia. Eravamo molto emozionate tutte e due. È un ricordo bellissimo seppur doloroso. Era presente anche il sindaco di Londra Ken Livingstone.

Senatrice! È un ordine o una scelta?

Natale 2005. Proprio nel bel mezzo del pranzo, con tutta la famiglia riunita, Jacopo, mio figlio, salta fuori con una trovata delle sue: «Mamma, devi candidarti al Senato». Stavo bevendo e a momenti mi strozzo: acqua di traverso, tossisco forsennata e in dieci a battermi le mani sulla schiena. Che mi vogliano uccidere?! «Basta!» urlo.

Respiro profondo: «Ma che dici, Jacopo, sei impazzito? Con tutto quello che ho da fare! Mi vado a candidare?! Per senatrice poi... Ma chi vuoi che mi voti? Sei fuori!».

Lui, Ariete testardo, per convincermi fa un sondaggio su internet:

> Che ne direste di rischiare di mandare al Senato Franca? La sua candidatura convincerebbe molti che hanno rifiutato di votare a mettere la loro scheda contro Bingo-Berlusca e sbatterlo fuori? Ps: Mia madre non sa niente di questo e probabilmente mi strozzerà... Ma siamo in guerra, mamma...

E sono arrivati un mare di «sì, Franca senatrice!».

«Hai visto? Che ti dicevo, mamma?»

Mi telefona un sacco di gente: «Vai! Buttati!».

Mi contatta anche Antonio Di Pietro, che si dice ben contento di candidarmi senatrice nel suo partito.

Corro da Dario, che si sta godendo un film con De Niro in tv, a volume da festa de L'Unità: «Ho settantasette anni il 18 luglio, ho lavorato come una belva umana per tutta la vita, devo terminare un sacco di testi da consegnare e ho un sacco di piazze in cui debuttare... Senatrice!!! Non ce la farei, non sono all'altezza, mi sento inadeguata... Ho paura!».

«Ma sei pazza?» sghignazza Dario. «Non t'ha mai fatto paura niente nella vita... che mi vai raccontando adesso? Stai anche diventando bisnonna! Adesso ti metti pure a piangere?! Ti vedesse la tua nipotina Jaele... "Che vergogna, nonna, piangere alla tua età!" Ti vogliono in sei regioni: Veneto, Lombardia, Piemonte, Emilia, Toscana, Umbria... Ma cosa vuoi di più? Presentati... Pre-sen-ta-ti!»

Alla fine mi sono decisa. Farò la senatrice, mi son detta.

Ho aperto un blog per tenere traccia della mia attività parlamentare, e soprattutto per tastare il polso ai miei sostenitori. Ho scritto quotidianamente, posto domande e ricevuto risposte. Molte!

Sono stata eletta: auguri!

È il 10 aprile, tarda sera, anzi piena notte. Ieri e oggi, sabato e domenica, ci sono state le elezioni. Ho preso circa 500.000 voti.

Ero andata a letto presto. Sento un gran baccano provenire dal cortile sotto casa, in corso di Porta Romana a Milano. È una banda con tanto di trombe, tromboni, sassofoni e tamburi, e sta suonando una nostra canzone di teatro, *Ma che aspettate a batterci le mani*. Il ritmo è forsennato e gli ottoni danno spernacchiate da far tremare i vetri. Vado alla finestra insieme a Dario, apriamo le persiane, eccoli di sotto. Quasi tutti i vetri che danno sul cortile si spalancano. I coinquilini si affacciano stupiti a loro volta. Qualcuno grida indignato: «Ma vi pare l'ora questa per far baccano?!». È una grossa formazione, la riconosco: è la Banda degli ottoni scoppiati. E insieme a loro ci sono anche dei ragazzi truccati da clown che ballano e fanno scocchiare nacchere e tamburelli.

«Ma che è?!» chiedo io ancora stupita.

«Credo che stiano suonando per te...» mi fa Dario fingendosi sorpreso a sua volta. «Ti stan facendo festa, credo per via delle elezioni.»

«Che elezioni?!»

«Ah già, vuoi vedere che t'hanno fatto senatrice?!»

Da tutto il palazzo arriva un grande applauso e qualcuno grida: «Complimenti Franca, ce l'hai fatta!».

Anno 2006

Ora cosa vi portate nel mondo di me?

28 aprile 2006
Sono a Roma, è il giorno in cui mi presenterò al Senato. Mi sono svegliata alle 5. Agitata. Alle 5.30 decido di fare una camminata. Il sole sta per spuntare. Il portiere dell'albergo, assonnato, mi guarda strano: «Che succede, senatrice? Come mai così presto, mi aveva chiesto la sveglia per le nove, non si sente bene?».

E questo che sta dicendo? Senatrice? Oddio, adesso mi chiameranno tutti così?

«No, no, grazie... sto bene, vado a far quattro passi...» lo tranquillizzo con un sorriso. Dà un'occhiata all'orologio, ma non fa commenti.

Esco e giro a destra, via Ripetta. Ho ancora quattro ore. Dove vado? Cammino veloce, arrivo all'Ara Pacis.

Quando sto per superarla, non posso fare a meno di buttarci un occhio. La sento un po' ingolfata in quella scatolona di vetro con cui Veltroni l'ha rivestita. Le grandi lastre di cristallo riflettono gli alberi e il Tevere che scorre lì sotto, e i pochi passanti indaffarati non la degnano nemmeno di uno sguardo. È l'altare della Pace. Si sente un po' trascurata, fuori moda... che senso può avere? Ho letto che sulla trabeazione un tempo stava scritto: «Una volta usciti da questo luogo cosa portate nel mondo, di me? La pace dovrebbe ingiungervi a purezza, rifiuto di sangue innocente, sparso ignobilmente nel fango...».

Sulla facciata sono scolpiti bassorilievi che raccontano di uomini togati che camminano uno appresso all'altro. La tradizione popolare li considera gli antichi senatori di Roma.

Meno male che oggi viviamo in un paese che aborrisce per Costituzione la guerra e, se vi partecipa, è solo per portare aiuto e conforto agli afflitti. Purtroppo siamo costretti ad andarci coi carri armati e i cacciabombardieri da combattimento... Non si capisce perché, i liberati ci scambiano sempre per aggressori!

Proseguo verso via del Corso. In un attimo sono in piazza di Montecitorio. La malinconia e la preoccupazione che ho addosso non se ne vanno, né si attenuano. Senza averlo scelto mi ritrovo in piazza del Pantheon.

Mi siedo sui gradini della fontana. Anche se volessi fingere indifferenza, il Pantheon si fa proprio notare. Ogni volta che mi ritrovo davanti a opere «impossibili» come questa, mi viene da pensare alle migliaia di schiavi che le hanno costruite e ai cosiddetti *liberati,* gli architetti che le hanno progettate. Immediatamente dopo vedo Michelangelo esclamare: «Ognuno di noi non vale un respiro della loro sapienza!».

Da questi pensieri mi distraggono i fatti miei. Tiro un gran sospiro. Poi lentamente, passo dopo passo, mi alzo e percorro i pochi metri che mi separano dal Senato.

Arrivo davanti all'imponente Palazzo Madama nel momento in cui stanno spalancando il portone. L'osservo appoggiata al muro del palazzo di fronte con un vuoto allo stomaco. Forse ho anche appetito. Dio mio, dovrò proprio entrare lì dentro? Sulla mia destra c'è un bar aperto. Ci entro, mi fanno accomodare e mi offrono pure dei giornali. Cerco di rilassarmi, prendo un caffè e me ne sto a pensare per quasi un'ora. Poi mi decido: mi alzo e mi incammino.

Senatrice, è felice?

È l'ora!
Davanti al gran portone c'è un mare di gente. Giornalisti, fotografi, telecamere. «Senatrice...» «Franca» «Senatrice...» «Franca» «Franca» «Senatrice, come si sente? È felice?»
Ci penso un attimo... Potrei dire: «Sono emozionata..., sono onorata..., sprizzo gioia da tutti i pori!». Invece mi esce una frase che pare tratta da una vecchia canzone popolare lombarda: «Sono felice come una giovane di diciott'anni che va sposa a un vecchio catarroso che non ama...».

Il grigio più grigio del grigio

Ma cosa sto a dire? Infatti, i più mi guardano perplessi per un attimo, poi mi sparano: «Ora incontrerà Cossiga, Andreotti... che farà? Stringerà loro le mani?».
Maledizione, ma che domande fanno di prima mattina?
«Be', Andreotti mi fa venire subito in mente Moro e le sue lettere dalla prigionia in cui lo indicava come il grigio più grigio del grigio. E Cossiga, non posso fare a meno di vederlo sulla tolda di una nave da guerra, come lui s'immaginava durante il conflitto del Kuwait, col vento che gli scompigliava i capelli... È lì che gli son diventati ricci, quasi crespi!»
Scoppia una gran risata fra gli operatori tv. Al contrario, molti dei cronisti restano freddi come mammozzi di gesso. Tiro un sospiro.

«E che ci dice del fondatore di Forza Italia?» mi provoca uno di loro.

«Chi? L'amico di Berlusconi?» Parlo lenta, pesando le parole... non vorrei finire in carcere il primo giorno.

Incalza un cronista: «Si lascerà baciare la mano da lui?».

«Perché? Pensate che lo incontrerò in Senato?»

«Di certo! Dal momento che è stato a sua volta eletto senatore!»

«Ma com'è possibile? Se è stato condannato per concorso esterno in associazione mafiosa, come può stare qui nel tempio degli eletti onesti e puri?!» E continuando a recitare la parte dell'allocca, commento: «Siamo proprio un paese anomalo!».

Gli intervistatori mi guardano interdetti, senza commenti. Approfitto del silenzio per tirar via con il giornalista Antonio Caggiano e la troupe.

Entro e faccio un salto. I due militari ai lati del grande portone sono scattati al mio passare battendo i tacchi, e uno di loro ha gridato: «AAAAttentiiii!». Ma è la maniera di spaventare la gente la mattina presto? Mi sfugge un «Grazie... state comodi». M'aspetto quasi che intonino *Fratelli d'Italia*!

Nell'antro del potere

Procedo segnando il passo. Mi sento ridicola e anche un po' scema. Manca solo che scatti con la mano tesa sul cuore, come nei film americani. Mi guardo intorno. Sono le stesse immagini che mi sono apparse mille volte in tv, ma ora ritrovarmi di persona dentro quest'architettura solenne mi emoziona.

Entro nell'emiciclo che sta via via affollandosi. Così circondata, abbracciata dai gradoni a cerchio, mi sembra di essere sospesa dentro proiezioni virtuali, mi gira un po' la testa e mi lascio cadere su una poltrona.

Una voce alle spalle esclama: «Troppo onore, senatrice! Ma stia comoda...». Volto appena lo sguardo e mi rendo conto d'essermi seduta sulle ginocchia del senatore Nello Formisano, che mi sorride divertito. Come una molla, scatto in piedi. Chiedo scusa, arrossendo. «Cara senatrice, non ti preoccupare – scopro in quel momento che tra senatori, sinistra e destra, tutti si danno del tu –, hai scelto proprio il sedile perfetto, io sono Formisano, il tuo capogruppo qui in Senato.»

Balbetto qualcosa d'incomprensibile.

«Dove mi siedo?» Mi guardo intorno e mi sento su un piede solo... Riconosco personaggi notissimi del precedente governo Berlusconi – Roberto Calderoli, Marcello Dell'Utri, Alfredo Mantovano – e appresso, ricurvo su se stesso, vedo spuntare anche Andreotti, che stranamente mi sorride facendo un gesto di saluto con la mano, come avesse apprezzato la mia battuta sul grigio più grigio del grigio, detta qualche minuto prima.

La democrazia dei gesti

Alcuni senatori si sono accomodati nell'emiciclo di sinistra, dove risiede l'opposizione, altri passeggiano a gruppetti, si formano capannelli, chi telefona... Si chiamano da un lato all'altro facendo gesti a braccia tese e segnali con entrambe le mani, alla maniera dei broker durante le contrattazioni in Borsa. A mia volta vorrei imitarli. Sollevo le braccia, ci provo, ma poi rinuncio. Mi prenderebbero per pazza.

Ci vorrebbe Dario, qui. Lui con lo smanacciamento pantomimico si guadagnerebbe perfino un applauso. Guardo e ascolto come stessi assistendo a uno spettacolo: abbracci, un gran vociare, qualche risata, qualche sorriso, manate e sghignazzi, quasi come allo stadio in attesa del fischio d'inizio per la partita. E il via lo dà l'onorevole Scalfaro, che scorgo proprio là, al centro del tavolo della presidenza, contornato da gente che non conosco.

Non mi sento per nulla rassicurata. Mi guardo intorno alla ricerca di qualche viso amico. Vedo volti noti. Rincontro Nello Formisano che, vedendomi impacciata, mi rassicura: «Siediti dove vuoi, al Senato non c'è posto fisso».

Una panoramica con lo sguardo per valutare dove posso sistemarmi. Cerco protezione. Oh, finalmente! Vedo Furio Colombo... Tiro un gran sospiro di sollievo. Siamo amici da prima che diventasse direttore de «l'Unità» e senatore. Mi accomodo accanto a lui. Mi sento come in famiglia.

Ci sono anche le donne

Le senatrici... cerco le senatrici. Che piacere vedere da vicino Anna Finocchiaro, ex magistrato. Sta nella fila dietro la mia, ha un bellissimo viso e un sorriso che ti incanta. Peccato che poi passerà un anno senza salutarmi.

Accanto a lei il senatore Luigi Zanda, affabile e gentile. C'è pure Rina Gagliardi. La conosco dagli anni ruggenti de «il manifesto», giornalista fantastica.

In una pausa incontro anche Lidia Brisca Menapace. «Sono onorata di conoscerla!» le dico timidamente. Tra di me penso: «Accidenti che fortunaccia ho. Potrò parlare con tutte queste donne, farmi consigliare, discutere. Pranzeremo certamente insieme al ristorante del Senato. Bene, bene!».

Il mio umore va migliorando.

Un silenzioso tumulto

Luigi Scalfaro scuote una campanella ripetutamente per ottenere silenzio e dare inizio alla seduta. È a lui che tocca il ruolo della presidenza momentanea. Il brusio assordante non tende a diminuire. Inizia a parlare, nessuno ascolta. Scuote di nuovo con forza la campana per chiedere un minuto di silenzio per i soldati morti a Nassiriya. Nessuno ascolta. Sulla gradinata di fronte a me, scorgo due senatori che si parlano all'orecchio e ridono, come nel dipinto di Bosch, quello della salita al Calvario.

Il presidente Scalfaro, spazientito, annulla la seduta rinviandola alle 22.

Centrodestra e Unione hanno avuto da ridire. Lui commenta: «Mai vista tanta mancanza di rispetto».

Sono interdetta. Stupita. Sconcertata.

«Che si fa ora?» chiedo a Furio.

«Vedrai che fra poco i capigruppo interverranno e ci sarà più attenzione.»

«Ma poi? Qual è il programma?»

«Dobbiamo eleggere il presidente del Senato.»

«Per chi dovremmo votare noi?»

«Tutta la sinistra ha scelto Franco Marini.»

«Bene. Voterò anch'io per lui.»

Gli indiani comunicano così

Si arriva alla votazione. Viene estratta una lettera, non mi ricordo quale, tipo la C. Io sono R: hai voglia quanto dovrò aspettare. Osservo attentamente quel che succede: a uno a uno vengono chiamati i senatori che transitano davanti al tavolo della presidenza. Un commesso ti consegna una scheda, c'è una specie di trabiccolo nel quale entri, voti (curiosamente, la matita è legata con una cordicella al tavolo, quasi a impedire che qualche senatore se ne impossessi!), poi inserisci la scheda nell'apposita urna. Presto molta attenzione: guardo cosa fa chi mi precede. È la prima volta per me e sono preoccupata, spero di non fare gaffe.

Arriva il mio turno, tutto va bene.

Viene fatto lo spoglio delle schede. Ci sono errori: in due hanno scritto «Francesco» invece di «Franco» Marini. Si rivota: idem. Si rivota: idem-idem, tra urla, insulti e strepiti. Ma siamo veramente al Senato o alle scommesse dell'ippodromo? Mi vien voglia di gridare: «Cinque per me, piazzato Varenne!».

Siamo seri. «Che significa quel "Francesco"?» chiedo a Furio. «È davvero uno svarione casuale?»

E lui mi risponde: «No, sono piuttosto segnali di fumo...».

«Oddio! Siamo sulle Montagne rocciose con gli indiani? Cosa si stanno comunicando?»

«Credo sia per Prodi. Qualcuno del centrosinistra avverte che, se non ottiene ciò che ha chiesto, voterà contro l'elezione di Marini.»

«Mamma! Bel clima, eh?! Ma cos'è?! Un pizzino della mafia!» Come benvenuto nell'ambiente mi pare un po' tendenzioso!

Si va avanti. «A che ora si finirà?»

«Speriamo non dopo mezzanotte.»

Finalmente ci comunicano che le votazioni riprenderanno l'indomani mattina; guardo l'orologio: sono quasi le tre di notte.

Rientro al residence con un taxi. Affamata. Avevo cenato con un panino. Sgranocchio un pacchetto di wafer alla nocciola. Cerco di prender sonno ripensando alla giornata trascorsa. Chiamala giornata! È durata almeno cento ore.

Dove sono capitata? È una situazione che mi ricorda una commedia grottesca di Ben Johnson, *La fiera di San Bartolomeo*, dove non esiste alcuna differenza fra la normalità e la follia. E oggi mi è parso di ritrovarmi proprio in quell'identico caos, mi sono sembrati tutti pazzi! No, sbaglio: fingevano.

Era una pazzia organizzata.

Il pizzino è giunto a segno

29 aprile 2006

Infatti l'indomani basta una sola votazione per eleggere Franco Marini. Un senatore dei Ds sussurra in napoletano: «Quarcherùn(o) ha avut(o) chell(e) ch'ha demannat(o)! E chi è 'u mariuolo ch'ha condott(o) 'stu ricatt?». Lo scoprirò il giorno appresso leggendo i quotidiani: il «mariuolo» è Clemente Mastella, il Padreterno dell'Irpinia, che ha preteso il ministero della Giustizia e l'ha ottenuto. Prodi ha dovuto mollarglielo.

Ecco, questo era l'autentico Senato. Per me si trattava della prima lezione di politica attiva: dammi sull'unghia o sbotto, ti do l'avvisata e il giorno appresso mi fai l'incoronata, ministro sono! E di Giustizia! Sì, la dea cieca... cieca, ma solo per gli elettori.

Sono sempre più frastornata. Questo ravanare da mercato delle vacche mi piace sempre meno. Per fortuna alla fine ce l'abbiamo fatta e Marini è presidente del Senato. Evviva!

Lo osservo. Un uomo minuto, nulla di particolare per ora. Proviene dal sindacato.

Luci accese anche col sole

Anche nella seconda giornata «senatoriale» sono arrivata presto al mio posto di lavoro. Tutto chiuso, ma illuminato all'interno con mille luci. Ammazzalo, che sprechi! Faccio quattro passi fino al Teatro Argentina (di certo il più bel teatro di Roma, del Settecento), guardo i manifesti, le fotografie dello spettacolo in cartellone, gli attori che conosco... Cerco di ricordare esattamente gli anni in cui io e Dario abbiamo recitato le nostre commedie su questo palcoscenico. Eccolo il mio mondo! E io da sola mi sono tirata fuori. Mi prende una nostalgia struggente, così, all'improvviso.

Mando giù, mando giù l'ansia che mi opprime. Niente da fare. Scoppio in singhiozzi e meno male che non ho intorno nessuno. Ma che ci faccio qui? Forse sono caduta nel buco profondo come Alice? Tra poco incontrerò il Bianconiglio. Incontrerò anche lo Stregatto, il gatto che si allunga e cambia continuamente di colore? Già ne ho adocchiato qualcuno di quelli che hanno provato ad appoggiare le natiche su poltrone sistemate un po' a sinistra, un po' in centro, un po' a destra, secondo le convenienze! Cerco di ricompormi guardando i libri in fila alla Feltrinelli e in una vetrina vedo esposto il libro di Dario su Mantegna, con in piccolo la scritta «a cura di Franca Rame». Comunque onorata. Oh, mi sento quasi a casa! La mia testa è tutta lì, fra quelle pagine, come un segnalibro.

È ora. Arrivo al portone del Senato finalmente spalancato. Scatto dei due soldatini, io saluto con un sorriso.

Prima regola: capire con chi hai a che fare

In aula si inizia a parlare di leggi, emendamenti. Prendo appunti. L'opposizione interviene su tutto. Spesso vociando, quasi seguendo una scaletta. Ho imparato da tempo a inquadrare il pubblico in teatro; mio padre, capocomico, diceva: «Se non sai individuare chi hai davanti, in platea, è meglio che cambi mestiere». Osservo e catalogo i presenti, a gruppi e uno alla volta. Riconosco il carattere da come uno cammina, si siede, gesticola... C'è chi sta seduto come una comparsa, completamente disinteressato, chi si agita di continuo, chi telefona su due cellulari, anche tre... chi passa da un gradone all'altro senza una ragione logica. Poi ecco che all'istante tutti scattano in un gesticolare improvviso e trascinano in quella pantomima anche gli altri. «Ecco – penso –, ecco il branco.» Poi all'istante si vanno a sedere, come esausti. E dalla mia parte?... Sì, anche noi facciamo più o meno così. Che strana fauna, i senatori!

In una pausa decido di recarmi alla buvette. Attraverso il salone Garibaldi pieno di gente, sono tutti onorevoli. Che appellativo pomposo «onorevole»! Mi pare venga dal latino *honorabilis*, uomo d'onore. «Onor e gloria» si canta nell'opera dedicata a Masaniello. Ecco, di quello non dico il nome ma so che è sotto processo. Quell'altro che ride è stato già condannato ed è vicino a uno che lo abbraccia. Quello è indagato con avviso di garanzia. Mi viene in mente Arlecchino che si addobba con un mantello regale per apparire commendevole ma lascia scoperte le chiappe.

Mi muovo con aria spavalda, come se fossi di casa. Sicuramente si stenta a pensarmi timida e sballonata, ma invece è così.

Penso a Dario, a Jacopo. Vorrei averli qui con me.

Ci sono delle statue qua e là, su appositi piedistalli. Sembrano oggetti osceni, fallici. Le ha scelte e comprate il presidente uscente, Pera: un nome che è tutto un programma. E pare che a forma di pera avesse pure la testa. Gli autori di quelle opere erano tutti suoi amici. Sono costate un bel po': soldi del Senato naturalmente o, meglio, della comunità.

Fino a qualche anno fa al loro posto c'erano statue di noti senatori del passato, fra le quali un busto di Garibaldi, che, dopo un'esperienza di qualche anno alla Camera, ripartì per la sua isola, Caprera, in Sardegna, e non tornò più. Forse portandosi via anche la statua.

Arrivo alla buvette, decido di prendere un caffè. Mi rivolgo a un commesso: «Scusi, dov'è la cassa?».

«Be', senatrice, basta guardarsi intorno... qui è tutta casta!».

«Ma cos'ha capito? La cassa, per pagare, non la "casta"!»

L'inserviente scoppia in una risata.

«Dove pago, insomma?»

«Ah, scusi, la cassa è subito qui, come entra, a destra. In verità avevo capito, ma questa battuta mi piace troppo!»

Pago il mio caffè: «Lo scontrino, per favore...».

«No, senatrice, qui non diamo lo scontrino...» mi risponde meccanicamente il gestore.

Che stravaganze!... A Montecitorio lo danno, al Senato no.

«Perché?» chiedo.

Borbotta qualcosa.

«Come ha detto, scusi?»

Tutto sussiegoso risponde: «Dicevo che non è elegante».

Siamo nei matti.

La visita del riciclabile

Suona la campanella, è ora di rientrare in aula. Mi siedo accanto a Furio Colombo. Parliamo del più e del meno, poi lui mi sussurra: «Guarda, sta entrando Dell'Utri...».

Sbircio appena e poi gli soffio: «Lo sai che ci ha querelati per il fatto che, nello spettacolo *L'anomalo bicefalo*, facevamo un apprezzamento su di lui, ricordando che è un grande collezionista di libri antichi, e aggiungevamo: "Ne ha una caterva e di preziosissimi! Quando sono sporchi li ricicla tutti..."».

Furio scoppia a ridere e poi subito: «Zitta, zitta, che sta venendo verso di te...».

«Chi?»

«Il riciclo. Voglio dire... Dell'Utri.»

«Oh, parli del diavolo e spuntano le corna» faccio io.

Infatti me lo trovo davanti. Con calma mi prende la mano e me la bacia, sussurrandomi: «Sa chi sono io?».

«Ma certo, lei è sempre nei miei pensieri, caro onorevole.» Calco appena il tono su «onorevole».

Lui, chinandosi verso il mio orecchio: «Non si preoccupi per quel milione di euro di danni che ho chiesto per diffamazione».

«Grazie, onorevole, ma non siamo affatto preoccupati. Si preoccupi lei, piuttosto. Quel processo lo vinceremo noi.»

Infatti nel 2013 c'è stata la sentenza e Dell'Utri ha perso la causa che ci ha intentato e ha dovuto pagare tutte le spese. Chi dice che non c'è giustizia a questo mondo?

Furio Colombo era rimasto basito e poi ha commentato: «Ma sei pazza ad andar giù così pesante con lo sfottò?».

Inizia la seduta. Ascolto, prendo appunti. Ho le antenne tutte tese.

Pausa pranzo. Scendo al ristorante, cerco tra i tanti ospiti un viso amico. Qualcuno che conosco c'è, ma la mia timidezza congenita m'impedisce di avvicinarmi e dire: «Posso sedermi e pranzare con te?».

L'incontro con il «Flacco»

Non vi ho ancora parlato del primo incontro con il gruppo dell'Italia dei valori nello studio di Antonio Di Pietro. In quell'occasione ho conosciuto il senatore Sergio De Gregorio. Non ci crederete, ma l'ho subito inquadrato catalogandolo come un «flacco». Nel gergo dei teatranti significa fasullo, ipocrita e malandrino.

I vari intervenuti sembravano evitare ogni contatto con lui. Personalmente l'ho sentito subito sfuggente, e anche un po' untuoso, sul tipo Bondi, solo un po' più tondo e lustro.

Il senatore De Gregorio sarà poi oggetto di diverse indagini da parte della magistratura. Nel 2007 è indagato dalla Procura antimafia di Napoli per i reati di riciclaggio e favoreggiamento della camorra, nel 2008 dalla Dda di Reggio Calabria per concorso esterno in associazione a delinquere, in merito al presunto ruolo di mediatore che il parlamentare, ancorché presidente della Commissione difesa del Senato, avrebbe svolto per conto della cosca Ficara per l'acquisto della caserma dell'esercito Mezzacapo (procedimento archiviato l'8 maggio 2009). È tuttora indagato a Roma per corruzione nell'ambito di un'indagine riguardante presunti tentativi di ottenere voti al Senato per far cadere il governo in occasione della discussione della finanziaria. L'indagine riguarda un presunto accordo che prevedeva il finanziamento del gruppo Italiani nel mondo da parte di Forza Italia.

E mi fermo qui. Se volete saperne di più, fiondatevi su Google. Se va avanti di 'sto passo, di reato in reato, lo faranno presidente della Repubblica.

Dopo tre mesi da quell'accordo, l'uovo è fatto: il De Gregorio Sergio passa, con il peso di tutto il suo corpo, che non è poco, dalla parte di Berlusconi (da cui proveniva), in cambio, secondo quanto dichiarerà in seguito, di tre milioni di euro. Ma Antonio – dico a te Di Pietro! –, che occhio hai?! Come hai fatto a sceglierti un torciolo del genere?! Tonino, dovrò comprarti un cane-guida, poverino: politicamente sei del tutto cieco!

E così, con il voltafaccia di quel galantuomo, l'Ulivo è sempre più risicato: siamo 158 contro 155. Non sarà facile votare.

Indagare per scoprire cosa vai schiacciando per strada

Sono passati alcuni giorni, durante i quali mi sono dedicata all'inchiesta sugli sprechi, ragione per cui ho deciso di sobbarcarmi il non leggero peso di diventare senatrice.

Sono sconvolta da tutto quello che ho scoperto e di cui fino a qualche anno fa non sapevo niente. Penso che nelle scuole si dovrebbe istituire un corso su questo argomento, sono soprattutto i ragazzi a dover sapere.

Consegno a Di Pietro, soddisfatta, un dossier frutto di una ricerca che mi ha impegnata per ben due mesi. Man mano che venivo a conoscenza di quanto viene speso per la conduzione del nostro paese, il mio sbalordimento aumentava. «Non è possibile» mi dicevo. «Sto sognando. È un incubo.»

Cominciamo con un'impresa che si chiama Sogin (Società gestione impianti nucleari), di cui è presidente il generale Carlo Jean.[1] Faccio un po' di ricerche e ne scopro delle belle. La Sogin si dovrebbe occupare dello smantellamento delle centrali nucleari italiane dismesse e quindi non più funzionanti. La società è finanziata tra l'altro anche dalle bollette degli utenti Enel per centinaia di milioni. Ora, nel triennio 2002-2004 la Sogin ha speso 468 milioni di euro senza smaltire nulla; la stessa Autorità per l'energia e il gas e il ministero del Tesoro hanno ritenuto esagerate, anzi

---

[1] Carlo Jean (Mondovì, 12 ottobre 1936) è stato presidente di Sogin dal dicembre 2002 al dicembre 2006.

assurde, tali spese, e in particolare hanno puntato il dito su: 4,8 milioni di euro spesi per la sede centrale e lo sfavillante ufficio a Mosca – ripetiamo a Mosca, da Putin! –; 2,7 milioni di euro per la comunicazione; 257.000 euro, cioè mezzo miliardo di lire, per uno stand al Salone del libro usato, organizzato da Publitalia e voluto da Marcello Dell'Utri. Rieccolo il campione del riciclo!

E per chiudere, un messaggio elegiaco dedicato ai giovani precari. Un'interrogazione parlamentare del senatore Aleandro Longhi (Ds) ha svelato operazioni sospette all'interno della società: assunzioni di raccomandati (fra cui il figlio del viceministro dell'Economia Mario Baldassarri, della nuora del senatore Gustavo Selva, della nuora di Altero Matteoli, ex ministro dell'Ambiente);[2] consulenze esterne, tra cui quella affidata allo studio legale di Cesare Previti; appalti senza gara. In conclusione, una società al 100 per cento del Tesoro, al momento inutile, con un personale che conta 600 dipendenti, e che continua ad assumere.

Inoltre, una previsione di spesa di 360 milioni di euro per lo smantellamento dei sottomarini nucleari russi, formalmente in cambio dello stoccaggio delle nostre scorie nell'ex Unione Sovietica. Finora Mosca si è sempre rifiutata di prenderle e noi abbiamo cominciato a spendere 8 milioni di euro.

A questo punto andate pure a dormire tranquilli, e sarei curiosa di sapere i sogni che riuscirete a inventarvi.

---

[2] Altero Matteoli (Cecina, 8 settembre 1940) è stato ministro dell'Ecologia durante la XII legislatura (governo Berlusconi I), dal 10 maggio 1994 al 17 gennaio 1995, e successivamente, ministro dell'Ambiente e della tutela del patrimonio, durante la XIV legislatura, dall'11 giugno 2001 al 23 aprile 2005 (governo Berlusconi II) e dal 23 aprile 2005 al 17 maggio 2006 (governo Berlusconi III).

Aspettavo che Di Pietro mi parlasse del mio dossier, di tutte quelle porcherie delinquenziali che avevo scoperto e di quello che avrebbe messo in atto per fermare le follie di Stato.

Nulla. Non una parola. Ho il dubbio che il mio dossier sia finito nel cestino della carta straccia. Non ci troverei nulla di strano. Tante sono le bizzarrie che volano nell'aria in questo luogo. Questo è l'inizio di una brutta storia durata diciannove mesi.

I ladri portano il frac

A ogni pagina, a ogni episodio rievocato, mi rendo conto che quello che è accaduto sette anni fa ce lo ritroviamo pari pari ai nostri giorni, spesso triplicato da un grottesco osceno privo di ogni moralità. Una sensazione che si rafforza ancora di più se torno indietro con la memoria di almeno vent'anni.

Nel 1992 a Milano stavamo andando in scena con *Settimo: ruba un po' meno! n° 2*. Ero sola in scena e nel corso del monologo raccontavo al pubblico gli sprechi e le ruberie perpetrate nel nostro governo e nello Stato. Quando qualche mese dopo è scoppiata Tangentopoli, Dario ha esclamato: «Ci hanno rubato l'idea senza neanche pagarci i diritti d'autore!».

Tangentopoli... Com'è la vita: dopo tanti anni, eccomi al fianco di chi ha contribuito in prima persona a quella rivoluzione. Stiamo parlando di Antonio Di Pietro nei panni di pubblico ministero, ma anche di una valanga di personaggi fra indagati e intoccabili presi con le mani nel sacco e la bocca spalancata sul bottino.

Per testimoniare il testo dello spettacolo avevamo condotto una profonda inchiesta. Quello che maggiormente ci aveva sconvolti fu scoprire che, nel 1991, l'ammontare del nostro debito pubblico era di due milioni di miliardi e rotti di lire. Oggi siamo arrivati oltre i duemila miliardi di euro. Suddividendo questa cifra per la popolazione italiana, significa che ognuno di noi ha in carico un debito pari a circa 33.000 euro, neonati compresi!

Mi viene automatico chiedermi perché lo si chiami debito «pubblico». È un termine improprio, un eufemismo: il pubblico siamo noi cittadini e non c'entriamo nulla con quei soldi spesi, sperperati e buttati! Duemila miliardi!!! Mettendo in fila i biglietti da 100 potremmo coprire oltre mille volte l'autostrada Milano-Palermo e ritorno...

Ma come siamo arrivati a questo debito indecente?

Alì Babà e i centomila ladroni

I dati che seguono li ho rilevati da varie inchieste condotte da Sebastiano Messina, Gianni Barbacetto, Marco Travaglio, Gian Antonio Stella e altri giornalisti. Divertiamoci un po'.

Costi di Montecitorio, detto anche Bengodi! In un anno, nel 1992, sono stati spesi:

- 23 miliardi per l'acquisto di carta (hanno disboscato l'Amazzonia).
- 4 miliardi per spuntini e pranzi!
- 8 miliardi per posta e telefono!
- 10 miliardi per i viaggi dei deputati!
- più di 7 miliardi per il riscaldamento! Fa niente che a Roma, tutti lo sanno, il clima è mite e il riscaldamento si potrebbe accendere poco o niente. Invece a Montecitorio un caldo... Tutti nudi!
- oltre 2 miliardi per trasloco e facchinaggio! All'interno di

Montecitorio, eh! Da una stanza all'altra. Cambiavan partito, si portavan via la scrivania, le sedie e pure le macchine da scrivere elettroniche, le prime della serie.

Poi elencavo:

- 9 miliardi per la voce Servizio pulizia, lavanderia e disinfestazione, specie per i bacherozzi! Che non serve la disinfestazione, non serve: son tutti lì, gli scarafaggi!
- 600 milioni di carta igienica! Un milione e 643.000 lire al giorno di carta igienica! Bisogna riconoscere che i nostri parlamentari mangian tanto ma funzionano d'intestino che è un piacere!

A Palazzo Madama la musica non era diversa.

Di Paolo Cirino Pomicino, ancora oggi invitato a pontificare nei salotti buoni della tv, Raffaele Costa racconta che da ministro del Bilancio (1989-1992) ha stanziato contributi vari, per miliardi.[3] Vi citerò i più stravaganti.

Tra i più fortunati, i più fedeli amici dell'uomo: due miliardi per l'acquisto di collari per cani... ma i cani di chi!?! Contributi a 65 monsignori, 30 curie vescovili e 16 ordinari diocesani, affinché possano costruire chiese, abbazie e santuari. Contributo alla «Casa secolare delle zitelle» di Udine! (qui ci deve essere sotto una storia di passione amorosa e di abbandono...) Contributi all'associazione che cura i rapporti culturali tra Trieste e la Mongolia! Trenta miliardi per il progetto «Leopardi nel mondo» (il poeta o i felini?).

Abbiamo a Roma due bei palazzotti dove ha sede l'Ispettorato gestione enti disciolti (Iged).[4] Pensavo a un refuso,

---

[3] Raffaele Costa, *L'Italia degli sprechi*, Mondadori, Milano 1999.
[4] L'Iged è stato soppresso nel 2006; in seguito le sue competenze sono passate all'Ispettorato generale di finanza (Igf).

invece è proprio «disciolti»! In Italia avevamo, alla fine degli anni Novanta, 50.000 enti, di cui 634 decretati inutili, ufficialmente disciolti ma in realtà ancora esistenti. Trecento impiegati, costo annuo di soli stipendi: 12 miliardi. Qualche esempio? La Gil, Gioventù italiana del littorio;[5] l'Ente Tre Venezie, che si occupava, ancora, dei beni degli altoatesini che nel '44 optarono per il Terzo Reich: tutti morti, quegli altoatesini, ma l'ente è lì!! L'Ente orfani di guerra e, per finire, l'Ente per la distribuzione dei medicinali offertici dagli americani alla fine della guerra del '45, che se mandi giù un cachet di quelli... *tac*, sei morto secco!

Questo abbiamo scoperto vent'anni fa. Oggi voglio andare a verificare come e dove sono finite queste meravigliose pazzie. Negli anni successivi, con la sinistra al governo, il debito pubblico è stato ridotto, checché ne dica Berlusconi; oggi pare stia scoppiando.

Ma prima di concludere questo discorso, cito ancora un paio di dati, interessanti e sconosciuti ai più, tratti da *Il costo della democrazia* di Cesare Salvi e Massimo Villone.[6]

Popolazione Italia: oltre 60 milioni.

Camera: 630 deputati; Senato: 321 senatori; per un totale di 951 persone. Mi viene da dire: costano molto e sono anche troppi!

Popolazione Stati Uniti: oltre 314 milioni di abitanti.

Camera dei rappresentanti: 435 componenti.

Senato: 100 senatori...

---

[5] La Gioventù italiana del littorio (Gil) fu istituita nel 1937 e soppressa formalmente solo nel 1975, ma evidentemente quando Raffaele Costa scrisse il libro l'ente assorbiva ancora denaro.
[6] Cesare Salvi e Massimo Villone, *Il costo della democrazia. Eliminare sprechi, clientele e privilegi per riformare la politica*, Mondadori, Milano 2005.

Risparmio pubblico e giustizia privata

Ho tanti progetti da proporre al Senato: al primo posto del mio programma c'è proprio la riduzione del debito pubblico, non certo con tagli alla spesa e ai servizi, come ha fatto il centrodestra, e svendendo beni dello Stato, ma focalizzando l'attenzione sugli sprechi della pubblica amministrazione, che si traducono in spese assurde a carico dei contribuenti. Chiederò l'aiuto di molti abili consulenti. Interpellerò i cittadini, raccoglierò consigli, che verranno vagliati, e alla fine spero di poter arrivare a proporre cambiamenti semplici, fattibili e concreti. A cominciare dal risparmio energetico che, se applicato con accurata scientificità, produce vantaggi straordinari.

Secondo ricercatori di alta garanzia si potrebbe ridurre fortemente anche la bolletta dello Stato. Basterebbe applicare i criteri di efficienza energetica, obbligatori da tempo, già in funzione in Germania, in Austria, nei Paesi scandinavi e anche da noi, nel Trentino-Alto Adige. Si risparmierebbe una somma di denaro enorme che potrebbe essere spesa per dare a tante persone, oggi escluse da diritti fondamentali, la possibilità di avere una casa, l'assistenza sanitaria e la salute... che non è poco!

Si potrebbero dimezzare parlamentari e stipendi.

Ho già incontrato qui al Senato colleghi che sono interessati a elevare l'efficienza del sistema giudiziario. Oggi in Italia non vi è certezza della pena: capita che si possano invalidare le sentenze appigliandosi a cavilli di forma o che chi è riconosciuto colpevole di truffa possa patteggiare senza aver prima restituito il denaro estorto; chi manda in rovina migliaia di famiglie o si arricchisce manipolando il mercato può cavarsela con una multa. Negli altri paesi «moderni», in Usa per esempio, la manipolazione del mercato e l'evasione fiscale sono duramente punite.

Vi ricorderete di Bernard Madoff che, nel 2008, proprio ai primordi di questa ultima terribile crisi, fu incriminato per aver messo in piedi una strepitosa truffa che aveva coinvolto e rovinato centinaia di migliaia di cittadini americani. Si trattava di un uomo di grande prestigio e potenza: presidente di numerose imprese, banche, istituzioni finanziarie... insomma, un gigante dell'economia. I giudici che l'avevano incriminato non persero tempo, non ci furono rimandi, anzi: immediatamente si aprì il processo e, dopo solo qualche mese, Madoff fu condannato a 150 anni di carcere. Aveva settantun anni ma non gli affibbiarono l'obbligo dei domiciliari, al contrario gli spalancarono il carcere più duro che esista negli Stati Uniti. E quei 150 anni li sconterà tutti, se riesce a campare!

In Italia, oggi, tra condoni e prescrizione, depenalizzazione dei reati tributari e sanatorie, alla fine, non avrebbe nemmeno varcato la soglia del carcere: gli avrebbero imposto di starsene in una delle sue case o ville per via dell'età avanzata, appunto settantun anni, grazie alla Legge Berlusconi.

Carceri: una vergogna nazionale

Ovviamente quando parlo di pene detentive non posso ignorare lo stato delle carceri in Italia oggi. Carceri che io e Dario, per nostra scelta non casuale, abbiamo conosciuto direttamente a partire dall'inizio degli anni Settanta. Non sto parlando dell'arresto di Dario a Sassari, di cui riferirò più avanti, ma delle visite che si facevano nelle carceri al tempo di Soccorso Rosso.

Nell'autunno del '68, già l'ho accennato, avevamo fondato il collettivo teatrale Nuova Scena, poi diventato La Comune. Al termine degli spettacoli raccoglievamo fondi per sostenere i processi dei molti compagni e studenti detenuti, per aiutare gli operai delle fabbriche in lotta e gli occupanti di case, spesso tenute sfitte per speculazione. L'attività, inizialmente discontinua, con l'inasprirsi delle lotte era poi diventata pratica costante. Quando la raccolta non era sufficiente, versavamo l'incasso dei nostri spettacoli.

Le manifestazioni si susseguivano sempre più contrastate. Gli arresti di operai e studenti stavano diventando un fatto quotidiano, e noi ci impegnammo sempre di più, procurando assistenza legale ai detenuti, viveri, aiuti finanziari a loro e alle famiglie. Fu così che mi trovai in prima persona a vivere quell'ambiente, incontrando i direttori delle carceri e i giudici, oltre che i detenuti e gli avvocati.

Mentre all'inizio l'attività di Soccorso Rosso si rivolgeva ai soli detenuti «politici», di lì a poco si diresse anche a detenuti per reati comuni che in carcere avevano acquisito, come si diceva allora, coscienza di classe.

Se esplodevano tumulti fra le mura degli istituti di pena, venivo subito avvertita e ancora oggi mi chiedo come mai i direttori carcerari non mi negassero mai l'ingresso, anzi, in certi casi, erano loro a chiamarmi di persona. Ho visto di tutto: direttori onesti che si facevano carico dei problemi dei detenuti; veri e propri torturatori che denunciavo ogni sera dopo gli spettacoli, facendo nomi e cognomi. Ho potuto testimoniare pestaggi inauditi e repressioni brutali e incivili.

Voglio riportarvi al carcere dell'Asinara, a quel tempo diretto da Luigi Cardullo, un personaggio a dir poco sconcertante.

In queste carceri il terrore è di casa. A nulla sono servite le centinaia di lettere di denuncia contro il direttore e i suoi sottoposti. La sua fama di crudeltà è tale che, per evitare il trasferimento in questi luoghi, sono sempre più numerosi i detenuti che si procurano lesioni volontarie, scegliendo così la strada del ricovero in ospedale o del manicomio criminale pur di non partire o di non ritornare in queste carceri.

G.C. (sono le iniziali di un detenuto) si è conficcato un ago nel petto dopo essersi cucito la bocca con lo spago. B.R. ha ingoiato il manico di un cucchiaio rischiando la perforazione del duodeno. Un altro detenuto mi dice: «Pur sofferente di fegato per postumi di epatite virale e di artrosi cervicale, non mi è stata risparmiata la segregazione, il letto di contenzione e l'isolamento totale. Ho subito di continuo minacce di morte e istigazione al suicidio. La cella in cui sono stato costretto (2 metri per 1,5) è una lurida segreta puzzolente per gli escrementi di chi l'aveva occupata prima di me e dei miei. Denuncio i medici di connivenza con la direzione, denuncio certa magistratura di coprire e insabbiare centinaia di denunce».

Grazie al nullaosta del ministro competente riesco a ottenere la possibilità di far visita al carcere dell'isola. Il direttore si sforza di apparire umano, liberale e persino carico di comprensione ma, dopo alcuni scambi con i detenuti, raccolgo testimonianze orrende come quella che ho appena riportato e, tornata a Milano, con l'aiuto di due avvocati, stendo una denuncia a partire dalle dichiarazioni dei carcerati. Il direttore Cardullo viene indagato. Dopo un'inchiesta e un interrogatorio molto serrato l'inquirente chiede che il direttore sia cacciato dall'isola e messo a riposo.

Tornando ai nostri giorni, tralascio i dati, già tragici, sulla situazione al tempo della mia elezione, ma vi propongo quelli che l'Istat ha reso noti a fine 2012.[7] Le cose indegne in italia peggiorano sempre...

Al 31 dicembre 2011 erano detenute nelle carceri italiane 66.897 persone: la capienza regolamentare delle nostre

---

[7] Istat, *Anno 2011. I detenuti nelle carceri italiane.*

prigioni è di 45.700. L'Italia, purtroppo, ricorre meno di altri paesi europei alle misure alternative al carcere, che potrebbero essere una concreta risposta al sovraffollamento dei penitenziari, un male che contribuisce gravemente al dilagare di episodi drammatici. Nel 2011 sono stati registrati 63 casi di suicidio, 1003 casi di tentato suicidio e ben 5639 atti di autolesionismo. Quando ci decideremo a risolvere in modo civile questa ignobile situazione?

Creare prigioni umane non è uno spreco di denaro ma un investimento che va ad agire contro la pratica del crimine, riducendola. D'altra parte è assurdo creare un carcere bestiale e poi permettere ai furbi e ai ricchi che possono avvalersi di un buon avvocato di evitare qualunque conseguenza per i loro reati. La popolazione carceraria oggi è per lo più composta da extracomunitari senza permesso di soggiorno. Mi batterò affinché questi cittadini che fuggono dal loro paese perché c'è la guerra o per cercare una vita migliore possano acquisire la cittadinanza italiana come strumento giuridico di integrazione.

Natale con gli indesiderati

Nel 2005 io e Dario veniamo a conoscenza del fatto che a Milano, in via Lecco 9, oltre duecento immigrati extracomunitari, maschi e femmine, provenienti da paesi dell'Africa, hanno occupato uno stabile del Comune, disabitato e pronto per essere demolito. Decidiamo di andarci per renderci conto della situazione e vedere di cosa possano aver bisogno. Spettacolo disperante: famiglie intere, anziani e bimbi compresi, accatastate tra calcinacci e immondizia, dormono per terra sui cartoni, non hanno nulla. Dico nulla: né cibo né acqua né luce.

Contattiamo un po' di amici e ci diamo da fare. L'Arci fornisce una pentolona da campeggio con fornellone a legna mai vista al mondo: si cucina per quasi trecento persone, con le madri del Leoncavallo in prima linea. Tutti quelli che conosciamo si mettono in movimento. Arrivano coperte, indumenti, cibo..., di tutto. Passiamo parte della giornata con gli indesiderati, ascoltiamo le richieste e agiamo.

A un certo punto arriva una telefonata che ci comunica che la palazzina occupata dagli extracomunitari sta per essere sgomberata dalla polizia. Siamo vicini al Natale. «Hanno aspettato proprio il momento buono» commenta una donna del quartiere guardando in su, verso gli immigrati in equilibrio sui tetti dello stabile, affacciati a quel rudere di balcone mentre sotto i poliziotti sfondano il portone. «Hanno aspettato che mettessero nella mangiatoia il Bambin Gesù, che la gente si sentisse santificata dalla notte di Natale, la pancia piena di cibo e panettoni, per portare a termine il loro colpaccio, tranquilli e quasi indisturbati!»

I poliziotti hanno solo il fastidio di dover tranciare con grossi tronchesini le catene alle quali si sono legati alcuni ragazzi. Il portone non si spalanca: si stacca dai cardini e ricade verso l'interno, rischiando di schiacciare donne e uomini, quasi tutti africani. Poi, con qualche spintone, le guardie entrano, seguite dai rappresentanti dell'Arci, della Caritas e da don Colmegna. Cominciano le trattative. Poi a uno a uno escono gli immigrati: donne, vecchi, bambini.

I quotidiani del giorno appresso dicono che tutte le soluzioni offerte dal Comune sono state rifiutate dagli occupanti e pure quelle proposte dalla Cgil, dalla Caritas e dall'Arci. Quei cocciuti hanno risposto sempre di no. Ma in che consistono quelle «ragionevoli» soluzioni d'accomodamento? Il Comune, giunta Albertini, a tutti i 267 rifugiati offre dei container sistemati in uno scantinato. Io mi trovo con Dario a qualche metro dal gruppo dei propositori. Mi scappa da dire, a voce alta, che in quelle scatole di ferro ci vedrei volentieri per qualche notte gli amministratori del Comune. «Sistemare esseri umani in quei bacili è un'idea del tutto crudele» commenta don Colmegna. I rifugiati politici rifiutano naturalmente anche la solita sistemazione nei dormitori dove devi sloggiare ogni mattina presto e tornare al tramonto. «E di giorno dove viviamo?»

Ma gli assessori del Comune di destra si dimostrano pieni di risorse e arrivano addirittura a proporre un tendone riscaldato da sistemare in una zona già occupata da numerosi campi nomadi. Assicurando, già tra le proteste degli abitanti della zona poco propensi ad accogliere nuovi occupanti, che donne e bambini saranno collocati altrove.

A tutto questo ben di Dio di proposte i rifugiati rispondono: «No, grazie, preferiamo restare sul marciapiede, in strada». I poliziotti se ne vanno e, con loro, i responsabili del Comune: «Risolvano come gli pare, noi il nostro dovere l'abbiamo fatto!».

Urlo: «E così lo spettacolo è finito! Guarda che bel presepe avete combinato! Sta venendo giù perfino la neve. Ci manca giusto l'arrivo di Erode per concludere la festa».

Di lì a poco le coperte e i berretti di lana degli accampati, dei disperati, degli scacciati, grondano acqua. Alcune donne con i loro bimbi in braccio salgono sull'autobus dell'Atm, messo a disposizione come ultimo rifugio. Dove trascorreranno la notte? Li aspetta una veglia non proprio santa.

Si può ben dire che Gesù si sia fermato anche a Milano. Con una decina di compagni ci rechiamo in un supermercato e comperiamo dei viveri. Li lasciamo col groppo in gola. Peccato non avere una casa grande per ospitarli tutti.

Un forno situato in una via poco lontana distribuisce qualche centinaio di panettoni ai rifugiati. I bambini e le madri ringraziano applaudendo i prestinai; noi procuriamo loro un largo tendone sotto il quale si potranno riparare.

Se ti aspetti un gesto di solidarietà da questo Comune di pidocchiosi puoi anche crepare. Meno male che il proverbio più noto di Milano recita «*Milan g'ha il coeur in man!*», «Milano ha il cuore in mano». Forse agli assessori il cuore è sceso un po' più in basso, dalle parti delle natiche!

Machiavelli censurato cinquecento anni dopo

3 maggio 2006

Torniamo in Senato: il 3 maggio siamo convocati per eleggere il presidente del gruppo mistico, pardon, misto, al Senato. Mi ha confuso la presenza di alcuni democristiani: presiede Giulio Andreotti. Oh! Eccolo il capo mistico! Chi nella sinistra aveva assicurato: «No, non moriremo democristiani»? Ecco purtroppo qui la dimostrazione che a nostra volta siamo dei sognatori mistici...

Entro in una delle grandi sale di Palazzo Carpegna con un certo imbarazzo all'idea di incontrarmi con l'intoccabile – nel senso di scivoloso, impalpabile – della Dc. Mi aveva negativamente sorpreso quella sua bonomia nei miei riguardi. A un tratto aveva forse dimenticato cosa dicevamo di lui e del suo governo quando con Dario, Giustino Durano e Franco Parenti andavamo recitando *Il dito nell'occhio*.

Giulio Andreotti aveva di certo cancellato dalla sua memoria quei tempi, ma noi no. Ricordavamo bene come il responsabile della cultura si fosse comportato verso il teatro satirico! Lui, quasi implume (aveva poco più di trent'anni), era il capo censore per antonomasia e interveniva a piedi giunti su ogni spettacolo tragico o grottesco vedesse andare in scena: era arrivato a cancellare *La Mandragola* di Machiavelli e *L'Arialda* di Testori come fossero carta straccia uscita dallo sfintere del demonio.

Lui, tutto intero, quasi vivo e vegeto, l'avevamo messo addirittura in scena con la sua camminata da Torquemada sghembo, già curvo nella gestualità d'ossequio vescovile, onnipresente in ogni momento storico del primo governo De Gasperi. Era Durano che lo interpretava. Per tutto lo spettacolo entrava in ogni occasione in cui ci fosse qualcosa da inaugurare o benedire. Arrivava protetto da una sola coperta militare perfino in cima all'Everest, quando aspettava i nostri scalatori per congratularsi con loro.

Be', il dialogo oggi si rivela meno difficile di quanto pensassi. Entro mentre il senatore a vita ha appena oltrepassato la soglia. Mi accoglie con un gran sorriso, mi abbraccia e mi bacia sulle guance.

«Cara piccina – testuale, mi dice, lasciandomi a bocca aperta –, ti devo ringraziare... Tu e Dario siete stati meravigliosi, avete fatto l'impossibile per aiutarci a conoscere dove i brigatisti tenessero nascosto Aldo Moro. Grazie!»

«Presidente, lei è troppo gentile. Ma io, quei terroristi, sono andata a incontrarli alle carceri Nuove di Torino solo perché il capo gabinetto del ministro Bonifacio [ministro della Giustizia dal febbraio 1976 al marzo 1979, *ndr*], il dottor Selvaggi, me l'aveva chiesto con insistenza. Ero certa che quei detenuti non sapessero nulla... e avevo ragione.» E continuo: «Ora che sono passati tanti anni, presidente, mi potrebbe svelare per quale ragione non avete accettato, pur di salvare Moro, di liberare in cambio un gruppo di carcerati delle Br, magari di poco conto? Al posto vostro li avrei lasciati andare. Liberato Moro, avreste tranquillamente potuto arrestarli di nuovo».

«No, non potevamo accettare quella soluzione poiché le Br volevano trattare per lo scambio come fossero lo Stato, da pari a pari.»

Ah, è una questione di forma quindi... La forma è tutto nell'arte della politica!
«Sì, ma a causa della forma è stato ucciso un uomo.»
Mi guarda sconsolato, aprendo le braccia, come a dire: «Non si poteva fare diversamente...». All'istante mi viene in mente il cardinal Siri, potentato massimo della Santa sede, che al cospetto di chi gli diede la notizia del sequestro Moro commentò: «Ha avuto ciò che si meritava».[8] Proprio un grande cristiano!

Una dialettica curiale

È la solita ragion di Stato, ovvero l'irragionevole rifiuto della ragione. Come un flash, mi appare l'immagine di Ciro Cirillo, pezzo grosso della Dc napoletana, catturato sempre dai brigatisti tre anni dopo l'*affaire* Moro. In quel caso però il governo non appose alcuna questione di Stato. Si ricorse perfino ai mafiosi, contrattando tranquillamente con i brigatisi e versando tutto ciò che fu richiesto per il riscatto: un miliardo e 400 milioni di lire. Ed ecco Cirillo libero e arzillo come un grillo... Ma come mai? Dov'è l'inghippo?

Qualche malalingua insinua che Cirillo, a differenza di Moro, non aveva certo in capo di traghettare il Partito comunista di Berlinguer al governo, perciò con lui non si interposero questioni di dignità morale e difesa dell'autorità di Stato. Evviva! La straordinaria metamorfosi della ragione!

A riprova del fatto che nella Democrazia cristiana c'è un gene di resistenza eterna, volete sapere che fine ha fatto colui che trattò con la mafia per il rilascio di Ciro Cirillo?!? *Ça*

---

[8] A riferire di questa reazione del cardinal Siri alla notizia del rapimento di Aldo Moro è stato il giornalista Giulio Anselmi.

va sans dire... È Vincenzo Scotti, dal 2008 sottosegretario agli Esteri del governo Berlusconi![9]

Come si assumono collaboratori senza stipendio

Ma torniamo al lavoro in aula. Senza intoppi, abbiamo eletto il presidente del gruppo misto: senatore Nello Formisano, Idv.

Circa una settimana dopo il mio arrivo a Roma mi viene assegnato un ufficio a Palazzo Cenci, due scrivanie, due computer e poca aria: il tutto, credo, in 10 metri quadrati. Mi pare di essere una dirigente in carriera... ma che cosa dirigo? Dove finiscono le petizioni, i progetti, le interrogazioni che presento? Tutto qui vola e si disperde nel nulla. Salvo naturalmente le leggi *ad personam* e i decreti a vantaggio della cricca, pardon!, della casta.

Mi occorre assolutamente un'assistente. Mi viene suggerita da Formisano: Giuliana, una giovane già collaboratrice di un senatore della precedente legislatura. Conosce bene il suo lavoro. Graziosa, capace. Per assumerla, bisogna stilare un contratto. In che forma? Mi viene consigliato: «O in nero o co.co.pro.». Parlo con il nostro commercialista, Giancarlo Merlino, e decidiamo per un più corretto contratto a tempo indeterminato. Qualcuno dei miei colleghi mi dice: «Hai sbagliato, non sei nella norma».

Scopro che con «la norma» non si allude all'opera di Bellini ma a un'altra aria. Pare cioè che qui e a Montecitorio sia costume trasformare tutti i collaboratori in volontari... Scopro inoltre che altri «onorevoli», in gran numero, se la cavano

---

[9] Vincenzo Scotti è stato sottosegretario di Stato del ministero degli Affari esteri dal 12 maggio 2008 all'8 novembre 2011 (governo Berlusconi IV).

con cifre miserabili: 500, 700 euro. In nero. Una mancia insomma! Pochi sono quelli che assumono con contratti a tempo indeterminato. Per la verità, ho fatto un'inchiesta: siamo in tre... tutti e tre considerati fuori norma! E dire che noi novecento e più, fra senatori e deputati, percepiamo dallo Stato per il nostro «portaborse» 5000 euro al mese!

Sono indignata. Ma com'è possibile che i rappresentanti della popolazione di questo paese, che dovrebbero dare il buon esempio sul comportamento e i doveri di ogni cittadino riguardo alle leggi fiscali e al rispetto dei diritti di coloro che lavorano, si comportino tanto spudoratamente da taccagni incivili e fuorilegge?

Approfitto di un intervallo alla buvette per discuterne con alcuni colleghi coi quali ho raggiunto una certa confidenza. E all'istante mi rendo conto che su questo argomento non mi seguono, anzi, mi fanno capire che sono quasi scocciati. Insomma, in coro hanno deciso di continuare a non cacciare un soldo per i loro assistenti.

A uno dei miei amici senatori che reputo persona onesta e civile, propongo di scrivere insieme un'indignata protesta perché ognuno si comporti con correttezza; ma, incredibile, fingendo di essere in quel momento molto occupato, il collega senatore mi pianta lì da sola come un merluzzo.

Non so dove sbattere la testa. Penso a chi alla Rai potrebbe aiutarmi ad attirare l'attenzione su questo indegno comportamento. Mi confronto con Dario e lui mi dice subito: «Sei proprio fuori dal mondo! Ma dopo i casini che abbiamo combinato alla Rai, a partire da *Canzonissima* nel 1962 e poi con la messa in scena di *Trasmissione forzata* nel 1988, quando abbiamo bastonato il comportamento di Craxi e del suo governo, chi rischierebbe ancora di darci spazio?».

Mi sento impotente e senza speranza.

La iena non mangia il pesce marcio

Ma ecco che a casa, facendo zapping, mi imbatto in due facce che conosco: sono due giovani attori che ho incontrato qualche volta e che, pur lavorando per Mediaset, si sono sempre dimostrati persone di notevole correttezza e con una certa predisposizione alla denuncia. Lavorano in una trasmissione che si chiama *Le Iene*. Ottimo: davanti a lupi del genere, le iene ci stanno benissimo.

Li rintraccio, ci diamo appuntamento e spiego loro qual è il mio intento. Si organizzano e io consiglio di tampinare gli «onorevoli» davanti a Montecitorio. È una vera e propria azione punitiva.

Le Iene, con molto garbo, come loro solito – e soprattutto sparando ad altezza d'uomo – fanno domande che hanno il potere di spiazzare i reticenti e porli in difficoltà.

Qualche mese più tardi va in onda il servizio, che registra dialoghi come questo: «Onorevole, lei ha il portaborse?». Un nervosissimo «sì» e tirano via infastiditi. Ma le Iene insistono, li azzannano ai polpacci: «È a contratto o è precario? Quanto lo paga?». Gli intervistati inciampano, cercano di sgattaiolare via; e quelli, imperterriti: «Andiamo, non può negarci una risposta!». Gli intervistati abbozzano giustificazioni degne di Ruby Rubacuori: «Be', così su due piedi non saprei, non ricordo». E un altro: «Chieda alla mia collaboratrice».

E le Iene: «Ma la collaboratrice dice di non essere pagata».

E l'altro: «È vero, ma ho accettato una studentessa che fa pratica. Mi dovrebbe pagare lei!». E un altro ancora: «Anche la mia fa pratica: le ho detto che non mi servivano segretarie, ma lei ha insistito: "Collaboro anche senza paga!". Però l'aiuto a fare i compiti... mi è tanto grata!».

Il migliore fra tutti è stato però l'On. Avv. Taormina che, in una puntata di *Report* di qualche anno fa in cui Bernardo

Iovene gli chiedeva se avesse dei collaboratori parlamentari, rispose: «Nessuno, zero. Ho sempre fatto tutto da solo».

«Lei – proseguiva Iovene – per i collaboratori usufruisce di 4100 euro al mese sborsati dallo Stato.»

«Mi collaboro da solo... E quindi me li tengo io.»

«Bene, quelli li tiene lei, e lo stipendio da parlamentare?»

«Quello lo devolvo a una nobile causa.»

«Quale?»

E Taormina, con voce pudica: «Agli animali. Io e mia moglie abbiamo un canile che gestiamo tutto con i soldi nostri».

«Cioè quelli che riceve come deputato. Quindi la Camera dei deputati paga le spese di un canile che ospita quanti cani?»

«Be', dai 20 ai 30!»

«Nooo, ma lei è veramente un filantropo!»

Ma questa provocazione con lazzo crudele ha dato i suoi frutti: il servizio delle *Iene* ha avuto un successo imprevedibile, tanto che un gruppo di studenti della Sapienza ha fatto la posta ad alcuni onorevoli e in coro li ha sconvolti gridando: «Fateci lavorare per voi, signori deputati onorevoli e senatori, vi preghiamo! Gratis, mangeremo i vostri avanzi e anche i vostri scarti organici... e ci potete anche frustare ogni tanto!».

Fatto sta che il presidente della Camera Fausto Bertinotti, dopo questa valanga di sarcasmo, è stato costretto a togliere la possibilità d'ingresso agli assistenti, se non muniti di tesserino, e quindi di contratti. Ne sono rimasti fuori un sacco. Purtroppo disoccupati.

Ne parlo con alcuni senatori veterani, commentando: «Mi sembra un po' meschino far la cresta sullo stipendio di chi ci assiste! La gente viene a saperlo e si indigna!».

«Perché, tu paghi?!»

«Certo!»

«E quanto?!»

«Ciò che è di regola, compresi i contributi e le ferie!»

Ognuno scantona. A 'sto punto mi sfugge un commento poco benevolo: «Ho capito! Dimenticavo che noi siamo la testa del pesce!».

«Che vuoi dire?» mi chiedono.

«È dalla nostra testa che il sistema comincia a puzzare! E il tanfo poi si sparge per tutto l'emiciclo: dalla Camera al Senato! Non scandalizzatevi poi quando sentirete gridare dall'esterno: "Buttate la balena! Il marcio si sente anche fuori dal palazzo!".»

Intorno a me nessuno ride. Temo che questa sia la ragione per cui qua dentro non ho tante amicizie.

Una cupola enorme per fondale

Primi di maggio

Sto cercando casa. La trovo, pensa un po' te, proprio in piazza del Pantheon! Da buona commediante mi chiedo quale segnale mi stia offrendo la sorte mettendomi di fronte al monumento più amato da Michelangelo.

Guardo su internet, digito «Pantheon» e mi appare una pagina con questa dicitura:

> Il nome del costruttore del Pantheon è Lucio Cocceio, architetto del I sec. a.C., detto anche «il traforatore» per le numerose gallerie realizzate sia a Napoli, nei pressi della quale era nato, che a Roma. Anche sotto il Pantheon, su ordine di Agrippa, fece scavare un tunnel che raggiungeva l'antico Senato romano, che si trovava dove oggi c'è il Foro. La tradizione popolare racconta che proprio qui Caligola, ascoltando l'intervento di alcuni senatori durante un diverbio fra loro, indignato esclamò: «È più degno di vestire la toga e sedere in Senato il mio cavallo

che tutti voi! Avreste molto di imparare da lui che soprattutto ha la dote di saper anche tacere!». E, detto fatto, afferrò per le redini il suo puledro e, percorrendo il tunnel, lo condusse al palazzo del Foro, salì in Senato e fece accomodare l'animale sul trono a lui dedicato.

E dire che Caligola fu dichiarato «imperatore pazzo»...

Come diceva Jonathan Swift al termine de I viaggi di Gulliver: «Ci salveranno i cavalli»

Dico la verità: certe volte, dopo aver ascoltato gli interventi dei miei colleghi senatori e aver assistito a certe esibizioni triviali e sguaiate, mi viene il pensiero davvero folle di chiedere a mio figlio Jacopo di portarmi uno dei suoi cavalli allevati per far terapia ai bambini che hanno difficoltà psichiche o motorie. Sono animali davvero sconvolgenti. Sentono l'umore del bimbo che li cavalca come fossero un tutt'uno con lui. S'inchinano fino a terra per aiutare il piccolo fantino a salir loro in groppa. Rallentano se il terreno è frammentato. E, quando attraversano un bosco, evitano di passar sotto le arcate di rami troppo basse. Mi piacerebbe tanto portare qui, nell'emiciclo, proprio nel momento in cui scoppiano le solite risse sgangherate, uno, due, una mandria di quei cavalli. Quegli animali forse insegnerebbero ai nostri rappresentanti del popolo a comportarsi con maggior civismo, un po' più da umani o, meglio, da animali.

L'appartamentino che ho affittato nei pressi del Pantheon è piccolo, al primo piano, con poca luce e privo di riscaldamento. Dovrò pensare io a renderlo più vivibile. Per di più è un po' caro – 2000 euro al mese più le spese –, ma quando apro la finestra e mi ritrovo davanti la grande ellisse del Pantheon, patrimonio dell'umanità, esclamo: «Questa immagine mi libera da ogni remora e da magoni vari!».

Dario non vuole che stia a Roma da sola: il 9 maggio mi ha raggiunto Marina Belloni, amica-compagna. Mi è di grande aiuto. Mi dà serenità sapere che Marina è con me, abita con me... Che bellezza, non mi sento più sola. Si occupa con Giuliana dell'ufficio. Mi dà consigli, è davvero preziosa, in più ridiamo, ci facciamo da mangiare da noi, basta coi precotti, guardiamo la televisione... Oh, che pacchia!

Giuliana, Marina... siamo tutte e tre molto attive. La mattina mi sveglio sempre presto, arrivo a Palazzo Madama che l'aula è ancora chiusa. Vado nella sala lettura-computer e mi metto a lavorare. Faccio, come di regola, una visitina al mio blog, rispondo alle tante lettere davvero stimolanti che molti mi inviano. Oh, tu guarda, c'è un tipo che ce l'ha con me: vorrebbe ammazzarmi a bastonate. Mi fermo un attimo, o forse più, a meditare. In passato ho subito violenze sconvolgenti e il solo pensiero che atti aberranti possano colpirmi ancora mi paralizza. Calma, mi dico. Calma. Sarà il solito mitomane che si vuol mettere in vista. E cerco di non pensarci più.

Giordano Bruno è stato qui

3 maggio 2006
Dario riceve oggi la laurea ad honorem all'Università La Sapienza di Roma. Già lo scorso anno aveva ottenuto lo stesso riconoscimento alla Sorbona, fatto di cui vi voglio

parlare. Insieme all'invito con cui ci avevano convocati a Parigi avevamo ricevuto una brochure con i nomi dei personaggi più noti che avevano frequentato l'Ateneo, ottenendovi spesso una cattedra di insegnamento: fra questi comparivano Tommaso D'Aquino, Erasmo da Rotterdam, Giordano Bruno, Marie Curie.

Dario era buffo e nello stesso tempo austero, panneggiato in quella toga nera ornata d'oro con cui saliva sul palco nel salone gremito di studenti e personalità del mondo accademico di Parigi.

Ho tratto dalla registrazione la prima parte del suo intervento. Dario si esprimeva in francese, ma io la riporto in italiano:

> Sono a dir poco onorato all'idea di essere qui con voi. Ho scoperto che un altro italiano qualche tempo fa ha avuto l'onore di salire quassù, un certo Giordano Bruno. Certamente era conosciuto non soltanto come filosofo ma anche come autore di commedie e attore. Per i suoi discorsi e i testi che metteva in scena – vedi *Il Candelaio* – subì la persecuzione e la galera. Anch'io, nel mio paese, ho conosciuto risentimenti analoghi, ma spero tanto di non arrivare a un finale troppo caloroso – dovrei dire focoso – come quello subito da Fra' Giordano. Il filosofo eretico salì su quella catasta di legna infuocata perché aveva avuto l'ardire di pronunciare troppe verità e, soprattutto, lo aveva fatto con sarcasmo e squisita ironia. Fu uno dei primi a raccontare della Terra che rotea intorno al Sole con altri pianeti ed ebbe l'ardire di immaginare e raccontare Gesù che dialoga schernendo il pontefice e i vescovi, un po' in latino e un po' in volgare.

A questo punto Dario, trasformatosi in Giordano Bruno giullare, comincia a esprimersi in grammelot, passando dalla lingua francese a quella latina: con gesti e cambi di linguaggio fa immaginare il santo padre della Chiesa che tenta di abbracciare Gesù, il quale di rimando lo spintona e lo prende addirittura a pedate. Poi lo solleva e lo fa roteare per il gran salone ed egualmente raccoglie i vescovi, i cardinali e li lancia come fossero pianeti che roteano intorno a lui. Quindi, sempre in pantomima, come un giocoliere, danzando, li costringe a muoversi saltando come acrobati e nel gioco da circo intona un alleluiatico con acuti e gravi a ritmi forsennati, finché, in un'ammucchiata da gran finale, riesce a far immaginare al pubblico che l'intero concistoro abitato da prelati esploda proiettandoli in massa nell'aria come astri infuocati.

4 maggio 2006

Aula, ore 10.30: elezione di quattro vicepresidenti, tre questori e otto segretari. Nel pomeriggio parto per Milano, riposo sino a lunedì. Roma-Milano, Milano-Roma. Quasi dieci ore tra andata e ritorno. Mi piace tornare a casa, ma non penso che potrò andare avanti e indietro per molto. Mi sto stancando un sacco. Che comincino a pesarmi i miei prossimi settantasette anni? Vorrei aver lavorato di meno.

La votazione per il capo dello Stato come dessert

8 maggio 2006

Ore 16, seduta comune (Camera e Senato): votazione per il presidente della Repubblica. Le ore rallentano il tempo come azzoppate: è solo il primo scrutinio dei quattro che saranno necessari per eleggere, il 10 maggio, Giorgio Napolitano, che oggi prende solo otto preferenze; i giochi si devono ancora fare e Gianni Letta è per il momento in testa con 369 voti, segue D'Alema e poi, al terzo posto, ci sono io con 24 preferenze. Di Pietro mi fa: «Hai preso più voti di Napolitano...».

«Non dirglielo – bisbiglio a mia volta –, potrebbe rimanerci anche male!»

Niente di fatto... Si va a dormire senza presidente.

I fanatici della violenza ritornano sempre

Il maniaco omicida del blog si rifà vivo, ora ha aumentato numero e pesantezza degli interventi. Minaccia addirittura di sgozzarmi e farmi a pezzi. Comincia a impensierirmi.

Faccio denuncia alla polizia del Senato. Mi vengono a far visita due tecnici, indagano e dopo qualche settimana mi avvertono che l'hanno individuato e gli hanno sequestrato il computer. Chiedo ai poliziotti che razza di personaggio sia. «Non sappiamo, bisognerebbe chiedere allo psichiatra del nostro dipartimento.»

«Già, lo psichiatra» faccio io.

All'istante mi viene in mente Franco Basaglia, che trent'anni fa mi venne in aiuto in una situazione analoga. Avevo ricevuto un gran numero di lettere piene di insulti e minacce terribili. Gliene diedi da leggere un paio. Lui le osservò con attenzione e poi disse: «Certo, non sono state scritte da un forsennato qualsiasi; ti offro un'analisi che ti sembrerà assurda. Gli ammalati di questa categoria sono delle specie di iperconservatori e tu rappresenti per loro un simbolo insopportabile di donna fuori dalle regole che oltretutto si permette di rifiutare, spudoratamente, ogni chliché che il dettato comune impone al sesso femminile. Tu entri a piedi giunti nello spazio da sempre gestito dai maschi. Spezzi la consuetudine della soggezione, meglio quella dell'assoggettazione, quindi ti dimostri ingovernabile e scellerata: ergo da punire. Ti è andata ancora bene che ti è capitato di non venire al mondo ai tempi della caccia alle streghe, quando donne come te finivano bruciate al rogo».

Ogni tanto si incontra un amico

In mezzo a tanti a cui sono completamente indifferente, ecco invece un senatore che mi mostra simpatia: Sergio Zavoli, che conoscevo da ragazza, prima che diventasse un famoso cronista televisivo. Scherzo con lui sul fatto che all'inizio della sua carriera gli stessi suoi ammiratori gli avessero affibbiato un soprannome piuttosto spiritoso: «il commosso viaggiatore», dal titolo di una commedia americana che in quegli anni riscuoteva molto successo (*Il commesso viaggiatore*). Zavoli era infatti uso presentare i paesaggi, i monumenti e gli abitanti delle località che attraversava comunicando ogni volta al pubblico la propria struggente emozione.

A quel tempo avevo ventun anni, lui qualcuno di più. Mi aveva contattato per farmi un'intervista per «La Settimana Incom illustrata»; arrivò accompagnato dal fotografo, era la prima intervista importante della mia vita. Che emozione! Alcuni giorni dopo aspettavo con ansia l'uscita della rivista. Arrivo in edicola e chiedo al venditore, che conosco: «C'è qualcosa che mi riguarda?». «Signora, è cieca?» mi risponde. «Non vede che tutta l'edicola è coperta da suoi ritratti?!» Faccio un passo indietro e mi si ferma il cuore: ci sono proprio io sulle decine e decine di copertine esposte una accanto all'altra dall'edicolante! La prima copertina della mia vita. Sono senza fiato.

Ogni tanto l'amico senatore arriva al piano dove lavoro con dei cioccolatini che compera alla buvette, li sistema sul mio computer e mi sorride. Si parla... si commenta, ci si annoia anche.

Da morire.

Lui s'accorge dei plichi che tengo sulle ginocchia e mi chiede: «Ma quanto lavori?! Che stai facendo?».

«Preparo i testi delle nostre commedie che verranno allegate al dvd della Fabbri, saranno in edicola fra poco.»
È interessato. Almeno... mi sembra.

Piccola divagazione

Il senatore Zavoli mi fa tornare alla mente quando da ragazza ero venuta a Roma in cerca di fortuna. Stavo in una camera ammobiliata, mia madre mi mandava i soldi per la pigione e il vitto. Ero stata scelta tra non so quante ragazze per pubblicizzare la canapa. Umile ma dignitoso come lavoro, e mi pagavano pure un sacco. Dovevo fare comunque molta economia per non gravare sulla mia famiglia.

Erano gli anni d'oro di via Veneto. Quando non lavoravo ci andavo verso le undici di mattina e mi trovavo in mezzo a facce celebri. Ero molto eccitata, contenta, emozionata. Conoscevo un sacco di gente. Capitava che qualcuno mi invitasse a prendere un aperitivo. «Grazie, ma sono astemia... se proprio insisti, va bene un cappuccino, un dolcino...» così avevo risolto il problema del pranzo.

Ricordo un giorno l'arrivo di Alain Delon giovanissimo, bellissimo, su una macchinissima americana bianca, scoperta, accompagnato da un attempato produttore. Tutte le femmine presenti se lo mangiavano con gli occhi. Proprio bello, elegante, chic. Non era ancora noto. Lo divenne in brevissimo tempo.

Parlo di lui perché aveva avuto una breve – ma, come si dice, travolgente – storia d'amore con una mia amica, Anna X, un'attrice del Piccolo Teatro di Milano, bella e spiritosa, che si trovava a Roma perché impegnata in una rivista estiva al Sistina. Anna riuscì, con magie che solo noi donne conosciamo, a sottrarlo all'anziano produttore e a portarselo a casa... Si amarono senza tregua per l'intero fine settimana, e quando lei usciva per andare alle prove lo chiudeva in casa, sì, a chiave. Tornava per pranzo ma, dal momento che la compagnia teatrale non la pagava, nutriva il bellissimo con burro francese e acciughe che la mamma le inviava (non ho mai saputo perché le inviasse acciughe invece che spaghetti). Un amore moooolto intenso, che si bruciò in pochissimi giorni perché non «alimentato» da filetti, maccheroni, pane, vino e torte... I baci alimentano il cuore e lo spirito, un po' meno lo stomaco.

Un bel giorno, si fa per dire, rientrando nel nido d'amore, Anna lo trovò vuoto. L'uccellino era scappato dalla gabbia calandosi dal tubo della grondaia.

La storia è vera. La mia amica Anna non ha fatto una gran carriera, ma volendo potrebbe sempre scrivere una biografia piccante: «Amore e acciughe: le mie notti con Alain».

M'ha fatto un certo effetto di lì a poco vedere Alain protagonista di film anche eccellenti in cui, magari per esigenze di copione, si calava dal tubo di una grondaia. Ogni volta sussurravo: «Ciao... ti conosco a te!!».

Un tenero stupore attraversa via Veneto

Un'altra volta, all'improvviso, il brusio di via Veneto scema. Si fa silenzio. Mai più vissuto un momento così. Via Veneto zitta, ammutolita!

Ma che sta succedendo? Lentamente vediamo scendere da Porta Pinciana Sophia Loren all'inizio della sua carriera, la donna più bella e *charmante* che abbia mai visto nella mia vita, straordinaria dalla testa ai piedi. Lei, avvolta dal nostro silenzio, cammina come non ho mai visto camminare nessuno... Indifferente, lontana. Un paparazzo la chiama per nome, quasi sottovoce. Lei si blocca un attimo, lo cerca con gli occhi e una volta individuato gli sorride. Un evento, quel sorriso è un evento, come un'eclisse solare, un uragano... E scoppia il mondo. Parte un applauso fragoroso. Nessuno sa perché esploda proprio lì... Lei non è ancora una diva e non ha fatto niente per provocarlo. Semplicemente accade. Forse è la primavera che ci scalda il cuore.

L'ho conosciuta di persona, già famosa, anni dopo a Parigi. Carlo Ponti frequentava la casa dei miei genitori a Magenta quando recitavamo in quel che allora era solo un paesone. Io ero una ragazzina di dodici o tredici anni. L'allora giovane produttore aveva molta simpatia per noi (in particolare, credo, per mia sorella Pia, che era uno splendore!). Ricordo che veniva a teatro e a volte anche a pranzare a casa nostra: «I tortelli della signora Emilia (la mia mamma) sono i più buoni del mondo». Credo che la famiglia di Carlo fosse la più ricca della città; era un giovane alla mano, affabile e gentile, attratto da questi insoliti e un po' stravaganti personaggi che eravamo noi comici.

Ci siamo trovati per caso, una sera, al Crazy Horse di Parigi e abbiamo ricordato i tempi di Magenta e della famosa «visione» in via Veneto. Sophia Loren ricordava benissimo quel mattino. Diceva: «Avevo il cuore che batteva... Mi sentivo gli occhi di tutta quella gente addosso... Perché quel silenzio? Avevo l'impressione che gli abiti che indossavo mi fossero all'istante volati tutti via... Fra poco sarei volata anch'io per poi ricadere a terra di schianto... Sentivo molta emozione intorno a me e mi dicevo: speriamo che non mi si spezzi un tacco. Era come se camminassi su un filo sospeso fra due palazzi di via Veneto».

A passeggio senza la scorta

10 maggio 2006

Mi sono svegliata alle 5.25... dalla fame. Mi capita di saltare la cena per pigrizia. Così mi faccio una bella tazza di latte con l'orzo, ci inzuppo i biscotti. Mi dico: «Poi mi riaddormento». Invece no, niente. Sveglia come un grillo. Decido per una camminata. Mi piace girare per Roma con poca gente intorno e il sole che fatica ad affacciarsi fra i palazzi.

Mi guardo Palazzo Chigi. Mi viene in mente Prodi e mi frulla un buffo pensiero: potrebbe anche invitarmi una volta a pranzo. Poi rifletto. Sono pazza, perché mai dovrebbe invitare a pranzo proprio me? Ho incontrato qualche giorno fa la signora Flavia, sua moglie, che se ne andava tutta sola nei pressi della gelateria Giolitti. Ci siamo salutate con simpatia, m'ha dato anche del tu...

Mi vengono in mente quelle mogli di deputati e senatori, o senatrici stesse dalla voce roca, che si fanno accompagnare con l'auto blu al supermercato e fanno spingere il carrello al poliziotto della scorta.

Vado in via del Corso a guardarmi le vetrine. In fin dei conti sono una donna, e ogni tanto mi incuriosisce vedere cosa offrono i negozi di abbigliamento. C'è qualcosa che mi piacerebbe comprare, mi sembrano abiti adatti a una carica istituzionale così prestigiosa. Ma è tutto chiuso. Tornerò. Dico sempre così, poi non torno. Non c'è il tempo. Non avrei mai creduto che il Senato potesse impegnare tanto. Si corre molto. Anzi, sempre. Impegni uno appresso all'altro. Non che si combini molto...

Entro a Palazzo Madama. All'ingresso ci sono come sempre i due marinaretti. Il solito scatto di tacchi e: «AAAttteeentiiii!». Ciao ciao. Un giorno, per far loro piacere, arriverò in barca, travestita da gondoliere.

Ho il tempo che voglio per prendere un bel cappuccino con cornetto. La buvette è affollatissima. Saluto qua e là. Qualcuno risponde. C'è anche Anna Finocchiaro. Le sorrido. Mi guarda senza un cenno di risposta. Che bizzarria! Perché non risponde al mio saluto? D'accordo, non vengo dalla sua Trinacria... ma ho battuto tutte le piazze e i teatri d'Italia, non può far finta di non conoscermi! Nell'emiciclo sta nella fila dietro a me. Mi è passata davanti per un anno intero, ma un saluto mai.

A parte che lei è la presidente dell'Unione e come tale, invece di darsi tante arie, dovrebbe affidare a qualcuno le senatrici novizie come me, per prepararci ad affrontare un lavoro di cui non sappiamo niente. Siamo qui come tante oche allo sbaraglio. L'unica volta che mi chiamerà con affetto «Francuzza» sarà quando voterò sì, dopo mille perplessità, alla finanziaria. Ma di questo racconterò più avanti.

Mi indigna ritrovarmi ogni tanto assolutamente trasparente davanti a certi onorevoli, maschi o femmine che siano. Mi dà angoscia. Non capisco. Perché all'istante, come una goccia d'acqua al sole evaporo, sparisco? Poi penso: «Forse non mi ha visto. Forse è solo perché è immersa nei propri pensieri. Avrà problemi, povera signora...».

Speriamo in un futuro di dialogo, e non solo con lei.

Il riso abbonda sulla bocca degli stolti ma il sorriso manca a chi non ha tenerezza nel cuore

Un'altra dal saluto difficile è la ministra della Sanità Livia Turco.[10] Nei miei diciannove mesi di Senato non mi ha mai

---

[10] Livia Turco è stata ministro della Sanità dal 17 maggio 2006 all'8 maggio 2008 (Governo Prodi II).

concesso un saluto. Non l'ho mai vista sorridere. Forse ha una piccola paresi o ha i denti malmessi. Un sorriso non costa nulla. Dite che esagero con questo mio risentimento? E allora ascoltate quest'altra variante sul tema.

Vi mostro una lettera aperta inviata alla ministra da Andrea Bagaglio, medico e politico di Varese, pubblicata su «il Fatto Quotidiano» il 19 agosto 2012, cioè sei anni dopo il momento in questione:

> Signora onorevole Livia Turco,
> perché le scrivo? Perché sono indignato per il suo comportamento e arrabbiato con me stesso. Mi spiego. Sabato 18 su «il Fatto Quotidiano» c'era una nobile lettera dell'ex senatrice Franca Rame, che se la prendeva con il governo Monti, sostenuto dal suo partito, il Pd. La lettera terminava con l'invito a divulgarne il contenuto. Cosa che ho fatto. Sono andato poi sul blog della signora Rame e mi sono riletto le motivazioni per cui si è dimessa dal Senato nel 2008, che si riassumono nell'impotenza di poter incidere sulla realtà costituita. Una riflessione: la casta parlamentare racconta un sacco di frottole agli elettori ed è pronta ad accoltellare la madre (metaforicamente) per un posto al sole, e Franca Rame si dimette. Onore all'onestà mentale di Franca Rame.
> Ma cosa c'entra lei in tutto ciò, onorevole Turco? C'entra e come! C'entra quando leggo che la senatrice Franca Rame, il giorno 11 ottobre 2007 (non si era ancora dimessa), le ha indirizzato, in qualità di ministro della Salute, un'interrogazione con risposta scritta, «riguardante le gravi condizioni dei bambini del quartiere Tamburi di Taranto, bambini che, come denunciava il primario di ematologia prof. Patrizio Mazza, a dieci anni manifestavano già la "sindrome da fumatore incallito" per via dei fumi/polveri provenienti dalla grande acciaieria Ilva». Non solo, ma già allora veniva evidenziato dall'Asl un tasso di

neoplasie polmonari tra i più alti d'Italia. L'interrogazione era accompagnata da una frase lapidaria: «Non ho mai ricevuto risposta alcuna».

Evidentemente (per certe senatrici) le condizioni di salute di tante persone, soprattutto bambini, non sono prioritarie. Non crede, onorevole, che se si fosse occupata cinque anni fa della salute dei bambini di Taranto (assieme al ministro dell'Ambiente), ci sarebbero stati qualche morto in meno e meno genitori con lutti che devastano un'esistenza? Forse, se invece di recarsi a *Porta a porta*, fosse andata a Taranto, avrebbe potuto rispondere all'interrogazione della sen. Rame e non si sarebbe arrivati a questo punto.

Dott. Andrea Bagaglio
Medico del lavoro

Non ho mai avuto fortuna con la ministra. Ricordo di essermi rivolta a lei un'altra volta, per sottoporle il caso di un bimbo di Firenze con problemi gravi. Mi ero avvicinata al tavolo posto sotto la presidenza dove solitamente siedono ministri, sottosegretari ecc. e, scusandomi educatamente, le avevo accennato il problema del bimbo. «Mi scusi se la disturbo, c'è un bimbo a Firenze, avrei bisogno che...» Lei, con un gesto di fastidio con la mano, quasi fossi una mosca inopportuna, aveva risposto: «No, non posso far nulla».

A quel punto avevo azzardato: «Ma la prego, pensi se fosse un suo nipotino...».

«Non ho nipoti.» E si era come pietrificata.

La moglie di Lot trasformata in una statua di sale. Avrei voluto che in quell'istante si spalancasse la grande volta del Senato e *vrom!* franasse una tempesta d'acqua e... *shhhh!* sciogliesse la Turco di sale inzuppando la preziosa moquette!

Me n'ero andata, ma non avevo potuto fare a meno di pensare, per contrasto, a Sua Maestà la Regina di Svezia il giorno in cui a Dario era stato assegnato il premio Nobel. Ero presente anch'io, ci eravamo trovati al suo fianco dopo la sontuosa cena a Palazzo Reale. Avevamo conversato a lungo, ridendo e ascoltandola con ammirazione. Si trattava di una persona piena di umanità, non aveva niente a che vedere con certi personaggi blasonati o arricchiti.

Se Turco e Finocchiaro dovessero guadagnarsi il Nobel (evento che ritengo moollltooo improbabile), come si comporterebbero con i tanti «nessuno» che popolano questo palazzo, per non parlare del mondo? A chi rivolgerebbero la parola? Mi viene spontaneo mandare un bacio a Dario, che da un sondaggio del «Daily Telegraph» è risultato «settimo genio del mondo», eppure è la persona più umile che conosca.

Sì, ho proprio atteggiato la bocca come si fa quando si butta un bacio volante. «Mi mandi un bacio?!» chiede una voce tra la folla. Mi guardo intorno imbarazzata... «No, io...» e spalanco gli occhi. È il presidente del Senato Marini in persona.

Le promesse e l'obbligo di mantenerle

12, 13, 14 maggio 2006

Trascorro il weekend a Milano, tre giorni di pausa con Dario, e insieme cerchiamo di ricordare il programma che il centrosinistra si è dato durante la campagna elettorale. In evidenza c'è il problema del lavoro, delle paghe, soprattutto quelle dei precari, in gran parte ragazzi e ragazze senza ingaggio sicuro, sospesi nel vuoto come passeri sul filo della luce. Si pone poi la questione del rincaro dei prodotti alimentari e della necessità di bloccare le speculazioni del tutto arbitrarie di certi mercanti. Infine, occorre buttare a mare il conflitto di interessi e la legge Gasparri sul sistema televisivo, concepita a esclusivo vantaggio del Cavaliere Pigliatutto. Per non parlare delle leggi *ad personam*, imposte dagli avvocati di Berlusconi truccati da senatori e da lui sfacciatamente insediati allo scopo di evitare arresti e condanne. Tutte azioni impellenti e sacrosante la cui attuazione, ora che c'è finalmente la sinistra, si dovrebbe assolutamente verificare come promesso agli elettori.

Io e Dario ripercorriamo il programma, annunciato da tutti gli alti dirigenti della coalizione, e ci preoccupiamo di trascriverlo e commentarlo con note a fianco. L'elenco è davvero impressionante. Troviamo in primo piano la questione dell'inquinamento atmosferico e dell'incontenibile traffico urbano e autostradale. La piaga delle morti sul lavoro, a ritmi di una guerra sanguinosa: un tema che da sempre ci sta particolarmente a cuore.

Un anno dopo saremmo andati a Torino per partecipare ai funerali delle sette vittime del rogo alla ThyssenKrupp, sette operai bruciati da un getto d'olio bollente. In quella fabbrica non c'era nessuna misura di protezione e nemmeno di pronto intervento in caso d'incidente. Gli estintori erano vuoti. Le vie di fuga inesistenti.

Diceva Bertolt Brecht che quando un servo della gleba si libera dalla schiavitù e diventa un operaio perde i diritti che aveva. Come schiavo era tutelato, gli veniva garantito un abito, persino una moglie che gli procurasse non solo piacere, ma anche amore. Da operaio, anche come individuo, perde di valore, di peso, perde diritti. Un problema di cui si evita di parlare è quello del caporalato subito dagli immigrati, dai lavoratori irregolari dell'edilizia che talvolta muoiono senza che nessuno lo sappia: vengono fatti sparire, gettati perfino nelle discariche.

A proposito di discariche, ci viene in mente la tragedia dei rifiuti a Napoli e provincia. Ogni anno sembra risolta, ma poi eccola riapparire puntuale a ogni nuova stagione, con l'immancabile gestione della mafia e di imprenditori a dir poco criminali.

In aula stiamo seduti per ore e ore. Alla sera piedi e caviglie sono gonfi. Ricordano le zampe degli elefanti. Le gambe stanche, la schiena duole. Tutti si lamentano per questi disturbi. Dovremmo richiedere che ci sistemino sotto i piedi una specie di cyclette con tanto di ruote, così ogni tanto si pedalerebbe, specie durante i tempi morti, che in Senato sono di regola: «Pedala, pedala!».
L'unico che rimane immobile, al suo posto, per ore e ore, è il senatore Andreotti. Mi chiedo come faccia. Yoga?... o lascia il cervello a casa?

La nomina del presidente

17 maggio 2006
Gran giorno oggi! A Camere unificate abbiamo eletto presidente del Consiglio Romano Prodi: «Noi non ci riempiamo la bocca parlando "della gente"» dice. «Noi abbiamo la serietà e la consapevolezza di essere gente tra la gente.»
Ecco, oggi a Montecitorio, con tutto il parlamento riunito, mi sono sentita davvero coinvolta, ben conscia di dove fossi e di quel che stavo facendo. È stata una delle prime volte in cui, uscendo, ho sentito di aver combinato qualcosa di degno. Peccato sia durato poco.

19 maggio 2006
Prodi, scortato come fossimo in Iraq, arriva in Senato. C'è talmente tanta polizia a bloccare gli ingressi e le

strade che devo presentare la mia tessera per poter entrare a Palazzo. Il nostro primo ministro chiede la fiducia al governo e l'ottiene: 165 sì, 155 no, nessun astenuto. Votano a favore anche tutti i senatori a vita. Al loro ingresso, mio Dio, quanti fischi si prendono! Tutti quelli del lato destro si sbracciano e urlano insulti. Ho davanti agli occhi il presidente Ciampi che, mentre si reca a votare, si volta allibito: qualcuno dai banchi della destra gli ha gridato a squarciagola: «Pannolone».

C'è da non crederci: fin dove siamo precipitati?! Proprio in una taverna frequentata da lenoni ubriachi! All'istante mi viene in mente una frase di Cicerone sul Senato romano, reminiscenza del primo e unico anno di liceo:

> Ecco, entrano i senatori, nessuno fiata e tutti i presenti si levano all'impiedi e in silenzio attendono che i nostri vecchi si seggano sui loro scranni. Questo segno di rispetto che la nostra società esprime verso gli anziani del Senato è qualcosa che ci distingue dalla società dei barbari dove i vecchi vengono posti in disparte come un inutile peso che loro malgrado debbono sopportare.

Il treno, simbolo del regresso

23 maggio 2006

Parto per Firenze, mi aspetta una manifestazione: Festa nazionale del macchinista e del pensionato. Al mio arrivo c'è un mare di gente, ferrovieri arrivati da tutta Italia. Quanto sarebbe piaciuto al capostazione Felice, padre di Dario, essere qui con noi!

Saliamo su questo incredibile treno a vapore del 1918, pieno di gente festante, che ci porterà fino a Pistoia. Ci si ferma un attimo a Prato, le banchine sono colme di gente che aspetta il proprio treno in ritardo. Ecco – penso –, questo è il risultato di una politica che s'è fatta condizionare dagli interessi di chi teneva a libro paga i ministri! Sto parlando della Fiat, che per anni ha imposto di mandar a monte le ferrovie per favorire lo sviluppo scellerato del trasporto su gomma; e ci troviamo ancora oggi, dopo ormai un secolo, con una penisola dove non c'è una linea ferroviaria che la attraversi da mare a mare e dove al Sud, per percorrere in treno venti chilometri, si impiega come da Milano a Firenze.

Gli operai alla guerra

24 maggio 2006

Con quasi tutti i senatori dell'Unione proponiamo un disegno di legge sull'amianto: il ddl n. 23.

Preparo uno scritto per ricordare il comportamento criminale di industrie che producono l'amianto in Italia e di altre che lo impiegano pur essendo consapevoli della sua tossicità.

Proprio in questi giorni si sta svolgendo a Torino il processo per una strage orrenda, un massacro di lavoratori: più di quattromila morti causati dall'amianto in tre luoghi diversi d'Italia. Ma, come ha dichiarato la moglie di una delle vittime, di Casale Monferrato, i morti continueranno ancora chissà per quanti anni; oggi, a cinquanta-sessant'anni d'età, stanno morendo uomini che da bambini giocavano ignari fra gli scarti di amianto abbandonati.

I due imprenditori responsabili dei ripetuti delitti saranno certamente condannati, la richiesta del pubblico ministero è di vent'anni, ma non ne sconteranno nemmeno uno in galera, giacché abitano all'estero: uno in America Latina, l'altro a Bruxelles. Evviva! Potranno vivere gli anni che restano loro felici e danzanti, se ci riescono!

L'intervento di un altro senatore che testimonia le malattie contratte dai minatori mi fa venire in mente lo spettacolo che una ventina di anni fa avevamo portato con la nostra compagnia a Monte Amiata, nelle alte valli della Toscana, dove si lavorava l'amianto raccolto dai minatori. Avevamo una platea agghiacciante: il sottofondo che ci aveva accompagnato sino alla fine dello spettacolo era stato il respiro rantolo e il tossire cavernoso degli operai che assistevano alla rappresentazione.

Serata indimenticabile. Straziante.

Milano come nella favola dei Grimm

27 maggio 2006

È sabato, raggiungo Milano. Domenica e lunedì ci sono le elezioni amministrative. Letizia Moratti è il nostro nuovo sindaco.

Io non so cosa sia successo in questa città. Mi viene in mente una fiaba dei fratelli Grimm che ho visto messa in scena ad Amsterdam con marionette e burattini di fattura straordinaria. È la storia di un paese in cui, per uno strano morbo, tutti gli abitanti si comportano come stregati: camminano sulle mani e al posto della testa hanno sfere vuote. Danzando a testa in giù, festeggiano l'elezione dei propri rappresentanti al governo, personaggi togati che hanno i glutei al posto della testa e fanno la pipì dalla fronte.

Torno a Roma ottusa di malinconia.

Raccogliere gli scarti per ricordare

Mi dispiace molto di vivere questo momento senza nessuno della mia famiglia vicino. Sono tutti impegnati nei loro lavori. Non posso dire: «Be', alla prossima». Alla mia età si diventa «senatrice» una volta sola.

Queste giornate non sono entusiasmanti... non che mi stia annoiando, sono solo un po' intristita. Mi pesa la solitudine, mi manca Dario che mi chiede consiglio su tutto quello che scrive o dipinge, e io a raccogliere i fogli che lui senza rendersene conto sparge qua e là. È tutto materiale che archivio, e quando trovo su quelle carte bozzetti di costumi e passaggi appena colorati, mandando grida di gioia, vado a farne fotocopie da ingigantire.

Di Dario mi manca spesso anche la voce, la sua gentilezza, il suo amore. Ci siamo voluti e ci vogliamo un gran bene.

Dove sono i sorrisi della gente, le risate, le voci? Di voci, vocii, vociare, urla, strepiti ce ne sono fin troppi, ma nessuno che suoni gradevole al mio orecchio. «Stasera, vieni a prendere un caffè con noi?» Non succede mai, è «la socialità» che manca. Qui ognuno pensa ai fatti propri. Importante è che tu sia presente per votare.

Senza i «grandi vecchi», i senatori a vita, siamo solo tre in più dell'opposizione, e oltretutto Turigliatto e Rossi sono sempre contro il governo. Quindi il primo comandamento per noi senatori della maggioranza, quando ci sono le votazioni, è: guai a chi manca.

La differenza tra il vivere e il sopravvivere

Ogni mattina mi alzo, esco con la speranza che «oggi», e non domani, «sia un altro giorno». Chissà, forse riuscirò a scambiare qualche pensiero ragionato con qualcuno. Entro in aula, mi vado a sedere accanto a Furio Colombo che è sempre gentile e festoso con me, ma dopo qualche minuto riprende a scrivere l'articolo che leggerò domani su «l'Unità».

Inizia la seduta. Ascolto, prendo appunti. Pongo molta attenzione. Nessuno ci dice niente, ci spiega, ci prepara. È come se mi ritrovassi nel covo di Mangiafuoco che acchiappa senatori e senatrici, così a caso, e li sbatte in palcoscenico: «Forza, questa sera si recita *Tanto rumore per nulla*, a soggetto! Avanti, fuori la voce!».

Ma dove sono finita? Sono di cattivo umore.

Pausa pranzo. Penso: a casa mia cosa staranno mangiando?

Ristorante del Senato: cerco qualche volto amico, eccone lì un paio. A quel tavolo c'è persino un posto vuoto. Vorrei avvicinarmi e dire: «Oggi vi voglio regalare il piacere di sedermi con voi». Ma la mia solita timidezza me lo impedisce. Sono tutti molto freddi. Non sai mai se sei gradita.

I camerieri sono gentili e premurosi. Trovo un tavolo completamente libero e mi ci accomodo. Mangio di malavoglia. «Senatrice, desidera ancora qualcosa?» «Quand'è che mi chiamerà Franca?» gli butto lì con un sorriso. Mi guarda spiazzato, imbarazzato... e sottovoce risponde: «Lei mi vuol rovinare! Io dico: "Come va, Franca?" e un'altra voce ribatte: "La signora sta bene, ma tu sei licenziato"».

Non parlare di ladri in casa dell'onorato

No, questo in cui sto vivendo non è proprio un bel mondo. Qui è tutto assurdo. Al ristorante non devi pagare il conto: ti viene detratto dallo stipendio, sembra uno scherzo. Sapete quanto spendo? Io, che sono vegetariana e astemia, pago intorno ai 3 euro, meno che all'Osteria degli spiantati sui Navigli.

Alla buvette invece il conto lo paghi, ma dopo aver consumato. Ho chiesto come mai e mi è stato risposto: «Perché pagare prima non è elegante». A qualcuno, distratto, capita di uscire dimenticandosi di pagare il conto, ma è ovvio che è una svista innocente. Andiamo, siamo senatori, a chi mai fra noi verrebbe in mente di fare il furbo e rubare?!

Ah, ah... mi esce una risata a tutta gola.

Concerto classico al Senato

Corro in Commissione bilancio. Poco dopo è ora di andare in Aula. Come ho detto, non ci sono posti fissi, ma trovo quasi sempre il «mio» accanto a Furio. Lentamente arrivano quasi tutti.

Tutti, non manca nessuno, facciamo sempre il pieno quando si deve votare. Ed ecco che inizia lo spettacolo. La destra spia la sinistra. La sinistra spia la destra. Partono urla: «Ti ho visto! Presidente, quello ha fatto il pianista!».

Cosa significa? C'è chi inserisce la tessera nell'apposito aggeggio e, senza nemmeno guardarsi intorno, pigia i pulsanti dei vicini assenti, ed ecco che i voti rubati brillano tra gli altri. Qua dentro aleggia delinquentezza a braccetto con la paraculaggine. Tutti i componenti della sinistra urlano: «Senatore ***, ti ho visto, hai suonato il piano per tre. Figlio 'e n'drocchia!».

Urliamo la nostra indignazione e rabbia. Quando capitano questi momenti mi agito sempre un po', non sono abituata a urla e schiamazzi. La prossima volta verrò con un violino: non lo suono alla perfezione ma sempre meglio di questi pianisti. Ci fosse qui Dario ci scriverebbe sopra un bel pezzo di teatro. Una farsa con danze degna di un burlesque dell'Ottocento.

Quanto erano severi gli antichi

Nella tradizione dei commedianti si tramanda che nei comuni del Medioevo, se un rappresentante delle corporazioni veniva preso a far furfantaria nel brolo o nel broletto (Senato e Camera del tempo), veniva sollevato di peso da due giurati di controllo e trascinato fuori, nel piazzale, dove si trovava la «grande pietra della culata». Lì veniva issato in aria per tre o quattro volte e lasciato ricadere sulle proprie natiche dinanzi a una folla di cittadini plaudenti. E dire che si parla ancora del Medioevo come di un «periodo buio».

Vi dico la verità: pur avendo visto spesso in televisione servizi sui «disordini» nelle Camere, trovarcisi in mezzo è di gran lunga più stomachevole. Avevo una mia idea sul Senato, i senatori, le sedute in aula... Be', ho dovuto cambiarla: una massa di rozzi pronti a tutto. Onorevoli? Onorati? Onesti? Sono piena di dubbi. Ci sono spessissimo interventi che nessuno ascolta: sono tutti impegnati a parlare fra di loro, telefonare, andare e venire. È un peccato non riuscire a capire quello che viene detto dal relatore. Abbiamo l'auricolare, ma c'è casino. Sono costretta ad attendere il giorno dopo per leggere il rendiconto stenografato della seduta.

Questo è il salone della grande attesa: quando si vota, se iniziano dalla lettera A, hai voglia ad aspettare! Ma non è detto, a volte estraggono un nome, e via che si parte con quello. Potrebbe essere anche un nome che comincia per R, ma non mi è mai capitato.

Cronache di favole e di stragi

Ho un mare di gente intorno, ma mi sembra di essere l'indegna fanciulla perduta nella foresta, cui animali piccoli e grandi mandano grida che lei non capisce. Qui non ti vede nessuno, non riesci a creare un rapporto minimo. E quando, a sera, rientri a casa è pure peggio, è il momento più difficile.

Casa. Dove sei, Dario? Sì, telefono, telefono, telefono, Jacopo, mia sorella, le bimbe, qualche amica... A volte non mi viene di chiamare nessuno. Mi sbatto a letto. Accendo la tv, capace che mi addormenti.

Sono le 19. È l'ora del Tg3: Iraq, un attentato, cadaveri squarciati, madri che mostrano i loro bambini uccisi, è la solita strage degli innocenti. Lacrime, primi piani insistiti, sangue. Politici. Parlano, parlano, parlano. Troppo. È come una gara: «Anch'io, anch'io». Quelli della passata legislatura e quelli della nuova. Con affanno. Golosità di presenzialismo. Girano tutti con i giornalisti appollaiati sulle spalle.

E poi ci si meraviglia che le parole «politico» e «politica» stiano sempre più diventando insopportabili per la gente comune!

Chiedo la parola. No tu no!

In un momento disperato come quello che stanno passando l'Italia e il mondo intero, più adeguato sarebbe un po' di pudore espresso col silenzio. Raccogliere i cocci deve essere un duro lavoro, un grande impegno, sarebbe bellissimo per la gente vedere i risultati senza tanto chiacchiericcio e blablabla. Da ambo le parti. O no?

Per quanto mi riguarda, finora ho rifiutato tutti gli inviti ricevuti dalle varie tv. Quando avrò messo a punto quello che mi sono prefissa, certamente farò una conferenza stampa, e se le mie proposte interesseranno, ben volentieri andrò a illustrarle in televisione.

Sono certa che, quando avrò qualcosa di interessante da dire e denunciare, ci sarò, ma temo che ormai a quel tempo nessuno mi cercherà più: sarò come morta.

Non vi nascondo che pavento l'arrivo dell'autunno e di *Porta a porta*. Speriamo che i nostri big non ci caschino, non abbiano l'affanno del presenzialismo. Senza la sinistra e la destra che puntuali accolgono l'invito di presenziare allo show del vespifero insultandosi e coprendosi l'un l'altro con la voce fino a creare un *tremmamoto* da manicomio, come potrebbe sopravvivere l'anchorman dai mille bitorzoli? Sarebbe costretto a cambiare programma, ed ecco allora puntate da brivido su obesi, chirurgia plastica, mamme di Cogne ammazzabimbi, note principesse che sposano la guardia del corpo, fanno due figli a gran velocità e poi lui si fa beccare nudo sulla spiaggia abbrancato a una spogliarellista da sballo procuratagli dalla casa reale! Questa sì che è vita, finalmente, un vero spettacolo da trivio!

Inventare per non piangere

Meno male che ogni tanto mi chiama Dario: «Che fai? Dove sei? A letto alle sette? Stai male? Perché non esci a cena, perché, che c'è, com'è, cos'è?». Posso scoppiare a piangere e dirgli che non ce la faccio più a vivere in questo clima? E allora racconto di quanto sia spassosa quest'esperienza al Senato.

«Sai – dico, inventando spudoratamente –, oggi è successa una cosa straordinaria. Uno degli onorevoli che ha appena traslocato da uno schieramento all'altro si è buttato in ginocchio proprio alla base dell'emiciclo del Senato e, gettando manate di banconote in aria che poi prendeva a calci, s'è messo a gridare: "Sono un indegno, corrotto e corruttore, non merito di starmene qui fra tanti colleghi così puliti e chiari che si rifiutano perfino di votare una mozione perché venga approvata una legge che conceda a Berlusconi il diritto di versare qualche milione di euro per corrompere un avvocato inglese".»

«Ma che stai dicendo?» mi interrompe Dario.

«Lasciami finire, ti sto dicendo la verità. Ma il fenomeno più sconcertante è quello delle metamorfosi. A parte che ci sono dei cloni di altri onorevoli assenti... tanto che proprio oggi, alla conta dei presenti, eravamo il doppio di quanti siano in realtà i senatori eletti.»

«Ma Franca?!» mi urla Dario. «Che ti sta succedendo?!»

«Lasciami finire! Oggi è successo perfino che piano piano le facce e i corpi dei senatori maschi e femmine si siano trasformati in quelle di animali!»

«Sei fuori di testa! Mi prendi in giro?»

«Per favore, non sono mai stata così seria! Il guaio è che, se uno va in metamorfosi e si fa animale, poi agisce da bestia, e così eccoli tutti spogliati dei loro inutili abbigliamenti che copulano in massa con gli operatori tv, i quali impazziscono di stupore e urlano: "Così, avanti così! Belli miei sporcaccioni! Ecco un Senato che merita d'essere immortalato!".»

«Franca, fermati lì, corro subito all'aeroporto a prendere il primo aereo e fra un paio d'ore sono da te, ma calma, calma!»

Una commedia tira l'altra

Siamo a fine maggio. È passato un mese e sembrano due anni! Forse sto proprio andando fuori di testa e vivo con addosso la classica sindrome del commediante: io vengo da una razza per la quale obbligatoriamente ogni evento riporta a un'opera di teatro. Ora, infatti, mi sembra di stare dentro la scena di una commedia dell'assurdo, quella di Arthur Adamov, dove ognuno ha una diversa velocità del campare, e c'è chi nasce già vecchio, chi cresce troppo rapidamente, chi da uomo diventa donna e viceversa. E poi c'è chi torna anche indietro con gli anni, come Berlusconi, al quale crescono i capelli e allo stesso tempo i denti gli si cariano a vista e la pancia gli si gonfia.

Promette a tutti di realizzare un progetto entro un mese e invece dopo un anno non è successo niente. Ma non è un bugiardo, è solo che per lui sono passati soltanto tre minuti.

E poi, rieccolo anni dopo, proprio oggi, in pieno 2013, che giura ancora che abbasserà le tasse e che questa volta restituirà i soldi pagati dai contribuenti allo Stato, di persona, attraverso bonifico o contanti. E se non ci saranno i quattrini venderà perfino i possedimenti dello Stato, comprese le caserme e le galere: ogni creditore avrà la sua cella privata dove godersi la vita!

Mi guardo indietro: desolazione.

«Chiama un taxi, torna a casa. Piantala. Vattene»

C'è una voce che viene non so da dove. «Chi parla?»
«Io, la luce.»
Ah! È la lampada sul comodino!
«Non ti ci mettere pure tu! Già fai poca luce, domani ti cambio.»
«Certo, quando non si hanno argomenti si diventa prepotenti, villani... Faccio poca luce perché la padrona di casa è una donna avara. Prenditela con lei e non con me. Ce la metto tutta per illuminarti quando leggi, e tu manco te ne accorgi, sei scortese. Ora sai che faccio? Mi indebolisco a oltranza. Anzi, mi spengo. Usa l'accendino per leggere.»

E... *zam*! Si spegne, c'è il buio completo. Porco qua e porco là. Litigare con una lampadina è veramente il massimo. Non le ho detto nulla per non darle soddisfazione. Mi sono messa a cantare *Bella ciao*, dopo un po' mi sono sdraiata sul letto e ho finto di russare... No. Non ero contenta di averla offesa. Domani le farò un regalo: una frangia luminosa di quelle per l'albero di Natale, perché possa avvolgersi tutta. Oddio, forse devo smettere di bere... ma io non bevo! Ma allora cosa mi procura questo parlare da demente forsennata? Che sia la sindrome del Senato?

Al senatore non far sapere quanto lo Stato ti sta
a pagare

Fine maggio
Ricevo la prima busta paga da onorevole. Guardo e riguardo i «cedolini» e non capisco niente. Scopro che il mio stipendio mensile è di 15.000 euro e che ho 150 euro di rimborso spese per il parrucchiere. Troppi soldi.

Accenno a qualche senatore e pure a qualche deputato l'idea di proporre una decurtazione del nostro stipendio a favore delle situazioni tragiche che si stanno moltiplicando nel nostro paese. Ma è come se stessi giocando a squash, lo sport in cui si lancia la pallina contro il muro e lei torna indietro a gran velocità. Se non sei un vero campione non riesci neanche a sfiorarla: ti passa via da sotto la racchetta, invisibile. Ecco, le mie parole slittano oltre le orecchie dei senatori come proiettili di gomma. Loro guardano altrove, cambiano discorso.

Sul momento non capisco. Me ne renderò conto solo in seguito, nel 2013, quando a Palermo un gruppo di giovani eletti alle regionali nel MoVimento 5 Stelle tratterrà dal suo stipendio solamente 2500 euro a testa degli oltre 12.000 previsti dalla paga mensile; tutto il resto lo verserà in una cassa per sovvenzionare le piccole e medie imprese a rischio fallimento. Su quattro o cinque eletti di altri partiti presenti all'operazione, due crolleranno a terra svenuti.

Penso a quante persone che conosco sbarcano il lunario con 800, 900 euro al mese, pagando affitto, luce e gas, mantenendo pure i figli eccetera. Penso ai pensionati a 450, 600 euro al mese. Penso a quell'anziana signora che ho incontrato sulla metro e ho invitato a prendere un caffè. Mi raccontava serena, come fossi una vecchia amica, alcuni espedienti per farcela: «Me la cavo bene, sa... La verdura la prendo al mercato dopo le due: buttano nel cassonetto tanta roba buona. A volte vado a mangiare dalle suore o al "Pane Quotidiano". La televisione la guardo a luce spenta, se sento dei rumori accendo una candela, mi sento più sicura. Ma a volte con la candela, se il film è un giallo, ho pure più paura, così spengo tutto, vado a letto, mi metto a pregare e mi addormento».

Immaginatevi i miei pensieri e il mio sincero imbarazzo davanti al mare di soldi della mia paga.

Mi è venuto anche in mente di proporre un disegno di legge che dimezzi il numero dei parlamentari. Certo, gente che per anni ha campato solo grazie alla politica e a qualche intrallazzetto o intrallazzone si ritroverebbe di colpo in mezzo a una strada, senza lavoro, senza vitalizio, senza i privilegi d'obbligo. Rovinati all'istante. No, all'idea di distruggere la vita a tanti colleghi ho evitato addirittura di accennarne, ormai ho capito che solo l'allusione a certi atti di generosità e di senso umanitario può provocare un infarto. Quindi silenzio e monologhi a gesti sui buoni sentimenti!

L'ombrello militare

5 giugno 2006

Lunedì, rientro a Roma. Dall'aeroporto al centro intasamenti del traffico a non finire: quasi un'ora di taxi. Disfo il trolley che mi porto sempre appresso. Poca roba. Domani alle 15 mi ritroverò per la prima volta fra i membri di una commissione: la V, il bilancio.

Sono un po' preoccupata, ho cercato di informarmi ma nessuno mi ha detto niente. È proprio faticoso vivere qui dentro. Sono tutti ingabbiati nei loro pensieri. Transito raramente per l'ingresso principale, per evitare il saluto dei soldatini. L'ultima volta che ci sono passata pioveva. E loro imperterriti lì, al loro posto. Solitamente davanti alle caserme ci sono le guardiole dove si sistemano i militari. Perché al Senato devono bagnarsi fino alle ossa?

Penso che nel governo ci sia gente distratta, indifferente e pazza. Ma come si fa a lasciare, magari per due ore, quei ragazzi sotto la pioggia col rischio che domani si ritrovino con una bronchite da ricovero urgente?

Da bambina mi raccontavano che i soldati svizzeri hanno in dotazione, oltre al fucile, pure un ombrello con il quale, anche nelle parate, si proteggono pomposi. Io pensavo: «Be', hanno generali intelligenti e umani, per quello non fanno mai la guerra». Poi ho scoperto che era una frottola, ma continuo a crederci.

D'altra parte, perché le guardie inglesi hanno sulla testa quel cappellone di mezzo metro circa tutto fatto con la pelliccia d'orso? Per proteggersi dalla pioggia! È come se tenessero in testa un'enorme spugna: ogni tanto basta scuotere il capo ed ecco che si svuota di tutta l'acqua. È vero che per far quei colbacconi hanno ammazzato tutti gli orsi di cui era strapiena l'Inghilterra, ma che importa? Sacrificando gli orsi hanno protetto dal raffreddore migliaia di povere guardie. Che geni gli inglesi!

La più vecchia sale al podio

6 giugno 2006
 Ore 15. Eccomi a Palazzo Carpegna. Chiedo al commesso a che piano si trovi la V Commissione bilancio. Gentile, lui mi accompagna. Mancano dieci minuti. Come sempre sono la prima. Devo dire che ritengo un fatto di civiltà e rispetto per il mio prossimo, qualsiasi esso sia, l'essere puntuale. Da sempre. Figuriamoci ora, in Senato.

Entro in una grande aula. Dove mi siedo? Be', aspetto fuori, arriverà pure qualcuno. Alla spicciola appaiono tutti. Mi intrufolo anch'io. Uso «intrufolo» perché non sono spontanea in quello che faccio. Anche se mi incoraggio da sola, devo riconoscere di ritrovarmi sempre piuttosto impacciata. Ho sempre paura di sbagliare.

Inizia la prima seduta della mia vita. Con un sobbalzo sento il mio nome pronunciato da una segretaria. Vengo invitata al tavolo della presidenza e mi si comunica che dovrò presiedere la seduta. «Scusate, non è possibile, non so nulla, è la prima riunione...» Dire che mi sento agitata è un eufemismo, sono in uno stato di terrore. «Per quale ragione sono stata scelta?» chiedo con un certo imbarazzo. A rispondermi è un'altra segretaria che gentilmente mi comunica: «Lei, senatrice, è la più anziana fra i presenti».

«Oh, che privilegio!» Non posso trattenermi dall'esplodere in una risata. Tranquilli, non ho mai avuto problemi per l'età, sono una delle poche attrici che compie gli anni immancabilmente una volta all'anno. Prendo un bel respiro e mi rilasso. Vengo da una famiglia di attori da generazioni.

Nella nostra compagnia mi capitava spesso di dover entrare in scena all'improvviso, quindi mi dico: «Vai! Fai conto d'essere sul palcoscenico».

Mi ritrovo davanti 25 senatori (12 dell'opposizione, 13 dell'Ulivo, segretarie e segretari). Sono tutti autentici, non sono comparse, né personaggi dipinti sul fondale. Ma nessuno, almeno penso, ha potuto indovinare l'agitazione che provo. Accanto a me la collega Simonetta Rubinato mi consiglia sottovoce come comportarmi. Di certo lei ha capito tutto del mio impaccio. È stupendo quando tra donne nasce la solidarietà. Grazie Simonetta!

All'istante mi comporto come fossi una veterana della professione. Annuncio un minuto di silenzio per i soldati morti in Afghanistan il giorno prima. Vorrei almeno accennare alla tristezza con la quale partecipo al dolore dei parenti di quei ragazzi e dire che detesto l'ipocrita soluzione di liberarsi da ogni responsabilità chiamandoli «cari figli amati della patria». No, non sono figli amati, sono solo vittime designate di un progetto tutto impostato sulla difesa di vantaggi economici irrinunciabili sui quali ci si può arricchire a dismisura e la cui conquista è costata migliaia di morti innocenti, le solite vittime collaterali: erano là per un diporto chiamato pace.

Ma tutto ciò non fa parte del rito. Quindi, proseguire! Petto in fuori e gambe ben tese!

Si riprendono i lavori e votiamo per eleggere presidente della commissione il senatore Morando. Quaranta minuti di seduta senza complicazioni: nessuno alza la voce o interrompe gli interventi con sfottò o risate, pare un parlamento condotto da sordomuti democratici.

Chiedo a una segretaria se esista qualche vademecum stampato per conoscere i nomi e i volti dei senatori. Con un sorriso, mi consegna un opuscolo maestoso con tutte le fotografie a colori e i dati anagrafici degli attuali eletti al Senato: è una vera e propria brochure, e si chiama «il facciario». Che fantasia i senatori! Lo sfoglio e ci trovo proprio tutti, c'è anche la mia foto. Ma che sorpresa! Cercherò di avere un'altra copia di questa pubblicazione e la regalerò alla mia nipotina Jaele. Poi desisto: figuriamoci... Insolente com'è, quella li ritaglia tutti, ci fa dei burattini e poi li infilza con le freccette!

La parola del puzzone

7 giugno 2006

Mercoledì, i membri della Commissione difesa devono eleggere il presidente. Di Pietro riunisce i suoi senatori, tra cui De Gregorio, quindi Giambrone, Caforio e me, nello studio di Nello Formisano. È una riunione essenziale. Il nostro capo arriva con un po' di ritardo, come suo solito. È molto preso, corre sempre. Si rivolge a De Gregorio, comunicando che la presidente prescelta dall'Ulivo è Lidia Brisca Menapace, candidata di Rifondazione, medaglia d'oro della Resistenza e da sempre pacifista convinta, considerata da tutti la presidente *in pectore* della commissione.

De Gregorio assicura che non porrà intoppi di sorta, ubbidirà alle direttive del partito. Ok. Ci lasciamo tranquilli, ma ci aspetta una brutta sorpresa, roba da farsa tragica. Il De Gregorio, dopo aver assicurato fedeltà a Di Pietro, con un colpo di mano, appoggiato dal centrodestra, ottiene 13 voti contro gli 11 raccolti da Livia Brisca Menapace. A 'sto punto vale la pena di leggere il comunicato stampa dell'Ansa di giovedì 8 giugno, ma, per meglio gustarlo, consiglio ai lettori di recitarlo a metrica di strambotto e con cadenza a botto.

> Grazie a un colpo di mano con strappo
> e l'appoggio del centro di destra
> Sergio De Gregorio ha fatto lo sgambetto
> *putumpumpum!*
> e con uno sgarro da rapace ha scippato la Menapace
> *potompompon!*
> della sua presidenza alla Commissione difesa e pace
> *tattarattà!*
> Qualcuno ha intonato uno strambotto con ritmo variato,
> *tarattà!*
> ma poi ha avuto un conato
> *tam!*
> a una finestra s'è affacciato
> *pam!*
> e tutto ha vomitato
> *quack! quack!*

Ma di che vi lamentate? Il De Gregorio sempre di destra è stato, in fondo non ha fatto altro che tornare all'ovile dopo aver sguazzato un po' fuori dal canile... Quindi, fate largo al figliol prodigo, ammazzate il maiale più grasso. No, non lui!, il grasso porcello, d'accordo che ci somiglia, ma andiamo, è sempre un senatore, un po' di rispetto! Meno male che gli elettori sono tutti non violenti naturali, altrimenti, e con ragione, stasera si sarebbero cucinati arrosto il gran puzzone.

Buon appetito! Oddio! Il porco è fuggito! Ma no, niente paura, ecco che il nostro bellimbusto farcito torna da dove era venuto. Ce lo troviamo seduto e sbragato proprio di fronte a noi. Quando il presidente in carica annuncia il passaggio del grassone-collo-corto, la destra composta da Dell'Utri, La Russa e Schifani gli batte le mani e spande sorrisi straripanti.

Mi torna in mente quando ho conosciuto De Gregorio, questo voltagabbana da riporto, alla prima riunione dei parlamentari dell'Italia dei valori. M'ha fatto subito un'impressione di rigetto, tant'è che ho chiesto: «Da dove viene quello?».

«Dalla destra, dal Berlusconi, era intimo del Cavaliere... poi ha avuto una crisi mistica ed è passato alla sinistra democratica.»

Che strano! Ho saputo che questo del cambiar casacca è un diritto della nostra Costituzione: da noi, fra gente normale, un uomo di questa sorta è chiamato «venduto orrendo». Come cambiano i punti di vista!

Non ho fatto commenti verbali, ma ho dato di gomito a Di Pietro col gesto di seguirmi, ci siamo allontanati e gli ho accennato il mio sconforto riguardo la personalità di quel De Gregorio. «Nel gergo degli attori – gli ho sussurrato – uno così viene chiamato contrasto da scarico.»

«Ti sbagli, è una bravissima persona, molto corretta!»

Già, corretta come un caffè con spruzzo di petrolio. Infatti il grassone untuoso il giorno appresso ci ha piantati per passare armi e bagagli nelle file dei cosiddetti moderati d'Arcore.

Qualche mese dopo incontro proprio lui nei corridoi del Senato. Come mi vede mi saluta con un «buonasera». Non prendo neanche fiato e gli rispondo secca: «Buonasera un cazzo!», e proseguo. Dio, che signora sono!

Alla battuta i commessi sussultano e anche alcuni fotografi di passaggio si voltano di scatto e si chiedono se hanno capito bene. Poi, quasi meccanicamente, scattano alcuni flash. Sì, d'accordo, sono stata greve, ma quando ci vuole, ci vuole, e non c'è senatrice che tenga!

*Se non sei maritata vedova non sei considerata
e dal transetto verrai cacciata*

Con Gigi Malabarba, senatore di Rifondazione, non in commissione, si è creato un bel rapporto, m'ha parlato di una persona che ha suscitato in me grande interesse: Adelina Parrillo, compagna del regista Stefano Rolla, morto nell'attentato di Nassiriya in Iraq il 12 novembre 2003 con un gruppo di militari italiani. Decido di incontrarla. Minuta, graziosa. In un attimo siamo amiche. Mi racconta delle ingiustizie e delle violenze subite in questi ultimi anni.

«Ho conosciuto Stefano qui a Roma, dieci anni fa, e subito ci siamo innamorati. Nel 1997 siamo andati ad abitare insieme e ho vissuto con lui *more uxorio* per sei anni (era vedovo). Cercavamo di avere un bambino, ma visto che io avevo problemi, mi sono messa in cura dal prof. Antinori, ho lasciato il mio lavoro di aiuto regista nel 2000 per dedicarmi completamente a quello scopo e a Stefano.

«A metà 2003 ho scritto con il mio compagno la sceneggiatura di *Babilonia, terra tra due fiumi*, un film che poi Stefano andò a preparare in Iraq a novembre, un lungometraggio patrocinato dal ministero della Difesa. Le riprese erano previste a Nassiriya e di lì a poco cominciarono i sopralluoghi.

«Il ministero della Difesa, che sovrintendeva alla realizzazione del film, aveva taciuto il fatto che Nassirya fosse in realtà zona di scontri armati e attentati, tant'è vero che in quella regione era applicato il Codice militare penale di guerra. Non era quindi un luogo dove girare un film-fiction (c'era un cast di cinque attori), ma il ministero della Difesa ha usato il nostro progetto per meglio propagandare la falsa missione di pace.

«Stefano non era un militare. Non era né un giornalista né un appartenente ad associazioni umanitarie, ma un cineasta.

Mentre lui era in Iraq, io a Roma continuavo a lavorare alla preparazione del film. Il 12 novembre 2003, giorno della tragedia, Stefano mi telefonò poco prima di uscire dalla base militare di White Horse per i sopralluoghi. Per tutto il giorno, poi, ho tentato di chiamarlo a Nassiriya, senza esito. Durante la giornata nessuno ha comunicato con me. I vertici della Difesa e del ministero degli Esteri hanno dato notizia della morte di Stefano a uno dei produttori, Achille De Luca. Io l'ho saputo da lui.

«Da quel momento sono stata un fantasma: non esistevo più per nessuno. Non sono stata invitata alla veglia funebre al Vittoriano, né ai funerali di Stato, né ad altre commemorazioni in seguito. Non ho avuto diritto a indennizzi dello Stato.

«Tutti erano al corrente che io vivevo ormai da dieci anni e più con Stefano, ma i produttori, che erano in contatto (e d'accordo) con i vertici della Difesa, accettarono tranquillamente che la mia relazione con Stefano fosse taciuta.

«Un mese prima dell'anniversario della tragedia di Nassiriya, 12 novembre 2004, ho scritto ai ministri dell'Interno e della Difesa perché mi invitassero alla commemorazione, ma nessuno mi ha risposto. Sono andata da sola, senza invito, alla chiesa di Santa Maria degli Angeli. Sono entrata e sono rimasta in piedi al centro della navata.

«Il mio uomo, che le autorità si apprestavano a commemorare, ormai era diventato cosa di loro proprietà e io non ero ritenuta degna di essere considerata vedova. Ma con tutto il mio dolore e il mio orgoglio insistevo: il mio posto è qui. Sono stata affiancata dal servizio d'ordine, che mi ha strattonata e spinta fuori dalla chiesa.

«L'anno successivo, per l'anniversario, tornai nella chiesa e questa volta furono più brutali: per costringermi a uscire mi strattonarono con tal violenza da farmi cadere al suolo, mi afferrarono per le braccia e le caviglie e mi trascinarono fuori dal transetto.»

Ascolto stupita Adele, non posso crederci. La prego di mettermi per iscritto ciò che mi ha raccontato. Ricevuto il resoconto, ne faccio delle fotocopie e le distribuisco alle senatrici. Vediamo se riusciremo, tutte insieme, a farle riconoscere la posizione e la dignità che le spetta. Ma non succede niente! Nessuna di loro, seppur donna, ha mosso un dito. Rimango sgomenta.

In quel palazzo ho conosciuto molti cattolici, ma pochi cristiani.

Risparmio e rivoluzione

9, 10 e 11 giugno 2006

Venerdì, sabato e domenica. Vado da mio figlio, a Santa Cristina di Gubbio. Jacopo mi sta aiutando: durante l'ultima campagna elettorale, prima che fossi eletta, mi ero impegnata a organizzare un primo grande incontro per un convegno sugli sprechi nelle amministrazioni comunali e di Stato, a cominciare proprio dal parlamento e dal Senato. Avevamo deciso di indirla ad Alcatraz, la libera università fra Gubbio e Perugia.

È stato un incontro straordinariamente produttivo. Ci avevano raggiunto lassù, tra quelle colline dell'Umbria, numerosi relatori davvero informati e anche giovani provenienti dalle università dell'Umbria, delle Marche e del Veneto, oltre ai sindaci di molti comuni virtuosi. A coordinare l'incontro c'era Jacopo, che nascondeva a fatica l'emozione. A tutti, ma non a sua madre.

Il primo intervento è stato quello di Maurizio Fauri dell'Università di Trento, che ha illustrato come sia riuscito ad attuare a Padova un'impensabile riduzione dello spreco energetico che porterà a un risparmio per l'amministrazione della città di più di un milione e mezzo di euro all'anno. Un risparmio che per il momento deriva dalla sostituzione delle caldaie e dall'uso di lampadine a basso consumo per l'illuminazione della città.

Pietro Laureano, architetto e urbanista, è intervenuto con un discorso rivolto ai ragazzi che affollavano il salone. Vale la pena di leggerlo e divulgarlo. Eccolo:

L'acqua vale oro
Vi presento il tema di cui andrò a trattare cominciando con una laude di san Francesco: «Laude a te mio Signore, per l'acqua che creata, la quale è di multo utile e umile e preziosa e casta e ce viene data in dono senza pegno alcuno, freschezza ci procura e della sete ci libera festosa».
Siamo tutti fatti di acqua. L'acqua è una metafora straordinaria delle risorse in genere. Perché sembra abbondantissima e quindi pare non abbia valore, e invece è terribilmente preziosa e rara: sto parlando dell'acqua cosiddetta «dolce». Se raccogliamo una tanica d'acqua da laghi e oceani, ebbene, ci accorgeremo che di quella solo un cucchiaio è acqua non salata, cioè potabile. Quasi consci di questo rapporto, gli uomini primitivi e ancora i nostri avi recenti hanno costantemente rispettato e usato con parsimonia questa risorsa.
Se si leggono gli statuti dei comuni medievali si scoprono regole severe che punivano fortemente tutti coloro che non la rispettavano, contaminandola con scarti di tintoria. E ci si imbatte in figure dell'amministrazione pubblica come il «maestro delle acque» e il «giudice dei fiumi».
Gli unici uomini che senza alcun ritegno ne hanno fatto scempio siamo noi, e ci chiamiamo moderni. Forse questo è l'unico periodo nella storia dell'umanità in cui pensiamo,

facendolo credere anche ai nostri figli, che l'acqua nasca dai rubinetti: non si sa niente delle fonti naturali.

«Hai ragione» lo interrompe un assessore marchigiano. «Qualche mese fa, con mio figlio che ha tredici anni, abbiamo transitato sotto un tronco di acquedotto romano. "Cos'è quella specie di arco di trionfo?" mi ha chiesto il ragazzo. "Ma come? Possibile che a scuola non ti abbiano mai parlato del sistema col quale i Romani convogliavano l'acqua dalle fonti che sgorgavano dai monti fino alle città?" "No, papà." "E allora sappi che ne hanno costruiti per centinaia di chilometri, solo per permettere a ognuno di bere acqua pulita e chiara".»

«Ecco – riprende l'urbanista –, oggi l'acqua potabile è una risorsa negata a circa un miliardo di abitanti del pianeta.» E prosegue:

> Volete una testimonianza di come noi moderni siamo ormai lontani da ogni ragione e coscienza civile? Prendiamo l'esempio di una città come Firenze, posta sull'Arno: la risorsa di Firenze è il fiume, da cui estraiamo l'acqua che poi rendiamo potabile. Siamo bravissimi, la rendiamo immacolata, sana, bevibile, a costi che non vi dico. E poi che facciamo di questo liquido puro? Lo mettiamo a disposizione della gente di questa nobile città, che lo prende e lo riscarica nei gabinetti. Non lo beve quasi per niente perché beve acqua minerale in bottiglia. Dell'acqua naturale si serve solo per lavarsi e per tirare gli sciacquoni, riscaricandola di nuovo tutta dentro il fiume. Come chiamare questo comportamento se non «pratica incivile»? Eccovi un ciclo fondamentale dello spreco delle risorse.

La bisca di Stato

Intervengo a mia volta dicendo: «Di questo si dovrebbe parlare nelle scuole, ma soprattutto ai responsabili del nostro governo. È una battaglia che non è mai cominciata e che, attraverso un risparmio su base nazionale, procurerebbe vantaggi incredibili». Parte un applauso. Sto per tornare al mio posto ma mi invitano a proseguire. Riprendo: «Certo, il principio del coinvolgimento delle istituzioni è sacrosanto, ma da noi si preferisce impostare la raccolta di fondi magari sul gioco d'azzardo. E ora c'è anche una proposta, che viene dalla Lega, di tassare la prostituzione. È stupendo, così avremo un governo e uno Stato nelle vesti di croupier, biscazzieri e magnaccia, avanti così!».

Dimenticavo. Ho invitato al convegno rappresentanti dei Verdi e il presidente della Commissione ambiente al Senato, Tommaso Sodano. Naturalmente ospiti nostri. Non si è visto nessuno. Ogni tanto mi sento una specie di raccola, una piccola rana verde smeraldo che gracida a tutte le ore, anche di notte. Da noi la si tira in ballo quando si vuol indicare qualcuno che, parlando della società e dei governi, non fa altro che esprimere indignazione e critiche su tutto ciò che viene fatto e gestito dai responsabili. D'accordo, è vero, spesso non ci rendiamo conto di ignorare che esistono anche azioni positive ma, a dir la verità, queste azioni rimangono momenti isolati in un continuo arraffare caotico e spesso furfantesco.

La donna è un mobile

12 giugno 2006
Tra poco ci sarà il referendum costituzionale. Stanotte non riuscivo a prender sonno. Pensavo alla condizione femmi-

nile nel mondo politico e mi è venuto in mente all'istante quale sia la ragione per cui le donne sono tanto scarse sia a Palazzo Madama sia a Montecitorio. Tanto per cominciare, le senatrici elette sono 45, i senatori uomini 277, cioè sei volte tanti rispetto alle donne, e la stessa media più o meno vale anche per la Camera.[11]

Ho chiesto ad alcuni colleghi a cosa sia dovuta quella palese misoginia e in coro mi hanno risposto che il basso numero di donne presenti nelle istituzioni è determinato dal fatto che sono proprio le elettrici a non sceglierle.

Ho riferito di questa mia piccola indagine a Lidia Brisca Menapace, la partigiana. È esplosa in una grande risata. Ha commentato: «Che furbi, gli uomini truccano sempre la verità! Il fatto è che a scegliere i candidati sono sempre loro, i maschi della nomenclatura!».

All'istante mi è venuto in mente che si poteva organizzare una grande manifestazione, per la prima volta nella storia della Repubblica, con tutte le donne del governo, della Regione, del Comune, della Provincia, assistenti, segretarie, donne delle pulizie..., in piazza Montecitorio, in silenzio, dietro a uno striscione grandissimo con scritto: «Ci siamo anche noi».

Forse oggi una dimostrazione del genere sarebbe fuori luogo, sorpassata dagli eventi? Niente affatto. Ne ho parlato con senatrici e deputate: sembravano davvero entusiaste di manifestare tutte insieme. Ma poi, quando l'abbiamo proposto ai maschi, hanno fatto subito marcia indietro: non se n'è fatto più nulla.

---

[11] Proiettando il discorso ai nostri giorni, fa molto piacere scoprire che la situazione si è completamente evoluta e oggi (2013), in parlamento, grazie anche all'apporto del MoVimento 5 Stelle, quasi un neoeletto su tre è donna e siamo al di sopra della media europea.

Moltiplicazione dei pani e dei seggi

13 giugno 2006

Martedì, ore 16.30, aula. Votazione per parere favorevole commissione di competenza. Disegno di legge 379 di conversione del decreto-legge n. 181 del 18 maggio che riordina l'assetto di governo. Meglio che ve lo traduca con parole mie: aumentano i ministeri da 14 a 18! Evviva! Con il debito pubblico che abbiamo, si dovrebbero dimezzare i ministeri, non moltiplicare! Ma l'interesse privato è di gran lunga più potente di quello pubblico.

Questo governo sta mettendo insieme i cocci lasciati dal precedente. A volte sono a disagio. Mi si dice – o forse sarebbe meglio dire mi si ordina – vota sì o vota no.

Mi piacerebbe discutere, dialogare, capire meglio, ma mi rendo conto che c'è tanta fretta. Mi auguro che questo metodo che non amo derivi solo dalle grandi difficoltà del momento. Prossimamente spero si cambi marcia, perché altrimenti andrò di certo in crisi. La cosa che odio con tutto il cuore è proprio questo gioco a mosca cieca, occhi bendati e tasto pronto da schiacciare. Drin! Una caterva di numeri. Sì-no, e il gioco è fatto.

Oh, ecco che rivedo Sergio Zavoli, mio amico antico. Si parla, finalmente fuori dai denti, di tutto quello che non va in questo ventre di balena barocco dentro il quale stiamo seduti come in attesa che arrivi Pinocchio.

Una senatrice appiedata

14 giugno 2006

Ore 11.30. Corro a Montecitorio, Sala Mappamondo. C'è chi, dal Senato, ci va con macchina e autista di Stato, ma puoi crepare se speri che qualcuno ti offra un passaggio. Sapete cosa pesa di più in questa vita da senatrice? L'ho già accennato, ma lo ribadisco volentieri: l'indifferenza, il non preoccuparsi mai dei bisogni o dei problemi degli altri.

«Ehi, brontolona, piantala di blaterare... Montecitorio è vicino!»

Commissioni bilancio congiunte: interviene il ministro dell'Economia e delle Finanze Padoa-Schioppa. Lo seguo con attenzione, osservo i gesti, il tono di voce, mi piacciono le persone ben educate, quando l'educazione non è formale ma epidermica, cosa rara in politica. Lo trovo preparato, serio. E poi ha la dote di stare in scena senza «dirigersi», come fa invece la maggioranza degli oratori. Per una che viene dal teatro, questo è un chiaro segnale di sincerità. Mi dà una gran fiducia.

Nella Commissione bilancio mi sono fatta un amico: il senatore Antonio Boccia (Ulivo). Sta in parlamento da vent'anni. Io, scherzando, lo chiamo «il professionista a vita». È molto premuroso con me. Una notte che abbiamo finito alle 2.30 mi ha accompagnata fino al portoncino di casa. A piedi.

Spesso la gente mi chiede: «Ma come? Non hai l'auto blu?!». No, i senatori non hanno diritto alla macchina blu, ma tanti la usano. Anche se avessi questo privilegio, lo rifiuterei. Penso però che sarebbe giusto, quando si finisce a ora tarda, che il Senato si preoccupasse della nostra incolumità e sicurezza. Metti a disposizione un pulmino, almeno per le signore! Ho avuto anche brutte esperienze nella mia vita. Tornare a casa a settantasette anni da sola, passata da un po' la mezzanotte, non è proprio il meglio che si possa sperare.

Referendum costituzionale. Il governo chiude per dieci giorni! Non posso partire subito per Milano perché alle

21 ho lo spettacolo al Teatro Eliseo con Sabina Guzzanti e Marco Travaglio, in sostegno del disegno di legge «Per un'altra tv», il tutto organizzato dall'onorevole Tana De Zulueta, presentatrice della serata, attivissima, simpatica, onesta; lei è tra le promotrici, con l'onorevole Giulietti, dell'associazione Articolo 21 per la difesa della libera informazione.

Sono due anni che non recito... (Prima di diventare senatrice mi son fatta dieci mesi a letto, proprio ammalata, senza voglia di alzarmi, mangiare, interessarmi alla vita. Depressione? Sì, e di quelle brutte, causa furto denari al Comitato disabili, da noi fondato per donare l'importo del premio Nobel.)

Ottavo: non rubare ai poveri

Temevo di non farcela. La vicenda della truffa al Comitato, a suo tempo, era stata riportata da un gran numero di giornali. Ecco un articolo a caso, scritto da Anna Bandettini e pubblicato su «la Repubblica» il 7 maggio 2005:

> *Franca Rame: così sono spariti i miliardi del premio Nobel*
> Ha passato dieci mesi come in alto mare, con il rischio di affogare tra conti, estratti e rendiconti bancari. Dieci mesi convulsi che le hanno tolto il sonno, il sorriso, la salute al punto da non poter riprendere a recitare. Giorni, notti, sorretta da un volenteroso turn over di amici, avvocati, commercialisti, a decifrare centinaia di operazioni bancarie fasulle e scoprire che la sua firma era stata falsificata migliaia di volte e che oltre mezzo milione di euro erano spariti.

Me la sono, per fortuna, cavata.

Una ventata d'aria tranquilla

Decisamente 'sto fatto della «senatrice» mi sta aiutando a uscire da un periodo nero come il cuore di certa gente. Sono stanca, proprio stanca, ma abbastanza serena.

Non mi sento più «appiccicata», fuori posto, in Senato: mi sto inserendo. Ci sono dialoghi, sorrisi, saluti, qualche pranzo con le compagne e i compagni di Rifondazione. Bene. L'umore è cambiato!

Torno a Milano per votare e penso tra me: dieci giorni di vacanza! Tanti anni fa, quando Dario e io tornavamo a casa dalla tournée, senza accorgercene ci mettevamo a cantare:

Cin cin, cin can!
Milan g'ha el cör in man,
mi e la me' murosa sé bala avànt 'ndré
sem cunténst anca senza dané,
ma adès le musica l'è cambiàda,
el cör sbatt ma senza 'na ridàda,
cin cin, cin ciàp!
E i dané i ciùngula tacà ai nòster chiàp!

(*Cin cin, cin can!*
Milano ha il cuore in mano,
io e la mia morosa balliamo avanti indietro,
siamo contenti anche senza denaro,
ma adesso la musica è cambiata,
il cuore batte ma senza una risata,
cin cin, cin ciàp!
E i denari tintinnano appesi alle nostre chiappe.)

Quando sono scesa dall'aereo, mi sono scoperta a canticchiare la stessa canzone. M'è venuto proprio da ridere di gusto!

Che bello tornare a casa, stare con Dario, pranzare con lui, rivedere gli amici. Che bello parlare, ridere, emozionarsi... Dovremmo esercitarci a farlo più spesso.

Siamo andati a votare per il referendum. Abbiamo vinto alla grande. Ogni tanto Milano si sveglia dal suo torpore.

La pausa di dieci giorni dal Senato ci voleva! Cambiare ambiente m'ha fatto bene, anche se sono stata al computer da mattina a sera per preparare i testi di Dario da consegnare all'editore Fabbri. Non mi sono uscite nemmeno due ore per andare a fare un'orgia al mercato di via Papiniano! Pazienza. Andrò al mercato di Campo de' fiori.

Rientro a Roma lunedì pomeriggio, 26 giugno. Il Senato riapre.

Il Milleproroghe è una truffalderia dentro la quale si nasconde la ruberia

27 giugno 2006

Martedì, ore 11, aula: esame del provvedimento Milleproroghe, per decidere se posticipare i termini per i decreti che devono correggere alcune leggi su istruzione, agricoltura, pesca, ambiente. Prima di entrare ho passeggiato per i corridoi con il senatore Antonio Boccia, al quale avevo chiesto informazioni su questo decreto: «Che cos'è questo Milleproroghe? Me lo spieghi?».

«Be', posso dirti in poche parole che, attraverso la Milleproroghe, in una moltitudine di anfratti, si nascondono varianti e soluzioni scartate in altri decreti, perché considerati fatiscenti e rimessi in campo dai soliti furbi di Stato.»

«Mille proroghe! Son tante! Chissà stavolta chi si metterà denari e vantaggi in tasca grazie a questa caterva di proroghe.»

Ogni tanto rifletto su come sto vivendo... e se sia proprio il caso che continui a stare qui a occupare un posto a sedere, a prendere uno stipendio pazzesco, senza avere la possibilità di incidere su nulla. Speriamo che queste impasse siano determinate dall'ansia di sistemare il paese. Speriamo che in futuro si possa partecipare alle discussioni invece di intervenire per cinque minuti in aula quando i giochi sono già stati fatti. Muovermi come un robot non mi diverte nemmeno un po'!

A tavola del re del mangiare a sbafo

28 giugno 2006

Mercoledì. Il giorno dell'edificante caso Malan. Manifestazione con Turigliatto. Ve ne farò la cronaca fra poco.

Ore 10, aula: finalmente si vota per il Milleproroghe! E come ho già accennato, pochi sanno cosa significhi questa parola. Favorevoli: 160 su 161.

Dopo la chiacchierata con Boccia, per saperne un po' di più sono andata su Google. Così ho scoperto che questa votazione è considerata una specie di ultimo treno in partenza su cui è salito un po' di tutto, a cominciare dalla «rottamazione auto», dalla «Visco Sud», passando per l'emergenza rifiuti in Campania, uno dei più grossi favori concessi alla mafia e alle industrie che raccolgono monnezza ed «ecoballe da esportazione», distribuite in termovalorizzatori completamente in panne e quindi inattivi. Il risultato di quest'ultima corsa, però, è che le misure pesano sul deficit per circa un miliardo, nonostante il saldo netto sia positivo (43 miliardi di euro).

A seguire vi è stata la discussione del disegno di legge n. 379 per il riordino dei ministeri, cui abbiamo già accennato, che prevede di aumentare i dicasteri da 14 a 18.

Lo vado ripetendo come un'ossessionata: questo modo di governare è da ebeti autolesionisti. Siamo veramente alla follia. Da una parte si dice che siamo in troppe bocche inutili a mangiar soldi dei cittadini, ma nello stesso tempo ecco che aggiungiamo sempre più posti a tavola, come nei pranzi del re dell'andare a sbafo.

Dopo la votazione, il presidente dà la parola al ministro Chiti, ed ecco che scoppia la gazzarra. Che bizzarria! Sembrava tutto calmo e invece... cosa è successo? Roba da non crederci! Guardo allibita. Gridano in tanti, praticamente tutta l'opposizione. La maggioranza fa il controcanto agitando braccia come in un rock impazzito. Ecco, ci siamo di nuovo. Vedo bocche spalancate, urlanti. Uno dei senatori sta mangiando un panino, cosa proibita in Senato, per questo approfitta della confusione per azzannarlo. Sono io che l'immagino o succede davvero? Nell'agitarsi si prende un colpo di gomito proprio sulla bocca, ingoia il panino che gli va di traverso, tossisce, sta soffocando. Un collega gli fa la respirazione bocca a bocca: succhia e gli mangia il panino. Tutto a posto!

Sto scherzando, naturalmente. Non posso far a meno di sceneggiare la situazione in grottesco.

Ma Dio, sto proprio delirando! La buriana dell'immaginifico continua. Che vedo adesso? Ecco che molti scendono, avanzano in formazione da falange macedone, proteggendosi con il volume del regolamento del Senato posto a testuggine, e si dirigono minacciosi verso la presidenza.

Il senatore Guzzanti urla: «Vergogna! Golpisti! Basta, cambio schieramento politico, dov'è la mia gabbana?». Dal gruppo vola verso la presidenza un libro. Il lanciatore è un biondino, viso pallido, aria mite, ma si nota che conosce la tecnica del lancio in uso presso gli aborigeni dell'Australia, tant'è che il libro rotea nell'aria e raggiunge il presidente in pectore, voglio dire in petto.

Ma chi è il lanciatore? È il senatore Malan di Forza Italia. Non può fare a meno di esibire protagonismo. Intervengono i commessi a ristabilire la calma, mentre il presidente Marini è costretto a espellere l'aborigeno infiltrato: «Senatore da lancio, vi ordino di uscire dall'aula», ma lui se ne guarda bene. «No.» Deciso, torna al suo posto e ci si arrocca come un babbuino circondato da tutte le sue scimmie, voglio dire, da tutti i senatori del suo gruppo.

Oddio, adesso esagero con l'incubo!

A questo punto il presidente Marini decide di compiere un gesto possente: rosso in volto e indignato, estrae la sua pipa, la infila tra le labbra e lascia l'aula, fumando. Ma ecco che... dietrofront: il presidente del Senato torna sui suoi passi, sbroffa dalla bocca una slaffa di fumo, e punta il dito contro Malan: «Lui se ne deve andare e se non ci va con le sue gambe lo farò buttar fuori dai commessi. Entrino i commessi» ordina, ma nessuno si fa vivo.

Qualcuno penserà che mi sono inventata tutto. Per dimostrarvi che non ho montato una sceneggiata andate a vedere l'articolo apparso su «la Repubblica» il 28 giugno 2006.

Ma è proprio a questo punto che la tragedia si trasforma in farsa.

Malan: «Io esco solo se lei, signor presidente, mi concede la parola.»

«Non posso, lei non ne ha diritto.»

Senatore Chiti: «Allora parlo io».

«No, tocca a me, io ce l'ho il diritto», e si leva Pastore.

«No, lei Pastore si sieda, vada con le sue pecore.»

«No, io non esco e non faccia lo spiritoso, le pecore ce le avrà lei.»

«Basta!» gridano dall'opposizione. «Non siamo al circo.»

«Giusto» rispondono dall'emiciclo. «Fuori il Malan.»

Ma il senatore da lancio sembra incollato alla sua poltrona. Passano dieci minuti di caciara.

Malan implora i suoi colleghi: «Aiutatemi a resistere, mi scappa di andare in bagno».

Oh no, stiamo cadendo nel paradossale, vado in trance!

Ma ecco che i suoi colleghi lo bloccano: «Non ti muovere, ti porteremo noi un attrezzo che sostituisca la tazza del bagno perché tu possa liberarti senza alcun transito».

Veloci, in due della destra escono a sinistra e di lì a poco rientrano al centro brandendo un pappagallo, nel senso della padella sanitaria. Un altro gruppo fa il suo ingresso reggendo un grosso piatto di portata carico di frutta, formaggi, panini imbottiti di salumi vari e champagne.

«Ecco qui, è tutto per te, perché tu possa resistere all'infinito.»

Subito un volenteroso aiuta l'eroico senatore a slacciarsi le braghe mentre un altro gli infila il pappagallo: «Speriamo non canti» commenta l'aiutante.

Alle 20.40 arriva il responsabile del Senato che annuncia: «Tutti a casa. Il Senato chiude! I lavori riprenderanno il 4 luglio». Quindi aggiunge: «Il senatore Malan è pregato di liberarsi del pappagallo e restituirlo al commesso dell'infermeria».

Ma pensa te! Ma la sono tutta immaginata 'sta kermesse o è successa davvero? Sì, è successa, ma ovviamente l'ho un po' teatralizzata.

Ma torniamo a noi. Quanto costano allo Stato il blocco dei lavori e tutti questi giorni di riposo?

Intanto Dario allestisce opere buffe

29 giugno 2006

Giovedì. Raggiungo Dario a Pesaro dove sta realizzando la regia de *L'Italiana in Algeri* di Rossini. Contemporaneamente sta preparando la lezione su Mantegna, il Maestro dell'isola di Carturo, che andrà in scena a Mantova l'8 luglio nei giardini di Palazzo Te. La mattina lavora sul grande pittore (sta per uscire per l'editore Panini un libro bellissimo), il pomeriggio a *L'Italiana*... Non si ferma mai.

Il mio ottantenne «giovinotto» mi trasmette una carica indicibile che mi aiuta a proseguire in questa pazzia del Senato.

Il popolo italiano aborre la guerra

Durante il viaggio in treno mi si avvicina un tipo: bruno, faccia simpatica. «Sono Fosco Giannini di Rifondazione comunista (è uno dei sei dissidenti al governo). Ti ho visto in aula, finalmente riesco a parlarti... Che farai per la proposta del governo di rifinanziare la missione di "pace" in Afghanistan? Come voti? Sì, no?» mi chiede.

Dopo tanti anni di lavoro politico, all'alba dei cento anni, mi si fanno ancora delle domande così?

Certamente voterò contro! Mentre il treno avanza, mi dà informazioni che annoto sul mio portatile. Cerca di riempirmi la testa di tutto quello che sa. È infervorato. Lui scende prima, ci lasciamo da amici. Tranquillo Fosco, tranquillo. Guardo la notte fuori dal finestrino.

Non ho dubbi su come votare, ho solo un pensiero in più.

Per qualche cappello in più

Immersa in questi truci pensieri arrivo alla stazione di Pesaro, dove incontro Dario con il suo cappello di paglia bianco (tutti gli dicono: «Ma che bel Panama!». A me vien da ridere. Due anni fa ne ho comprati cinque al mercato di Cesenatico, sono di carta cinese. Sì, cinque, a 5 euro l'uno. Faccio scorta perché lui li dimentica in treno, al ristorante, sui tram, in aereo, perfino infilati sui paracarri... è un po' sbadato).

Tutti all'opera! Anche qui si parla di guerre e di pirati

Dario mi accompagna in albergo e da lì raggiungiamo il teatro, dove assisto alle prove de *L'Italiana in Algeri*. Seduta in platea, mi guardo intorno. L'orchestra è tutta sistemata nel cosiddetto «golfo mistico», il maestro dà il via all'ouverture.

Normalmente il tutto avviene a sipario chiuso e senza alcuna azione scenica. Invece, sorpresa, Dario ha deciso di far calare un fondale dipinto che rappresenta un porto della costa araba del Mediterraneo: Algeri appunto. I pirati hanno catturato una nave che spingono nel porto. I prigionieri vengono fatti scendere in malo modo, seguiti da donne, e insieme raggiungono il proscenio. La sfilata è suggestiva e davvero sorprendente.

Ho un marito di ottant'anni e più che dimostra una vitalità e una fantasia compositiva impressionante. Senza che ci si accorga, sparisce la nave, il porto slitta fuoriscena grazie a mimi e acrobati che tengono tesi, facendoli vibrare, lunghi teli di seta trasparente.

Dario ha ricreato un mare solcato da barche e da pescatori che si tuffano nel profondo e riappaiono con pesci colorati fra le mani. Il tempo è volato, fra ouverture e romanze struggenti. Dopo le prove passeggiamo, giriamo per ristoranti, conosciamo gente, amici nuovi: Marta, Fabio, Ruben...

Salvata dai carabinieri

Domenica torno a Roma. Ma ho un problema in biglietteria. Presento il mio tesserino da senatrice: posti esauriti. «Non si può prenotare, non posso farle il biglietto.» Mi agito... «Ma devo essere assolutamente a Roma questa sera, domattina ho seri impegni.» Niente da fare. Sono preoccupata, solitamente giro con qualcuno. Non che mi senta sperduta: ho la lingua, parlo italiano, già penso di salire sul treno da clandestina, non credo che mi butteranno giù. Mi porto sul binario trascinando il trolley. Mi guardo intorno e scorgo l'insegna dei carabinieri. Titubante suono il campanello. Spiego il mio problema. Un militare mi dice affabile: «Tranquilla, senatrice, ci penso io». Mi prende pure la valigia, mi accompagna al treno arrivato in quel secondo, parlotta con una gentilissima capotreno e mi fanno salire. Tiro un gran sospiro!

La terra vive solo se la lavori

1° luglio 2006

Qui, dove guardi, trovi prati immensi spezzati da estese macchie di lavanda di un lilla intenso e dal profumo delicato che dà piacere. Sono trent'anni che Jacopo ha preso dimora in questa valle. Ha trovato una terra abbandonata da tempo: case coloniche fatiscenti e boschi invalicabili con alberi che sembravano in lotta fra loro. La fonte che dava acqua alla valle s'era quasi del tutto prosciugata. Non c'era né luce elettrica né riscaldamento. Alcuni tetti erano franati. Con maniacale determinazione il mio ragazzo ha restaurato ogni casale o cascina, ha scavato pozzi per l'acqua ed è riuscito a rendere tutto finalmente abitabile e armonioso. Soprattutto

Anno 2006 111

è riuscito a ristrutturare le pareti e i muri rinforzandoli con reti di ferro e, grazie anche all'intervento della forestale, ha piantato migliaia di nuovi alberi che oggi hanno ormai superato cinque e più metri d'altezza. Questa nuova condizione naturale ha prodotto un arricchimento incredibile di ossigeno. Riempirsi i polmoni di questa magnifica aria quasi frizzante fa girare la testa.

Mentre raggiungiamo l'aia di Alcatraz incrociamo un gruppo di ragazzini che, con le loro madri, escono da uno dei boschi che scendono dal toppo sormontato dai resti di un monastero medievale. Si rincorrono scatenati e ridono davvero felici.

Jacopo e la sua compagna, Nora, una ragazza napoletana strepitosa in tutti i sensi, creatrice di dipinti, statue e follie varie, mi fanno una gran festa. Anche le nipotine Jaele e Mattea ci accolgono sempre con grande gioia... Poi arriva Matilde, figlia di Mattea ed Emanuele, che ci ha promossi bisnonni (anche se hanno quarant'anni in tre!).

Qui la nostra vita è «piena», non trovo altro termine... forse completa? No. È proprio piena! Non ci può stare null'altro. Quando siamo da loro, possiamo dire senza retorica di apprezzare, toccare e tenere ben stretta la felicità che viviamo. Siamo circondati da amiche e amici: Mario e Angela Pirovano, Angela Labellarte, la cuoca d'oro, e poi Giuliana, Claudia, Angelo, il re del giardino, molti ospiti: a volte a tavola siamo più di cento persone.

Com'è che i sabati e le domeniche sono giornate più corte del lunedì, martedì...?

Me ne vado sempre con malinconia da questa terra. Ah, dimenticavo che Jacopo, per Dario e me, ha costruito una casa surreale, direi addirittura metafisica. Non è di mattoni né di pietre, ma di un legno speciale chiamato lamellare, lo stesso materiale con cui gli architetti più avanzati costruiscono le strutture portanti dei nuovi complessi. L'interno dei muri è cavo, così come quello dei pavimenti e delle trabeazioni. La maggior parte delle pareti è composta da grandi finestre, con vetrate a tre strati. Come dice Jacopo, è un eccezionale prototipo di una nuova concezione strutturale.

Mio figlio mi ha spiegato che è talmente leggera che in tutto arriva a pesare un terzo di una casa normale. E soprattutto, l'interno è coibentato in modo da mantenere temperature fresche d'estate e sempre tiepide d'inverno. Essendo rinforzata, oltre che da viti e giunture, da piastre e angolari in acciaio, in caso di terremoto potrebbe anche rovesciarsi e rotolare fin laggiù a fondovalle senza perdere assolutamente il proprio assetto. Si avvertono coloro che si trovassero dentro la casa durante il rotolamento a valle: potrebbero soffrire un po' di nausea!

Insomma, la casa è antisismica a livelli giapponesi. E, come gran finale, è completamente autosufficiente tanto per l'elettricità che per il riscaldamento, grazie ai pannelli solari montati sui tetti e al riscaldamento alimentato con gli scarti di legna triturati...

Alcatraz: un sogno! Non è uno slogan, anche se mi accorgo che sto franando verso un'espressione da pubblicità.

Un buco nella montagna profondo come l'inferno

Il 2006 è anche l'anno in cui si riaccende la bagarre, o meglio la diatriba, in val di Susa fra il movimento No Tav, fondato dagli abitanti della valle piemontese, e le imprese che, sostenute dai partiti di governo, si stanno accingendo a realizzare quel progetto. Lo sanno ormai tutti: si tratta di costruire una linea ferroviaria veloce per unire Torino a Lione. La distanza è di 235 km, e la Tav affiancherebbe le linee storiche già esistenti fra le due città.

Il conflitto su questo colossale lavoro è cominciato nel 1995, ma nel corso degli anni il progetto ha subito molte trasformazioni; uno dei punti rimasti immutati è la realizzazione di una nuova galleria di base di 57 km a doppia canna, ovvero con due tunnel a binario semplice, fra la val di Susa, in Italia, e la Maurienne, in Francia. Si è scoperto che la montagna da forare è ricca di amianto, quindi lo scavo potrebbe liberare nell'aria milioni di particelle cancerogene. Naturalmente gli uomini politici, compresi molti di sinistra, assicurano che non ci sarà pericolo. Mi piacerebbe offrir loro alcune villette sulla montagna e godermi la reazione: «No, grazie, ho già una casetta al mare!».

L'anno scorso con Dario ho partecipato a una discussione sulla Tav al Politecnico di Milano. Uno dei docenti presenti affermava che gli abitanti della val di Susa hanno ragione a porsi in conflitto con le imprese, poiché si evidenzia una notevole sproporzione fra gli investimenti per la realizzazione di quest'opera e la sua reale efficacia.

I movimenti di protesta considerano la linea ad alta velocità troppo costosa e non necessaria a migliorare la qualità dei trasporti. Non solo: denunciano come quest'opera sia sostenuta da soggetti interessati unicamente a ingenti profitti. Per di più alcuni studenti, intervenendo nel dibattito, hanno ricordato che gli studi che avrebbero provato l'aumento del traffico sulla linea Torino-Lione sono errati.

Allo stesso tempo sono impressionanti per la loro vacuità le dichiarazioni dei sindaci di Torino che si sono succeduti negli ultimi anni e dei loro assessori, che ormai apertamente appoggiano l'attuazione del progetto. Ricordo che Sergio Chiamparino dichiarò testualmente: «Senza la Torino-Lione il Piemonte sarebbe isolato dall'Europa». Ma come si può sostenere una panzana del genere? Il Piemonte è già abbondantemente collegato all'Europa. In questa valle esistono già due strade statali, un'autostrada e una linea ferroviaria passeggeri e merci a doppio binario. Esiste perfino la cosiddetta autostrada ferroviaria, cioè il trasporto dei Tir su speciali treni-navetta.

Un'altra dichiarazione buttata lì a caso è quella secondo cui le linee ferroviarie esistenti sarebbero ormai sature, come dire che i treni sono stracolmi di passeggeri e la richiesta del trasporto di merci supera di gran lunga la portata delle linee esistenti. E ridagli con le sparate a effetto! Basta salire una sola volta su quei treni per accorgersi che quella linea ferroviaria è utilizzata al massimo al 30-35 per cento della sua capacità. Le navette per i Tir partono ogni giorno vuote e il collegamento ferroviario diretto Torino-Lione è stato soppresso per mancanza di passeggeri.

La falsa informazione arriva al suo clou con quest'ultima boutade: «La Tav è indispensabile al rilancio economico del Piemonte». Fior di studiosi del traffico e dell'economia assicurano che in realtà è vero l'esatto contrario: togliendo risorse alla ricerca, all'innovazione e al risanamento dell'industria in crisi (Fiat e non solo), la Tav darà la mazzata finale all'economia piemontese.

Ma è proprio vero che spesso il falso non ha limiti. In un convegno cui hanno partecipato i responsabili dei partiti che appoggiano quest'opera, sia di destra che di sinistra, al governo o all'opposizione, si è dichiarato che in fondo i paesi direttamente interessati al problema per questioni ambientali sono cinque o sei, mentre tutti gli altri nella valle non sono coinvolti.

E allora esplodo: «Ma come si può essere così spudorati? Basta leggersi il risultato delle inchieste sul traffico previsto per scoprire che, per la costruzione dell'opera, tutto il Nord della regione si troverà coinvolto, poiché i cantieri porteranno sulle strade della valle e della cintura di Torino qualcosa come 500 camion al giorno, con grande aumento di inquinanti e polveri, e questo per un numero incredibile di anni. Inoltre verranno prelevati centinaia di migliaia di metri cubi di ghiaia per il calcestruzzo».

A tutto questo c'è da aggiungere la situazione prevista da Roberto Saviano a proposito degli affari sporchissimi delle mafie sui cantieri della Tav e quelli, si spera puliti, delle imprese e delle banche. Ma che vi siano fra gli uni e gli altri intrecci e convergenze di interessi non occorre dimostrarlo. Il riciclaggio di denaro sporco di tutte le mafie, in Italia e fuori, semplicemente non esisterebbe, se non si fosse trovata ogni volta l'impresa «pulita» ma disponibile a trasformare capitali sporchi in strade, autostrade e gallerie di proporzioni gigantesche.

Salvatore Settis, ex magnifico rettore dell'Università Normale di Pisa, avverte: «Ha troppa fretta chi considera i paladini pro-Tav come moderni alfieri dello sviluppo, bollando i loro oppositori, cioè gli abitanti della val di Susa, come arcaici cultori del ristagno».

La linea Tav già realizzata fra Bologna e Firenze è certo un vantaggio per chi la usa, ma ha provocato la morte di 81 torrenti, 37 sorgenti, 30 pozzi e 5 acquedotti, inquinando con sostanze tossiche 24 corsi d'acqua.

Stiamo dando i numeri!

4 luglio 2006

Martedì. Giornata pesantina. È estate, a Roma fa un caldo boia. Ho comprato due condizionatori per il mio appartamento di fronte al Pantheon, ma non sono sufficienti a refrigerare l'ambiente. In compenso, nelle stanze del Senato c'è tanto freddo da prendersi una polmonite.

Ore 10.35. Seduta comune a Montecitorio per l'elezione di otto componenti del Consiglio superiore della magistratura (Csm).

Ore 14, di corsa alla Commissione bilancio, disegno di legge n. 379. Salto di qua e di là come un'invasata... Ora mi devo precipitare in aula.

Ore 15. Aula. Esame e votazione della questione di fiducia per il maxiemendamento interamente sostitutivo dell'articolo unico del disegno di legge 379, comma 24, sezione undici A (si tratta di disposizioni urgenti in materia di riordino delle attribuzioni della presidenza del Consiglio dei ministri e dei ministri); Dio, ma quante parole e numeri uno appresso all'altro! Anche qui sono convinta che si potesse risparmiare l'intera filastrocca; ma per riuscirci ci vorrebbero secoli, si farebbe più in fretta a cambiare il cervello dei burocrati.

Mi pare di essere dentro quella commedia che recitavamo con Dario vent'anni fa, dal titolo *Settimo, ruba un po' meno*.

La tiritera si trasformava in una canzone eseguita durante un intervento al parlamento, che partiva con uno sproloquio di numeri, per trasformarsi in un vero e proprio grammelot. Lo ricordo a memoria: «Paragrafo 21, V 38, sezione multipla, programma in variante 3, ma anche 33, 40 del codice aggiunto con trabillo satrapante vai con l'introito, lo sconto e la metastasi dell'inserto colastico tramponimo catartico e tritato di forfora e la zozza mistica, tra tra tra, pitupù, trittappò, stracognà, pirillì, truppachè, trapitrù pi pì pì, olè!».

Bra viene dai Longobardi e vuol dire tanto Camera che Senato

8 e 9 luglio 2006
    Sabato e domenica andrò ancora da Jacopo. Da Roma si arriva ad Alcatraz in due ore. C'è un incontro sui problemi della nutrizione nel mondo con Carlo Petrini, che noi chiamiamo da sempre Carlin di Bra, ideatore di Slow Food, uno dei più cari fra tutti i nostri amici. Ci conosciamo da quando Dario si trasferì per qualche mese nelle Langhe per organizzare con lui e il suo gruppo la prima radio libera d'Italia: Onda Rossa. Naturalmente in quel tempo le emittenti erano monopolio di Stato e metterne in campo una autonoma e incontrollabile era reato. Infatti Dario e Carlin furono denunciati e processati insieme a tutti i componenti del loro movimento. I carabinieri confiscarono al completo il materiale indispensabile alla trasmissione: fili, cavi, antenne, cuffie, microfoni e altri accessori, compreso naturalmente l'intero blocco della trasmittente.
    La polizia aveva registrato una puntata radiofonica integrale e il giudice che li interrogò in tribunale disse

loro: «Abbiamo ascoltato un vostro servizio e abbiamo scoperto che mandavate in onda il prezzo delle verdure: melanzane, carote, spinaci e cavoli. Ma di che si tratta? È un codice segreto?».

Rispose il Carlin di Bra: «No, signor giudice, si tratta d'informazioni di mercato. Comunichiamo ai contadini il prezzo base di ogni prodotto come valore commerciale di giornata. Questo è un vantaggio enorme per gli agricoltori e anche per i venditori di ortaggi al minuto. Per di più impedisce che i grossisti se ne approfittino imponendo prezzi esorbitanti. Comunichiamo anche le previsioni del tempo di tutta l'Europa e i consigli tecnici sulla semina e il raccolto, nonché le nuove scoperte sugli anticrittogamici».

Il giudice si fece una grossa risata e poi aggiunse: «Mi spiace che non sia nella mia facoltà, ma se potessi vi proporrei per un riconoscimento di alto valore civile. Siete liberi, ma mi raccomando, non ripetete il reato, almeno qui in questa zona».

Ma di lì a qualche anno Petrini è diventato ancora più famoso, oltre che per Slow Food, anche per la sua partecipazione alla lotta contro le multinazionali dei prodotti agricoli geneticamente modificati che, con la creazione degli Ogm, avevano messo in ginocchio centinaia di migliaia di contadini, da oriente a occidente. Questa soggezione economica sui coltivatori è determinata dal fatto che le multinazionali possono agire sulla fertilità o la sterilità dei prodotti. Petrini, con altri suoi associati nella lotta, ha girato per l'Africa e l'Oriente insegnando ai coltivatori di tutte le regioni come comportarsi davanti a quell'indegna sopraffazione. In seguito a questa battaglia è nata Terra Madre, un'associazione che unisce tutti i coltivatori del pianeta.

Ma quante cariche ha Marchionne!
Attento a non saltare in aria per la boria

Il convegno ha avuto un grande successo; vi hanno partecipato agricoltori della zona, professori e studenti. Non si è parlato solo di agricoltura, ma anche delle lotte operaie in corso, in testa a tutte quella della Fiat di Marchionne: in Italia pochi ancora sanno chi sia; e dire che è l'uomo di punta della produzione mondiale di automobili. Sergio Marchionne è italiano naturalizzato canadese, lavora in Italia, è stipendiato dalla Fiat ma paga le tasse in Svizzera. Di lì a poco diventerà amministratore delegato di Fiat Spa e presidente e amministratore delegato di Chrysler Group Llc, oltre a presidente di Fiat Industrial Spa e di Cnh. Presidente del consiglio di amministrazione dell'Acea, multiservizi attiva nella gestione e nello sviluppo di reti e servizi per acqua, energia e ambiente. Membro del consiglio di amministrazione di Philip Morris International, membro del consiglio di amministrazione del Peterson Institute for International Economics e copresidente del Consiglio per le relazioni tra Italia e Stati Uniti. Membro permanente della Fondazione Giovanni Agnelli. Ma quest'uomo avrà il tempo per un'ora d'amore?

Proprio nel 2006, è stato nominato Cavaliere del lavoro dal presidente Giorgio Napolitano. Bravo Giorgio! Hai azzeccato l'uomo giusto.

Certo che a quel tempo nessuno poteva immaginare ciò che sarebbe accaduto di lì a cinque anni. Sto parlando del referendum imposto nel 2011 dall'amministratore delegato della Fiat, Marchionne appunto, allo stabilimento Mirafiori. Il braccio del padrone ha organizzato una specie di ricatto, imponendo un referendum agli operai in merito all'accettazione del suo progetto operativo e finanziario che naturalmente coinvolgeva i lavoratori, le loro assunzioni e il diritto di decidere sugli esuberi della manodopera. Prendere o lasciare. Naturalmente, le organizzazioni sindacali più morbide con la dirigenza hanno subito accettato, mentre la Fiom al completo ha rifiutato quell'imposizione. Ne è nato un contenzioso che ha visto entrare in campo anche i partiti che gestiscono il Comune e la Regione, con in testa il Pd e la Lega a far coro d'appoggio al grande chef.

Io spero proprio che non sia questo il simbolo dell'Italia perché vorrebbe dire «tornare indietro».

Nel 2011 Marchionne ha detto che il suo intento era attrarre investimenti. E il responsabile della Fiom Landini gli ha risposto mettendo in luce il gioco delle promesse mai mantenute dalla Fiat a Mirafiori e negli altri stabilimenti. Lì, adesso, si fa la Punto, l'unica macchina ormai venduta dall'azienda, che fa tornare un po' di soldi in cassa, ma non si sa dove viene prodotta. Si dice che sia fabbricata all'estero, e lì invece che fare la nuova Punto si fanno due nuovi modelli: i Suv, che tra l'altro in questa fase non sono particolarmente venduti e si dice che verranno prodotti se si riuscirà a venderli negli Stati Uniti o all'estero, mentre la Fiat sta perdendo quote ingenti di mercato in Italia e in Europa. Io avrei invitato Monti e gli altri a non dar via libera solo a Melfi.

Ma che cosa ha combinato la Fiat da due anni in qua?! Ha promesso programmi importanti e ne ha realizzati invece altri che escludono l'Italia, tant'è che lo stabilimento di Termini Imerese verrà chiuso: stiamo parlando del più vecchio stabilimento della Sicilia. L'Irisbus di Avellino (autobus) è stata chiusa, e così la Cnh di Imola.

Intanto la Fiat ha già tagliato 5000 posti di lavoro. A Mirafiori gli operai lavorano tre giorni al mese e non si sa quali prodotti realizzino. Cassino, quando va bene, lavora due giorni alla settimana; a Pomigliano, che doveva essere la sede dello sviluppo futuro, la Fiat ha fatto firmare agli altri sindacati consenzienti una dichiarazione che evidenzia più di 2000 esuberi; e quindi i 2300 lavoratori che sono ancora nel limbo dei fuori gioco, compreso l'indotto, non possono più entrare a lavorare.

Quindi la Fiat non solo vuole licenziare i 19 della Fiom che ha dovuto far rientrare su ordine del tribunale, ma addirittura ha dichiarato – e gli altri sindacati hanno firmato – che non può rientrare più nessuno. Dopo due anni siamo arrivati alla beffa per cui possono lavorare solo duemila persone, e la maggioranza è ancora fuori dalla fabbrica.

Siamo di fronte al fatto che nel 2010 Marchionne ha raccontato balle a tutti: con il Progetto Fabbrica Italia aveva promesso 20 miliardi di investimenti e nuovi modelli di auto da mettere in produzione. In realtà, gli operai ci hanno rimesso il posto di lavoro e di fatto sono in cassa integrazione e a spasso.

Per fortuna Palazzo Madama è fuori dal mondo

Qui in Senato, tornando al 2006, questi problemi sembrano non coinvolgere alcuno. Senatori e senatrici si muovono come comparse dentro un film di una festa di nozze. Si preoccupano di riempirsi il bicchiere e il piatto di portata, chiacchierano con amabilità, qualche risata fra gli applausi, mentre fuori si sta consumando una tragedia al rallentatore, e senza sonoro per non disturbare i partecipanti al banchetto.

Con «Casta diva» comincia la Norma, ma qui la norma è fare i fatti propri

10 luglio 2006
Lunedì. Ore 14.30. Sottocommissione bilancio per i pareri, prima seduta. Il disegno di legge n. 762 propone la costituzione di una Commissione di inchiesta sul fenomeno della criminalità, la cosiddetta Commissione antimafia.

Ha parlato il presidente Morando, della sinistra: democratico. È intervenuto in qualità di relatore, sottolineando l'importanza di inserire nel disegno di legge una clausola che imponga di non aumentare le spese a carico delle pubbliche amministrazioni, ma anzi di imporre un esplicito tetto alle spese della commissione.

Ore 15, Commissione bilancio.
Audizioni sul disegno di legge 741 Bersani.
Associazioni sindacali tassisti, Confartigianato, Cna, Casa, Clai...

Sto lavorando intensamente, insieme a mio figlio Jacopo, con un gruppo di studio appositamente costituito composto da esperti in vari settori. Il filo conduttore del decreto legge 4 luglio è il rilancio economico: per ottenerlo, per sperare di ottenerlo, nei vari settori della vita economica dei cittadini, bisogna creare condizioni di mercato più liberali.

Tra le varie disposizioni contenute in questo testo vorrei soffermarmi sull'articolo 2, quello che riguarda l'abrogazione delle tariffe minime dei liberi professionisti, come dire avvocati, notai eccetera: in pratica si andrebbe contro una vera e propria casta, in quanto, se si togliesse questo limite, i compensi per le prestazioni professionali diminuirebbero all'istante.

Il decreto mira a rompere i limiti e i vincoli all'esercizio delle attività professionali, ma credo che il primo limite e il primo vincolo da eliminare sia proprio quello numerico. Un limite fissato per legge – o per atto amministrativo – ostacola la libera circolazione dei servizi o delle attività di cui parliamo, molto di più che il minimo tariffario.

Perché, per esempio, i notai devono essere un numero predeterminato, visto che la loro funzione (pur essendo un misto di libero professionista e pubblico ufficiale) non è diversa da quella di qualunque altra professione? Dunque, se vogliamo andare veramente nella direzione dell'innovazione, bisogna togliere prima i limiti più incisivi e poi quelli secondari.

Soprattutto, per quanto riguarda i notai, è risaputo che essi sono qualcosa di più e di peggio di una casta, in quanto si trasmettono il diritto a operare addirittura di padre in figlio: il padre ha ricevuto dal nonno e passa al figlio e poi al nipote il diritto a operare, a tener banco. E questo trasbordo dura da secoli, per cui se vai a vedere i documenti medievali, noti che Paralla e Barluffi erano già *notari* al tempo di Dante e continuano a gestire il mestiere ancora oggi.

Del resto credo di non dire niente di nuovo: la Commissione europea ha già richiesto formalmente ai governi nazionali e agli altri organismi competenti di intervenire su questa iniquità.

Lo stesso problema si pone anche per la categoria dei farmacisti. Anche per loro vige intoccabile la consuetudine sacra che il possesso della licenza di «farmacologo» debba essere trasmesso di padre in figlio e, naturalmente, anche di madre in figlia e nipote. Nel paese dove io e Dario d'estate andiamo in vacanza ci sono tre farmacie e i gestori hanno tutti lo stesso cognome. Inoltre, pare assurdo ma anche la struttura familiare dei gestori è identica: un padre e una madre con tre figli, di cui una femmina e due maschi. È un caso o è una legge di natura? Oltretutto, quando li vedi per la strada, sembrano clonati: lo stesso naso per i maschi, gli stessi fianchi per le femmine. Ognuno ha ben stampato in viso il gene del farmacista.

A questo proposito mi riservo di presentare alcuni emendamenti che possano integrare la struttura del decreto, compresa l'abolizione di questo privilegio.

Via di qua, monta di là, torna su e scendi sotto,
non fare l'inciampo o sei tutto rotto

Sono le 17.45... correre in aula!
 Ore 18, aula.
 È stato approvato il parere della Commissione affari costituzionali sul ddl (disegno di legge) 700 Irap, recante disposizioni in materia di Irap e canoni demaniali marittimi.
 Cena veloce alla buvette!
 Ore 20, Commissione bilancio. Audizioni sul disegno di legge 741 Bersani: associazioni agenti assicurativi (Snai e Unapass), Confesercenti, Confcommercio eccetera.
 Abbiamo finito a mezzanotte. Sono un po' stanca. È stata una giornata interessante però.

Il gioco del pallone

11 luglio 2006
 Il 9 luglio si gioca a Berlino, in uno stadio con la copertura a getto quasi totale, in vetro e acciaio, la finale dei Campionati del mondo fra la Francia e l'Italia. A me il

calcio non interessa granché, ma vista la grande importanza dell'incontro, ho accettato l'invito a casa di amici che si ritrovano per assistere all'incontro davanti a un grande televisore. Per quanto cerchi di partecipare con sincero trasporto, ogni tanto sento il bisogno di staccarmi dal gruppo e approfittare di un terrazzo che s'affaccia sul parco, dove vengo raggiunta da altre ragazze della casa e chiacchieriamo del più e del meno.

A un certo punto sentiamo un urlo provenire dai palazzi di fronte, subito seguito da imprecazioni sonore dall'interno della casa di cui sono ospite.

Cos'è successo? Ci spiegano che un giocatore, un certo Zidane, il capitano della squadra francese di origine algerina, un centrocampista straordinario, è stato provocato dal nostro Marco Materazzi. Di risposta, Zidane gli ha mollato una testata sul petto che lo ha scaraventato a terra. I tre arbitri che hanno assistito all'episodio hanno espulso Zidane. I francesi, imbestialiti, hanno insultato arbitri, giocatori, pubblico italiano e pure quello tedesco che non c'entrava niente! Le due squadre erano a pari punteggio. Ai rigori l'Italia ha vinto la partita.

A Roma la città, come impazzita, si dà a festeggiamenti da carnevale. Invadono le strade macchine che strombazzano coi clacson, qualcuno si butta dentro le fontane a sguazzare, altri si gettano nel Tevere, dove l'acqua è così bassa che più di uno si intruppa con la testa nel fondo alla maniera di Zidane.

Due giorni dopo al Senato ci riuniamo per le audizioni della Commissione bilancio.

Alle 16.30 Calderoli della Lega nord prende la parola per commentare la vittoria del football italiano, esalta il gioco dei nostri calciatori e dice: «Quella di Berlino è una vittoria della nostra identità, dove una squadra che ha schierato lombardi, campani, veneti o calabresi si è trovata di contro una équipe dove si erano schierati negri, islamici e comunisti».

Poco dopo si saprà che queste dichiarazioni hanno scatenato, tra le altre, le proteste dell'ambasciatore francese a Roma, che ha ribattuto: «Le dichiarazioni di Calderoli a proposito della multietnicità della squadra francese sono inaccettabili. Sono sciocato, ma sono certo che a essere rimasti sciocati siano stati soprattutto gli italiani: anche perché alcuni dei giocatori francesi di colore giocano in squadre italiane del Nord. Queste affermazioni non possono che provocare reazioni di odio razziale».

Ma già nell'emiciclo del Senato, al grossolano e becero intervento di Calderoli, la maggior parte dei senatori risponde con indignazione. Tranne ovviamente i colleghi della Lega, che subito si distinguono dimostrando solidarietà indiscussa verso le parole e l'atteggiamento di Calderoli.

Perfino Andreotti vuole entrare nel dibattito dichiarando che sicuramente le espressioni usate da Calderoli non sono state del tutto civili, salvo poi ammettere che queste boutade un po' grossolane gli sfuggono spesso intrattenibili ma in forma di provocazione scherzosa e quindi non colpevole.

Gli slalom di Giulio sono sempre sconvolgenti! Non era proprio il caso di venire in aiuto al buzzurro leghista. Chissà quale machiavello lo ha condotto a fare tutta quella svirgolata animalista, volevo dire, minimalista...

Interviene anche Furio Colombo, che dichiara di vergognarsi di sedere nella stessa aula di Calderoli e, con tempo satirico straordinario, comincia a fare l'elenco di tutti i calciatori di colore di serie A e B che giocano o hanno giocato con successo nel campionato italiano. Inventandosi una cronaca di calcio con le più blasonate fra le squadre, e usando un cellulare a mo' di microfono, dice ad alta voce e a gran velocità: «L'arbitro ha dato il segnale d'inizio: Karubek passa a Linzhun che viene bloccato da Ametour del Senegal e lancia la sfera verso Katrouc – no, mi sono confuso con un altro nero, con Cockpunk, comunista e maomettiano –, che viene buttato a terra da Pupap, famoso ateo delle Antille. Eccolo che tira in porta, gol! Primo gol dell'Inter a opera di un nero maoista e omosessuale!».

Indignata, l'opposizione urla e insulta: fine del primo tempo.

Il gioco delle parti è farsi a pezzi

12 luglio 2006

Di prima mattina, in Commissione bilancio, abbiamo discusso del decreto Bersani sulle liberalizzazioni[12] e del ddl 749 in materia di pubblica istruzione.[13] Poco dopo, alle 9.30, eravamo già in aula, dove si è discusso dell'Irap, ancora di pubblica istruzione, e abbiamo votato riguardo alle dimissioni di alcuni senatori.

Giornata intensa, e me ne sono proprio accorta. Meno male che abbiamo a disposizione bibite, caffè, latte. Quan-

---

[12] Ddl 741, *Conversione in legge, con modificazioni, del decreto legge 4 luglio 2006, n. 223, recante disposizioni urgenti per il rilancio economico e sociale, per il contenimento e la razionalizzazione della spesa pubblica, nonché interventi in materia di entrate e di contrasto all'evasione fiscale*. Approvato poi il 25 luglio 2006 e convertito in legge n. 248 dell'11 agosto 2006.
[13] Ddl 749, *Conversione in legge, con modificazioni, del decreto legge 12 giugno 2006, n. 210, recante disposizioni finanziarie urgenti in materia di pubblica istruzione*. Approvato il 12 luglio 2006 e convertito in legge n. 235 del 17 luglio 2006.

do sta per caderti la testa sul banco, via un bel caffè. Non crediate che sia la sola: ogni momento qualcuno si sveglia a caffettate.

Mentre votavamo, quelli del centrodestra hanno protestato per le modalità di esecuzione delle votazioni. In particolare, il senatore Vizzini (Forza Italia) ha reclamato poiché la sua tessera è stata estratta da un collega non autorizzato. Fan casini tra di loro, poi si lamentano. Sono a dir poco bizzarri.

13 luglio 2006
Anche oggi Commissione bilancio (ore 9), poi aula (ore 10), di nuovo Commissione bilancio (ore 15.30), aula (ore 16), Commissioni bilancio congiunte Camera e Senato nella Sala Mappamondo a Montecitorio (ore 17.30).
Mi faccio un sacco di chilometri.
Footing senatoriale, dimagrisco che è un piacere!

14 luglio 2006
Commissione bilancio, audizioni tutto il giorno. Nel pomeriggio sono esentata per troppa stanchezza.

15 luglio 2006
Ore 9.30, conferenza stampa senatori per il «no» al voto sul rifinanziamento della missione in Afghanistan.

17 luglio 2006
Ore 10.30, ho presentato cinque miei emendamenti in Commissione bilancio al disegno di legge Bersani.

Ore 17, riunione maggioranza in Commissione agricoltura per discussione emendamenti al disegno di legge Bersani.

Medio Oriente: che difficile morire di morte naturale!

18 luglio. Compio settantasette anni. Pochi giorni fa, il 12 luglio, è esplosa la seconda guerra fra Israele e Libano. Militanti libanesi Hezbollah hanno esploso razzi Katyusha e colpi di mortaio verso alcuni villaggi israeliani di confine. Ci sono stati alcuni morti. Israele ha subito riattaccato scatenando un'operazione di rappresaglia verso il Libano, invadendolo con carri armati e truppe in quantità. Lo scontro durerà trentaquattro giorni, causando la fuga di centinaia di migliaia di profughi libanesi dalle proprie terre. Saranno uccisi tra i 250 e i 1000 combattenti libanesi, ma l'Unicef precisa che, fra i morti, 300 sono civili, il 30 per cento dei quali bambini sotto i tredici anni. Il conflitto continuerà fino al cessate il fuoco per intermediazione delle Nazioni Unite.

Per il mio compleanno mi arrivano fiori da amici e colleghi in numero a dir poco esorbitante, ma non mi sento nel clima adatto per gioire di tanto affetto. Le immagini di uomini e donne rovesciati al suolo coi corpi dilaniati dalle esplosioni che appaiono sul teleschermo di casa mi causano un vero e proprio blocco allo stomaco. Con un gesto d'ira getto i mazzi di fiori per terra nell'istante in cui entrano in casa alcune amiche. Con loro mi metto a raccogliere fiori e vasi rovesciati.

Finalmente pausa... per incidente fisico

19 luglio 2006
   Ore 9, Commissione bilancio, votazione emendamenti al disegno di legge 741 Bersani (i miei emendamenti sono stati respinti).

Pranzo di corsa.

Poi via, come un fulmine, ritorno al Bilancio. Inciampo e mi prendo una bella storta. Si continua a votare per gli emendamenti al disegno di legge 741 Bersani. La caviglia mi fa male. Spero di non essermi rotta niente. Fine commissione, mi dirigo zoppicando all'aula.

Incontro Anna Finocchiaro, la capogruppo dell'Ulivo. Mi accingo a prendere posto, lei alza gli occhi e mi chiede: «Che è successo? Perché zoppichi?».

«Mi sono slogata...»

«Corri subito in infermeria.»

I medici consigliano una radiografia. Con Marina Belloni e un medico del Senato si va al Pronto soccorso con una macchina di servizio. Diagnosi: distorsione. Non potrò camminare per un po'.

Mi danno sette giorni. Mi pare d'essere un calciatore.

Vengo riaccompagnata a casa e aiutata dall'autista e dal medico a salire il piano di scale. Tengo il ghiaccio tutta la notte, faccio un'iniezione di Voltaren. Sono un po' preoccupata: questa sera ci sono le votazioni. Mi tranquillizza l'amico Nello: «Non ti agitare, ti sostituiamo».

La prima invasione fu dei russi

23 luglio 2006

Oggi si parlerà ancora dell'Afghanistan e del nostro coinvolgimento militare in quella che viene chiamata «operazione di pace». Ricordo quando, nel 1979, iniziò l'invasione dell'esercito sovietico in queste terre, allo scopo di sostenere il governo della Repubblica democratica dell'Afghanistan, di fede comunista. Le truppe sovietiche si scontrarono con raggruppamenti di guerriglieri afghani chiamati mujaheddin, all'inizio assolutamente slegati nella loro azione, sia militare che strategica, ma costretti poi a fare fronte comune, dimostrando che la loro fama di guerrieri da secoli vittoriosi contro tutti gli eserciti di invasori (dagli antichi Greci ai Romani, fino ai turchi e agli inglesi) non era leggenda ma realtà. Oltretutto gli Stati Uniti, vari paesi del Medio Oriente e persino la Cina, ben truccati da inesistenti, procuravano loro una caterva di armamenti.

In quel tempo ricordo di aver assistito alla proiezione di un documentario trasmesso da un canale Rai che mostrava quelle montagne veramente inaccessibili, teatro di scontri a dir poco feroci, dove i potenti carri armati russi venivano aggrediti dai mujaheddin armati di bazooka e cannoni battezzati «obici senza rinculo».

È incredibile, ma la grande Armata rossa venne letteralmente annientata dai guerriglieri: facevano esplodere pareti di roccia e pezzi enormi di montagna, seppellendo l'esercito che aveva sconfitto l'armata di Hitler. Ma perché? A che scopo i soldati russi avevano intrapreso quella guerra di tipo coloniale? Davvero per diffondere il comunismo oltre i confini della propria terra?

E ancora, come mai, dopo l'esempio che i mujaheddin hanno dato, per secoli, della loro vincente determinazione, anche gli americani sono incappati nella stessa trappola senza uscita, trascinando con sé metà Europa?

I farmacisti van fuori dalla grazia di Dio:
gli hanno toccato la pillola e spampanato la supposta

24 luglio 2006
 Lunedì. Ore 15-21. Aula. Discussione sul decreto Bersani. Non si conclude nulla. Parte lo sciopero dei farmacisti, che

minacciano la serrata totale per protestare contro il governo che ha deciso di consentire la vendita di alcuni farmaci di largo consumo anche nei supermercati. Finalmente le supposte in libertà! Il ministro Bersani ha dichiarato che alcune delle categorie più organizzate, prime fra tutte i farmacisti, hanno lobby forti nelle aule del parlamento.

Oh mio Dio! Le lobby dei farmacisti in parlamento. Chi l'avrebbe mai detto? Un collega blocca la mia meraviglia dicendomi che tutte le categorie hanno al governo il loro gruppo di sostegno formato da senatori e deputati. La lobby ce l'hanno anche gli avvocati, che fra l'altro sono rappresentati addirittura da ministri. Non parliamo dei notai, che sono stracolmi di tutori eletti, tanto da poterne prestare anche a taxisti e ambulanti.

Mi vien subito da canticchiare una tiritera del mio paese che fa: «Oh che bel palazzo, marcondirondirondazzo!». Ma a guardar bene è piuttosto un gran casotto con dentro dei furbazzi, molti ladri e qualche pazzo.

25 luglio 2006
Martedì, ore 10. Aula. Abbiamo votato gli emendamenti al decreto Bersani e per ben due volte è mancato il numero legale. Il voto di fiducia al maxiemendamento è previsto per la sera.

Ore 22.30. Aula. Voto di fiducia per il provvedimento Bersani.

26 luglio 2006
Mercoledì, ore 8.30. Commissione bilancio, votazione Dpef (la finanziaria). Intervengono il viceministro dell'Economia e delle finanze Visco e il sottosegretario di Stato per lo stesso dicastero, Casula.

Ore 15, Bilancio.

Ore 16, aula.
Voto Dpef, alle 9.30... di sera.

Infiliamo la scheda nella toppa, salviamo la patria

27 luglio 2006

Giovedì, ore 11. Aula. Pur zoppicando arrivo un'altra volta in anticipo. Sono le 10.30 quando entro in aula, ma vengo accolta da grida forsennate: «Corri, Franca, devi votare!». Sono agitata e sbalordita. Saltello su un piede solo. Sul mio cellulare avevo la convocazione per le 11. «Inserisci la scheda!!» mi urlano. La prendo dalla borsa: è smagnetizzata! Si precipita un commesso con un duplicato. Smagnetizzato anche quello. Quando sono agitata è tutto ancora peggio. Mi succede a volte. Mi saltano anche i computer. Arriva un terzo duplicato che non tocco. Prego il commesso di inserirlo lui. Ecco, appare una spia rossa sul tabellone dell'Unione. Mi siedo pensando a quei quasi duemila occhi che mi stanno puntando con espressione di sdegno. Sono fortemente imbarazzata. E mi sembra di sentire la voce di Scapino che urla sconvolto: «Ma che cosa ci sono venuto a fare io in questa nave di forsennati... E di pirati, per giunta».

Ho un delitto da raccontare

Dopo un po' mi riprendo. Cerco un senatore amico al quale voglio spiegare la stravaganza che mi è successa. Lo trovo. Lo conosco da quando era un ragazzino. Gli dico: «Ti devo far vedere una cosa, rispetto a quanto m'è successo...».

Traffico nella borsa per mostrare il cellulare col messaggio delle ore 11. Guardo il collega, sembra presente, ma non c'è più, c'è il suo corpaccione lungo e magro ma il suo interesse è altrove. Mi prende una rabbia tremenda! Decido di punirlo: «Scusa, ma mi è successa una cosa orribile, ho sgozzato la mia nipotina, l'ho fatta a pezzi, ho la sua manina in borsa, mi sta insanguinando tutti i documenti, non so dove metterla» e mi zittisco di colpo. Lui mi guarda, richiamato in questo mondo dal mio silenzio, poi: «Bene bene... – commenta –, ora devo scappare».

Con tono pacato, ma che poteva preannunciare anche un omicidio, gli sibilo: «Non hai ascoltato una sola parola! Ti ho detto che ho sgozzato mia nipote, fatta a pezzi, e che ho la sua mano in borsetta e tu mi dici "bene bene"? Ma siete degli uomini o dei robot? Non ascoltate mai chi vi parla. Siete tutti piegati sul vostro ombelico a pensare ai fatti vostri». Gli dico anche una parolaccia!

Poi mi viene da ridere. Finalmente mi sono scaricata... e lui è incazzato nero.

La guerra in parlamento

Ore 16.

Votazione sulla fiducia all'articolo 1 del provvedimento riguardante le missioni internazionali (disegno di legge 845).

Ed ecco la reazione dell'opposizione dinanzi alla richiesta della fiducia sulle missioni militari:

Apcom. Evitato lo scontro fisico tra Polledri (Lega) e senatori Unione
«Prodi dittatore.» Cosí la Cdl, con un cartello esposto in aula a Palazzo Madama dai banchi di Fi, ha accolto la richiesta di

doppia fiducia sulle missioni militari all'estero avanzata oggi in Senato dal ministro per i Rapporti con il parlamento Vannino Chiti. La Lega picchia durissima. «Ormai il parlamento è stato esautorato – ha spiegato il capogruppo del Carroccio Roberto Castelli – perché non c'era alcun motivo di porre questa fiducia. Lo si è fatto solo per impedire che alcuni senatori della maggioranza votassero degli emendamenti.»
Le parole di Chiti hanno dunque scatenato la reazione dei senatori di opposizione. In particolare il senatore della Lega Massimo Polledri ha cercato di rispondere fisicamente ad alcuni insulti che, ha raccontato Castelli, erano piovuti dai banchi della maggioranza. Solo l'intervento dei commessi ha evitato lo scontro fisico.

La seduta, sospesa alle ore 17, è ripresa alle ore 18.

Ore 18. Aula. Dichiarazione di voto per la questione di fiducia all'articolo 2, quello relativo alla «missione di pace» in Afghanistan. Sono la prima iscritta a parlare. Mi preparo a dare la fiducia col sangue agli occhi, non si può fare diversamente, ma farò un intervento, per quanto riguarda questa guerra in Afghanistan, dove esprimerò tutto il mio dissenso. Alla richiesta di fiducia, non si può dire «no». Ne ho discusso con gli altri compagni. Mi sento tranquilla rispetto alla decisione presa. Non si può agire diversamente.

Franca: «Domando di parlare per dichiarazione di voto».
Presidente: «Ne ha facoltà, per 7 minuti».
Dichiaro il voto favorevole dell'Italia dei valori al provvedimento in esame, poi inizio il mio intervento accompagnato dal solito brusio e disinteresse.

Ma che ci siamo andati a fare su 'sta nave di pirati, pardon, su 'sta petroliera?

Signor presidente, onorevoli colleghi, onorevole ministro e onorevoli sottosegretari,
come ben sappiamo gli Stati Uniti hanno installato in Afghanistan basi militari permanenti. Come mai? Vediamo un momento dove si trova questo Stato.
L'Afghanistan confina con l'Iran, quindi col Pakistan, la Cina, più sopra il Tagikistan, l'Uzbekistan e il Turkmenistan. Insomma, è una grande trappola geografica.
Da questo paese passano l'oleodotto e il gasdotto che portano carburante dalla Russia verso l'India. Passano anche i camion dell'oppio: l'87 per cento della produzione mondiale, che rende 40 miliardi di dollari l'anno.
L'International Security Assistance Force (Isaf) va in Afghanistan nel 2001 sotto l'ombrello Onu, ma dall'agosto 2003 la missione è guidata dalla Nato; quindi, di fatto, dal Pentagono. La missione italiana viene chiamata missione di pace, ma siamo sicuri di aver appoggiato la pace in Afghanistan? Con sei milioni di euro l'anno una Ong – ce ne sono otto italiane – è in grado di far funzionare tre ospedali, un centro di maternità, 27 posti di pronto soccorso e un programma di assistenza sanitaria nelle carceri.
Ci siamo impegnati abbastanza in questo senso in Afghanistan? A cosa è servita la presenza dei nostri militari? Le posizioni di Gino Strada, fondatore di Emergency, si conoscono, ma anche alcuni direttori delle otto Ong dicono questo alla stampa: il governo deve smettere di usare l'aggettivo «umanitario» per indorare la pillola all'opinione pubblica quando si tratta di andare in guerra. Per questo chiediamo l'immediato ritiro del nostro contingente italiano.
In Afghanistan, oggi, non viene rispettato nessun diritto umano. Le carceri sembrano lager nazisti, secondo ispettori

dell'Unione europea. Il parlamento di Kabul è composto in parte da criminali, ex talibani e trafficanti di oppio. Anni di guerra hanno distrutto qualunque cosa e quasi niente è stato fatto, né per la popolazione ridotta alla fame, né per ricostruire il tessuto economico-sociale. Migliaia di donne, per mangiare, sono costrette a prostituirsi; domandiamoci con chi. Sul territorio abbiamo circa 20.000 militari di quindici paesi diversi. I talibani che si erano rifugiati in Pakistan (quelli addestrati dalla Cia anni fa per combattere gli invasori russi), hanno ripreso il controllo del Sud. Le forze di Enduring Freedom, di cui fanno parte i nostri soldati, rispondono attaccando via aria e via terra: si parla di oltre 100.000 tra civili e militari uccisi. Un'operazione, questa, chiamata senza vergogna «bonifica del territorio».

I costi della nostra missione, dal 2002 a oggi, ammontano a circa 600 milioni di euro, 488 milioni di euro per la proroga di altre 28 missioni. La spesa militare italiana è al settimo posto su scala mondiale: 27 miliardi e 200 milioni di dollari annui, un fiume di denaro. Sono un po' preoccupata, con i tempi che corrono.

Questo governo ha anticipato in autunno il rientro del contingente italiano dall'Iraq. Era ora, bravi, evviva! Bene il meeting per la pace, bravissimi! Il ministro Parisi, che fa ancora parte del nostro governo, si trova però davanti a un serio problema che ha dell'incredibile: dovrà rispettare l'impegno assunto dal governo di centrodestra – leggi Berlusconi – che ha contribuito con un miliardo di dollari a fondo perduto per entrare nel programma di sviluppo di nuovi aerei.

Saremo costretti ad acquistare circa 220 cacciabombardieri, per un costo di 14 miliardi e 400 milioni di dollari. Non so dove li troverà. Sono invece già stati acquistati 22 aerei-cisterna, per un costo di circa 50 milioni di dollari l'uno, più altri quattro per il rifornimento in volo, che ci mancavano proprio.

Come li abbiamo pagati? Con cambiali? Mi sono chiesta: «Tutto questo ben di Dio, che procura solo morte, è per la nostra missione di pace?». Se mi trovassi in Afghanistan non mi sentirei per niente tranquilla.

«No, no, devi stare tranquilla, Franca – mi si risponde –, li abbiamo dovuti acquistare perché esisteva un contratto, un impegno scritto, ma non li manderemo in Afghanistan.»

«Ah, meno male» mi sono detta. «Ma che ne facciamo?»

«Be', ci sono tante guerre, li affitteremo, così facciamo cassetta.»

Certamente saprete che siamo al terzo posto nella classifica mondiale dei paesi con il più alto debito pubblico: un miliardo e 580 milioni di euro; sono nella Commissione bilancio e mi sono ben informata. Dove si andrà a finire di questo passo?

Il nostro governo si sta arrampicando sugli specchi per cercare di risollevare il paese dal disastro finanziario che ha trovato, ma – data la situazione – temo che nemmeno i preannunciati pesanti tagli alle spese sociali basteranno a compensare la spesa militare italiana.

Gli ultimi dati Istat ci comunicano che in Italia abbiamo 12 milioni di poveri. Molte famiglie consumano il pasto del mezzogiorno presso i centri di carità e allo smontare dei mercati di frutta e verdura si vedono pensionati (e non) che vanno frugando tra l'immondizia.

E il precariato? I giovani senza futuro? La disoccupazione? E le regioni senz'acqua?

Per quanto mi riguarda, e concludo, non sono così dissennata da battermi per l'abbandono immediato dell'Afghanistan (so benissimo che senza la nostra presenza sul territorio, in questo momento, esploderebbe un caos a base di massacri che porterebbe altre stragi in quantità), ma chiedo al governo, a nome di tantissimi italiani, che nell'immediato futuro i militari vengano sostituiti dai civili e che si cerchi di sradicare l'illegalità e la connivenza tra i vertici Usa e i signori della guerra.

So di proporre una svolta difficile (e da realizzare con tanto coraggio e determinazione). Di quel coraggio, credetemi, abbiamo bisogno, non per combattere, ma per fare la pace. Fare la pace è il più coraggioso dei gesti. Infatti, è un gesto raro. Ma che dico? Rarissimo.

Al mio intervento seguono applausi dai gruppi «dissidenti» all'interno dell'Ulivo.

28 luglio 2006
Ore 10, aula. Il governo ottiene la fiducia con 161 «sì» all'intero disegno di legge 845 relativo alla partecipazione italiana alle missioni militari internazionali. La maggioranza necessaria era di 160 sì, in aula erano presenti 162 senatori, uno di questi non ha votato.

Prima del voto l'intera Casa delle libertà ha abbandonato l'aula per protesta nei confronti del ricorso alla fiducia.

314 firme falsificate: il nome truccato è il mio

Nel pomeriggio in Commissione giustizia e la sera in aula sono stati presentati 314 emendamenti al disegno di legge 881 per la concessione dell'indulto. La firma posta in calce agli emendamenti era la mia, ma io ne ero completamente all'oscuro. Qualcuno, che voleva prender tempo, e non so per quale ragione, ha presentato gli emendamenti a mio nome, falsificando perfino la mia firma. Riflettendoci, posso anche immaginare chi sia stato.

Chiedo la parola: «Signor presidente, non so di cosa lei stia parlando. Questi 314 emendamenti a mia firma non sono stati né scritti, né firmati, né presentati da me. Sono falsi. Chiederò ai miei legali come mi devo comportare. Se anche in Senato si truffa non ci sono più speranze. È un paese, questo, che ormai ha toccato il fondo». Ho raccolto le mie cose e me ne sono andata, senza chiedere il permesso a nessuno e senza un sorriso. Come si dice, ero «fuori dalla grazia di Dio». Ma che ci son venuta a fare su 'sta nave di pirati ecc.?

Mi sono sentita parte di un branco di malfattori, vestiti e truccati da senatori. Avevo voglia di prendere un taxi e tornarmene subito a casa. Piantare tutto. Stanca di non essere rispettata. Stanca di essere «il numero» per non fare cadere il governo, mi sentivo una marionetta da usare a piacimento. Lo so che è un luogo comune, ma non posso fare a meno di esclamare: «Quant'è sporca 'sta politica».

Sono stufa di sentirmi imbrattata. Voglio tornare con la gente normale e non continuare a convivere con dei mangiasoldi, trafficoni, intrallazzatori e disonesti. Sì, d'accordo, fra loro ci sono anche persone per bene, ma che cosa fanno qui? Perché non dimostrano una volta per sempre di aver coraggio pretendendo «pulizia»?

Il giorno dopo, facendomi forza, sono ritornata in Senato. La mia presenza era soprattutto dovuta all'intenzione di raccogliere tutti i miei scritti rimasti nell'ufficio e, aiutata da Carlotta, la mia assistente, impacchettare ogni cosa con ordine e poi spedirla a Milano. Ho incontrato qua e là, nei vari piani del palazzo, miei colleghi di partito: era evidente che mi volevano dire qualcosa. Mi sorridevano con molto imbarazzo, facendo gesti perché mi fermassi un attimo. Io li sorpassavo come fossero trasparenti. Non ho accettato di dialogare con nessuno e li ho esclusi dalla mia vita per giorni e giorni.

Giustizia: un delicato regalo agli amici della congrega

29 luglio 2006

Aula. Ore 9.30. Accade qualcosa a cui non posso fare a meno di presenziare. Si vota il provvedimento sostenuto dal ministro Clemente Mastella. «Clemente» però solo con i potenti. Proprio lui, il figuro che determinerà fra non molto la caduta del governo Prodi. Stiamo parlando dell'indulto, un provvedimento che prevede uno sconto di pena per chi ha commesso reati fino al 2 maggio 2006. Lo «sconto» riguarda la detrazione di tre anni dalle condanne definitive. In poche parole, viene concessa la libertà ai detenuti che hanno subito una condanna fino a tre anni, e uno sconto di pena a quelli con condanne superiori.

Bisogna aggiungere che in Italia si scontano in carcere solo le pene superiori ai tre anni, per quelle di durata inferiore vi è invece l'affidamento al servizio sociale. Perciò, chi è condannato a sei anni di reclusione, grazie a questa trovata, avrà una detrazione di tre anni e non farà un giorno di carcere.

Fatto è che l'indulto – che ha portato alla scarcerazione di circa 15.000 detenuti – si applica a reati gravissimi come corruzione, concussione, frode a carico dello Stato, bancarotta, truffa nelle gare d'appalto, falso in bilancio e reati connessi alla violazione delle misure di sicurezza sul lavoro.

Il provvedimento del ministro Mastella ha quindi favorito nomi illustri della malapolitica del nostro paese, come l'avvocato Cesare Previti, la cui condanna per corruzione giudiziaria scenderà da cinque a due anni, consentendogli così di rimettere piede in parlamento dopo aver lasciato gli arresti domiciliari. Che pacchia!

Altri che probabilmente beneficeranno del provvedimento sono Silvio Berlusconi (per il caso Mills) assieme ai figli Marina e Pier Silvio (indagati per riciclaggio), oltre al

Fido-Fedele Confalonieri (indagato a sua volta per falso in bilancio).[14]

Non ho potuto trattenermi e ho esclamato ad alta voce: «Venghino signori, venghino, questo è il paese di Bengodi; chi ha sentenze e condanne s'accomodi, abbiamo una lavanderia che sbianca ogni mascalzonata, a partire dal furto con scasso». All'istante, ecco la senatrice Menapace che si rivolge a me con indignazione: «Ma come? Proprio tu, Franca, che hai lottato per anni, dentro e fuori le carceri, per concedere un atto di grazia ai condannati».

«E no, Lidia, io ho sempre inteso di essere clemente con i disperati, non con gli intoccabili che, con la corruzione e il trucco, scantonano da ogni sacrosanta condanna.»

E per finire, l'indulto è approvato con la maggioranza dei due terzi. Presenti 308 senatori, votanti 307. Favorevoli 245, contrari 56 (tra cui io), astenuti 6.

Questa legge sull'indulto, voluta e votata da tutta la destra e da gran parte della sinistra al governo, è la legge dell'«ingiustizia», una legge di cui un popolo dovrebbe provare vergogna totale.

Il Senato chiude, si riprende a settembre... buone vacanze, io non so se tornerò! Ma prima di chiudere il capitolo voglio ricordarvi alcune delle discussioni, a volte a dir poco accese, che mi capita di affrontare con miei colleghi senatori e deputati, compreso qualche ministro e un gran numero di giornalisti. I temi toccano quasi sempre l'ambiente e il clima in cui galleggiamo, spesso come uccelli fluviali in transito pronti a buttarsi sott'acqua per acchiappare la preda, oppure a sbattere le ali e a prendere quota sopra la laguna in cerca di un po' d'aria più respirabile.

---

[14] Qualche anno dopo Confalonieri sarà ritenuto estraneo ai fatti.

Gli argomenti riguardano il conflitto di interessi, che da anni, con un inciucio veramente sgradevole, viene accantonato e dimenticato da ogni governo, e poi lo scandalo dei videopoker, le truffe, il falso in bilancio, la corruzione, la mostruosa evasione fiscale e, in particolare, il gran numero di avvocati, spesso a doppio servizio, che transitano accanto ogni giorno con la carica e lo stipendio di senatori, deputati e perfino ministri, stipendio interamente pagato dai cittadini.

Su questi argomenti Dario ha dipinto una serie di opere di grande dimensione che ha esposto a Palazzo Reale a Milano. Il tema di una di queste pitture satiriche è proprio quello degli avvocati, personaggi nelle vesti di antichi senatori ma con maschere di cuoio sulla faccia, e le facce sono ben riconoscibili. Si indovinano le sembianze di Ghedini, Pecorella, Longo ecc. Tutti i volti in grottesco dei vari legali a servizio del Cavaliere puntano verso l'alto e dall'alto scende, precipitando, il Cavaliere stesso. Qualcuno accenna solo al gesto di venirgli in aiuto, altri voltano lo sguardo indifferente altrove.

Spesso, quando mi trovo a discutere coi miei colleghi, chiedo loro (e fra quei «loro» c'è anche qualche avvocato suo di lui): «Ma possibile che nessuno gli vada a dare un consiglio in tono sincero e preoccupato sul suo autolesionismo? Berlusconi sembra fare di tutto per trovare alla fine un inciampo disastroso che lo conduca alla rovina. Lui continua a raccontarci che tutti i guai giudiziari gli sono capitati addosso solo al momento in cui aveva deciso di darsi alla politica, non per sé, ma per salvare l'Italia. Bugiardo! Io so bene la battuta che lo smentisce, l'ho sentita quasi dire dalla viva voce di Confalonieri, che perentorio esclama: "Qui, se tu Silvio non ti decidi a entrare a piedi giunti nella politica, ci troveremo sotto un ponte come un gruppo di barboni disperati che cercano le cicche e gli avanzi in mezzo alla monnezza"».

Soltanto che, quando Silvio Bingo si è trovato nel vaso di Pandora del governo a sguazzare in mezzo a tante occasioni di truffalderia e sgarrate con raggiro e scaltrezza, non si è più tenuto. Silvio, guardami bene in faccia, sei tu che ti tiri addosso la rogna dei processi. Nessun politico al mondo ne ha tanti, uno dietro l'altro, e sempre più difficili da scansare. Sei ormai diventato un acrobata che fa gli esercizi della morte senza badare di stendere sotto la rete, senza il filo che ti regge nel caso di sballottamento in verticale. *Ahhhh! Pluf!* Questo rischi ogni volta.

A proposito di acrobati, io ne ho conosciuti parecchi perché, ormai lo sapete, la mia era una famiglia di girovaghi parenti stretti dei circensi, che rischiano a ripetizione la vita, e mi ricordo di Strapagnàn, un fenomeno del triplo salto mortale. Io l'avevo visto volare sotto lo *chapiteau* un sacco di volte e un giorno mi sono permessa di provocarlo: «Ma non pensi che azzardi un po' troppo approfittando della fortuna che sta sempre dalla tua?». E lui di ribatto mi dice: «Hai ragione, ma ormai per me è diventato un modo di vivere quello di rischiare sempre di più. Lo so, sono come un ladro che ruba la vita ogni volta, sempre buttandomi oltre il limite, e sono conscio soprattutto del fatto che quando comincerò a precipitare non mi fermerò ritirandomi, ma tornerò a tentare buttando all'aria ogni logica e ogni senso della ragione».

È quello che succederà a Berlusconi. Quanti processi ha avuto, quanti ne ha in ballo? Certo, ha fatto leggi per salvarsi a ogni capovolta. Ma non gli basta. Non lo fa tanto per accumular quattrini, ma perché è il rischio che gli piace e davanti al piacere del rischio non bada nemmeno più alla sua pelle. Si fa parrucche che incolla sul cranio, si mette il cerone sulla faccia come un clown, i rialzi alle scarpe come un'*entreneuse*, tutto per apparire meglio, senza età. Ahimè, senza età sono solo gli angeli, ma attento che anche loro spesso cascano.

Vacanze: parola inesistente nel lessico dei teatranti

Oggi iniziano le mie «ferie». Che strano, è la prima volta che nella mia vita vado in ferie.

Quando recitavo nella compagnia di mio padre, lavoravo dodici mesi all'anno, e con Dario l'estate era la stagione in cui si recitava senza neanche fare riposo, anzi, la domenica due spettacoli! «Vacanza» era una parola senza senso per noi e anche ultimamente, quando si programmava uno spazio di riposo, ecco che all'istante dovevamo buttare tutto all'aria e accorrere in situazioni di emergenza.

Negli anni Sessanta, in verità, fermavamo la compagnia in aprile-maggio, affinché Dario potesse scrivere una nuova commedia da portare in scena al principio dell'autunno. Io spesso collaboravo alla stesura e curavo la fase organizzativa. Iniziavamo le prove in agosto e debuttavamo a settembre al teatro Odeon di Milano. Poi, appena preso il ritmo scenico, via di nuovo in tournée, per otto mesi di seguito, dal Nord al Sud.

Il 30 luglio raggiungo Dario a Pesaro, dove la compagnia del Festival sta finalmente per andare in scena con l'opera di Rossini.

Il trucco del nano: ecco perché i grandi, piccoli di statura, cadendo non si fanno mai male

Il 31 luglio proseguo con la cura dei testi teatrali della raccolta che uscirà per l'editore Fabbri: *Storia della tigre ed altre storie*, *Primo miracolo di Gesù bambino*, *Dedalo e Icaro*, *Abramo e Isacco*, *Fabulazzo osceno* e *Ubu bas*. Quest'ultima commedia è tratta dal capolavoro di Alfred Jarry, *Ubu roi*, che il drammaturgo francese mise in scena alla fine dell'Ottocento, quando aveva solo ventitré anni. Nella nostra versione, il protagonista ha la faccia e il corpo di Silvio Berlusconi. Per interpretarlo Dario ricorreva al trucco del nano, ovvero si muoveva in contemporanea con un mimo abilissimo. Stavano incollati l'uno all'altro, Dario in primo piano, e il mimo alle sue spalle gli imprestava le braccia. Indossavano in due la stessa giacca e Dario calzava un paio di scarpe alle mani, tanto da prendere le sembianze di un nano.

La trovata era esilarante, quella commedia l'abbiamo replicata per due anni di seguito! Berlusconi era molto seccato per quel gioco satirico, tant'è che, come abbiamo già accennato all'inizio, impose a Dell'Utri, anche lui citato nella commedia, di querelarci. E il risultato è che per ben due volte ha perso la causa e ha dovuto persino pagare le spese del processo.

Cento incidenti domestici in mezz'ora

Dopo il debutto de *L'Italiana in Algeri* (un grande successo, che uscirà anche in dvd), preparo le valigie per due e il 10 partiamo per la nostra casa a Sala di Cesenatico, dove dovremmo trascorrere il resto della vacanza. Allegria-allegria!

Prima sorpresa: il telefono non funziona, in giardino c'è un cavo spezzato, causa temporali.

Seconda sorpresa: come accendiamo due lampadine, la luce salta per tutta la casa. In questi casi, Dario mi guarda preoccupato: «E adesso cosa facciamo?». «Chiamiamo i vigili del fuoco e i carabinieri» dico seria dandomi un po' di arie. «Seguimi, una volta o l'altra dovrai imparare a fare le cose da uomo di casa!»

Vado al contatore, sollevo la levetta, la luce torna. Accendiamo la televisione. Salta di nuovo. Buio completo. Accendo cinque candele. Ritento il colpo da elettricista specializzato, senza fortuna.

«Mangerei volentieri due spaghetti» mi dice Dario.

Ok. Dentro di me penso che sia pazzo. Ma sono una buona moglie. A lume di candela rientro nel mio ruolo di casalinga. Metto a bollire l'acqua, ma mi accorgo che non ci sono né spaghetti, né olio, né aglio. La casa è chiusa dall'anno scorso. «Usciamo?» dico piena di speranze.

«No, chiediamo una manciata di spaghetti in prestito ai vicini.»

Cena romantica, due candele sono finite, facciamo fatica a trovare la bocca. Andiamo a letto. È proprio una notte buia, manco una stella.

L'indomani cerco di capire cosa stia succedendo al nostro impianto elettrico, interpello il geometra Gianesi, i vicini, la banca... Ma che bella sorpresa! Per non so quale disguido, non abbiamo pagato le bollette dall'ottobre del 2005. Nel frattempo comperiamo una lampadona d'emergenza. La terrò sul comodino, non si sa mai. Mezzo mondo si prodiga ad aiutarci. Dopo due giorni è tutto sistemato. Possiamo telefonare e illuminarci quanto ci piace. E persino staccare assegni senza il rischio di veder arrivare un avviso di garanzia.

L'Italia chiude, se ne va al mare e ai monti

Finisco l'ultimo testo. Lo consegno. C'è gran fretta, tutti vanno in ferie, l'Italia va in pausa.

Il 12 agosto riprepara le valigie per due, partiamo per Rapallo, sette ore di viaggio. Dobbiamo andare a una rappresentazione organizzata da Kiara Pipino, figlia del professor Pipino, ortopedico di gran fama (ha operato persino papa Wojtyla quando gli hanno sparato al coccige!). Kiara è regista e organizzatrice, con Margherita Rubino, di un festival teatrale a Valle Christi, dove reciteremo *Mistero buffo*.

Direttore di scena: Dio in persona

A Valle Christi ci sono i reperti di un convento dell'anno Mille di cui è rimasto solo un enorme campanile preromanico e metà dell'antica basilica. Quell'enorme reperto funge da scena. Di fronte si apre una cavea con un centinaio di gradinate: una struttura davvero suggestiva.

Lungo la strada che sale al toppo, incontriamo una popolazione che s'affretta a raggiungere il teatro. Sarà difficile che tutti trovino posto.

Lo spettacolo ha inizio che il sole non è ancora calato. Dario mi dice che i Greci iniziavano sempre con l'ultima luce del giorno, è di buon auspicio.

A un certo punto, verso il finale, mentre sto recitando Maria sotto la croce, il cielo di colpo è squarciato da un fulmine, seguito da un tuono terribile che fa sussultare tutto il pubblico e anche me sulla scena. All'istante inizia a piovere che Dio la manda. Non me la sento di smettere, sono in scena nei panni della madre di Dio: voglio vedere se l'Eterno non avrà un po' di rispetto! Continuo imperterrita tra i riflettori che saltano uno dopo l'altro, *pimpumpam*! Gli spettatori sono tutti senza ombrello, ma nessuno fa il gesto di andarsene. Sembra che il Padre Eterno in persona si sia sostituito al tecnico degli effetti speciali. Faccio il gesto di rivolgermi al Cristo in croce ed ecco che un lampo, ampio e luminoso, schiarisce tutta la scena e appresso le nubi s'abbassano a farci da fondale. Termino al buio tra fragorosi applausi e scrosci d'acqua che scendono dalle gradinate e inondano la cavea come un fiume in piena: inutile aggiungere che ci ritroviamo tutti completamente fradici e commossi.

Preparo le valigie per due e torniamo a Sala. Altre sette ore fra treno e macchina.

Siamo tutti e due talmente stanchi che il 18 decidiamo di trasferirci in albergo (preparo valigie per due). «Che bellezza – penso –, domani non dovrò fare la strada da Sala a Cesenatico per raggiungere il mare» (disfo valigie per due). Brutto tempo. Mi va bene lo stesso. Ho proprio un gran bisogno di riposo.

Al mare, al mare!

La mattina, impermeabilizzata e ombrellata, vado al Bagno Renata. Mi porto appresso il testo della nuova stesura di *Mamma Pace* di Cindy Sheehan, che devo imparare a memoria per poi recitarlo davanti a cinquemila e più persone all'Arena di Verona.

Dario mi giura che uno di questi giorni mi raggiungerà in spiaggia per fare il bagno con me. È difficile staccarlo dal lavoro.

Arriva Anna, la bella, dolce e bravissima assistente di Dario, e si mettono di gran lena a preparare i disegni e le pitture da proiettare sul grande fondale durante la rappresentazione di Verona.

Dario naturalmente in spiaggia non si vede. Telefono minacciosa: «Ti devi riposare! Vieni, ti prego!!».

Finalmente si decide a posare colori, tele e pennelli e ad alzare il sedere. Arrivano tutti e due. Facciamo il bagno, è una meraviglia, ridiamo, ridiamo felici. «Vedi che ti diverti, maledizione? Devo sempre minacciarti!»

La scena si ripete ogni giorno, ma spesso senza successo. Toglierlo dal lavoro è più difficile che staccare un bimbo dal seno di sua madre. Mi arrabbio anche: «Peggio per te!» gli grido, e lancio altre minacce che non posso ripetere.

La collezione di Enrico VIII non si sposta da Londra

Il 5 settembre partiamo per Mantova (sempre con due valigie, una per uno). Nel campo di Palazzo Te Dario presenterà la mostra che ha allestito su Mantegna.

In verità, i dipinti originali che compongono questo «trionfo» si trovano a Hampton Court, il palazzo di Enrico VIII. Le tele esposte a Mantova, nella Rotonda di Leon Battista Alberti, sono riproduzioni a grandezza naturale, tre metri per tre metri e mezzo. Dario le ha dipinte con l'aiuto di tre restauratrici provenienti dall'Accademia di Brera. Nessuno immagina che si tratti di copie eseguite a olio, tanto sono simili agli originali inamovibili dal palazzo di Londra.

Il personaggio a cui sono dedicate queste dieci opere è Giulio Cesare, ma non sono elegiache, tutt'altro: l'intento di Mantegna era quello di capovolgere il rito del trionfo. I vincitori che sfilano davanti agli occhi di chi osserva (trenta metri di pittura) non sono eroi ma briganti, ladri di bottino con vasi, statue d'oro e forzieri stracolmi di monete. Curvi come facchini, si affrettano, carichi della preda, prima che le nubi lassù si sfascino per inondarli con una tempesta, segno dell'ira di Dio.

Mi ricordo, al vernissage avvenuto qualche giorno dopo, Dario armato di microfono che descriveva a una gran folla di spettatori, dipinto per dipinto, il significato satirico e pittorico di quelle opere, sottolineando i particolari dei volti, che spesso erano ritratti di personaggi ben conosciuti nel Cinquecento.

All'istante mi blocco davanti a uno di quei personaggi ed esclamo: «Ma io lo conosco questo», e subito Dario, parlandomi all'orecchio con un filo di voce: «Certo che lo conosci, è Dell'Utri, ma non farti scoprire, è uno sfizio».

Programmi per il futuro: che fare?

Giunti a casa, per riposarmi un po', organizzo il trasloco di tutto il materiale del nostro teatro: cento anni di spettacoli, scene, costumi eccetera, da raccogliere nel grande capannone che Jacopo ha fatto costruire appositamente sulle colline di Gubbio.

Quanti ne abbiamo? 17 settembre. Ho pensato molto se riprendere o meno l'esperienza del Senato. Ne ho discusso con Dario e Jacopo, che alla fine mi hanno convinta: «Chiudi almeno l'anno» hanno insistito. «Con il clima che si sta creando in politica, forse non farai nemmeno in tempo a concluderla, questa legislatura.»

Maledizione, domani devo proprio partire. Il Senato riapre.

Faccio le valigie per me sola, con tutto quello che mi può servire per l'inverno.

25 settembre 2006
Nel pomeriggio arriva Carlotta, è dimagrita e ha un colore di pelle ambrato. È deliziosa.

Ci troviamo all'Hotel Excelsior. Siamo state invitate dalla presidentessa cilena, Michelle Bachelet. Vuole ringraziarmi per lo spettacolo che con Dario abbiamo messo in scena in segno di solidarietà con la resistenza del suo popolo al tempo di Pinochet; testo che aveva proprio per titolo *Guerra di popolo in Cile*.

Gioco d'azzardo: rien ne va plus?

27 settembre 2006
8.30, VIII Commissione. 10.30, aula.
È in discussione un problema grave inerente il gioco d'azzardo: riguarda i locali che ospitano le slot machine e i videopoker. Nell'ultima riunione avvenuta a luglio si era discusso di come proteggere i minori che frequentano i bar, le associazioni culturali e i circoli Arci, e si era arrivati alla proposta di porre gli spazi adibiti a tali giochi a una distanza di almeno 500 metri dagli edifici scolastici frequentati da minori. Ma attraverso una votazione la distanza legale è stata dimezzata. Naturalmente i votanti per il sì provenivano in gran parte dalla destra, ma non mancavano, e numerosi, quelli della sinistra. Chi dice che non si può andare d'accordo? Non dimentichiamo che lo Stato ricava un notevole utile da questi giochi, pari al 50 per cento degli introiti. Accidenti! Possiamo ben dire di avere uno Stato croupier che guadagna sui cittadini maniaci del gioco, cioè ludodipendenti.

Inoltre i responsabili statali di questa rapina devono esercitare un controllo sistematico sul funzionamento delle cosiddette macchine da gioco, le quali spesso, è risaputo, vengono nottetempo manipolate o meglio taroccate, così da produrre maggiori guadagni a vantaggio dei gestori e a danno dei giocatori.

Il primo intervento è sulla pubblicità a favore dei videogiochi: un senatore, di cui ora non ricordo il nome, la considera a dir poco immorale, se non addirittura illegale. Di che si tratta? Ecco il testo dello spot proiettato in televisione: «Vincita sicura, volete provarne il brivido? Giocate alle slot machine, buona fortuna!».

Interviene un'altra senatrice: «Qualcuno di voi è al corrente degli straordinari dividendi accumulati dalle imprese che gestiscono le case da gioco?».

«Be' – risponde un altro –, non ne conosciamo le cifre. Quali sono?»

«Solo in un mese le cinque più importanti imprese del settore del gioco d'azzardo, alle quali si aggiunge anche il nostro Stato, hanno accumulato dividendi che superano quelli della Fiat.»

«Ma com'è che di questo argomento non si è parlato alla riunione di un mese fa? È il classico comportamento dei soliti cavalli da carrozza col paraocchi.»

Non è il caso di stupirsi. In Italia, e anche qui in Senato, c'è una caterva incredibile di gente che partecipa a convegni, ma di quello che van trattando sa ben poco. E quando gli si pone la faccia contro il problema, ecco che s'infilano sul muso il classico paraocchi del quadrupede imbecille. Così non s'accorgono mai di ciò che avviene intorno a sé. Ho incontrato colleghi che anche sul piano dell'economia, delle leggi e delle tasse si muovono in un vuoto assoluto. Le solite talpe di regime.

Si chiude il dibattito, un dibattito a senso unico, infatti nessuno interviene in merito, qualcuno si guarda intorno per capire se le allusioni alle talpe siano rivolte ad altri o direttamente a loro.

Ma che ci sono venuta a fare su 'sta nave ecc.?

*La storia di un rapimento degno della mafia,
ma la mafia non c'entra*

5 ottobre 2006

Per la mattinata il calendario dell'aula di Palazzo Madama prevede l'intervento del presidente del Consiglio Prodi sul caso Telecom. Questa vicenda è legata al rapimento di Abu Omar. Su ciò si scatena un dibattito piuttosto acceso.

Abu Omar, imam di Milano, fu rapito il 17 febbraio 2003 da dieci agenti della Cia, coadiuvati da un gruppo di agenti segreti italiani. Si sospettava facesse parte del terrorismo islamico. Al rapimento parteciparono un maresciallo dell'Arma dei carabinieri e alcuni agenti della polizia segreta italiana, al comando di Nicolò Pollari, oggi col grado di generale. Inizialmente il religioso musulmano fu portato su un furgone militare, avvolto come una mummia, occhi e orecchie tappate, nella base Nato di Aviano e di lì in Germania. Quindi, dopo alcuni giorni di interrogatorio, fu caricato su un aereo per un'altra sede americana, in Egitto, dove subì violenze e torture.

Dopo un anno venne posto in libertà con l'imposizione di non rivelare mai a nessuno cosa gli fosse successo. Venne nuovamente imprigionato nel 2007 perché accusato di aver raccontato ai suoi parenti le torture subite.

Nei vari processi che seguirono la vicenda vennero coinvolti i funzionari italiani che diedero il loro appoggio all'azione. Il pubblico ministero, sostenuto dall'intera corte, chiese conto dell'operazione che i servizi americani avevano condotto con l'aiuto degli italiani; azione assolutamente illegale e arbitraria. A quel punto era intervenuto Berlusconi, che aveva imposto sulla vicenda il segreto di Stato. Caduto il governo Berlusconi, anche Prodi aveva invocato il segreto di Stato.

Calma, si è trattato di un inciucio esclusivamente surreale, non c'è stata nessuna contaminazione politica. Il processo giungerà al 2012, con il governo Monti che a sua volta ribadirà il segreto di Stato.

Nel primo grado di giudizio verrà deliberato il non luogo a procedere per gli imputati Marco Mancini e Nicolò Pollari. Quindi, in Appello, negata alla Corte la possibilità di utilizzare le testimonianze coperte dal segreto di Stato, si ripeterà lo stesso copione. Finché il Tribunale di Milano ricorrerà alla Cassazione e finalmente, il 12 febbraio 2013, nel gran finale, la corte al completo tra lo stupore generale, soprattutto dei servizi segreti, condannerà rispettivamente a 10 e 9 anni i funzionari del Sismi Pollari e Mancini, senza curarsi del segreto di Stato ribadito pure da Monti. Quindi il professore della Bocconi prestato alla politica non è un semplice tecnico ma è uno dei nostri, pardon, uno dei loro!

In seguito alla sentenza, il generale Pollari, furente, dichiarerà: «È indegno, qui il principio di leale collaborazione tra le parti in campo è andato a carte e quarantotto. I tre governi che si sono succeduti, a partire da quello gestito da Berlusconi al seguente governo di Prodi, e per finire quello di Monti, è evidente, sono stati miei complici. E se lo sono stati, perché nessuno dei giudici li ha coinvolti con relativa condanna?».

È vero. A mia volta chiedo la ragione dell'intoccabilità di questi tre presidenti del Consiglio. Vorrei trovarmi proiettata nel vuoto assoluto.

I tempi del teatro sono immutabili.
Basta un aggiustamento

6 ottobre 2006

La sera, tanto per toglierci l'angoscia che ci procurano i fatti del Senato, con Daniela Giolitti andiamo a vedere un testo di Dario messo in scena da una compagnia di Roma. Si tratta della riedizione aggiornata di *Non si paga! Non si paga!*

Gli attori sono bravi e spassosi. È incredibile, un testo scritto nel '74 che non solo mantiene vigore e attualità, ma, se possibile, grazie alla trascrizione di alcune situazioni d'impianto, è diventato esplosivo. Miracoli della messa in scena.

Scarti di magazzino

9 ottobre 2006

Nel corso della mattinata ho incontrato Patrizia D'Ilio, presidente dell'Associazione collaboratori parlamentari. Ha raccontato le cose più turpi sulla vita del Senato: i cosiddetti portaborse continuano a essere per l'85 per cento in condizioni di precariato totale, in nero: la beffa indegna, con furto prolungato, continua.

La magia della conoscenza

10 ottobre 2006

In aula si discute della finanziaria. I componenti della Commissione bilancio sono professionisti estremamente preparati, con grandissime conoscenze in materia economica e sociale, hanno una tenacia e una resistenza invidiabili. È straordinario invece come non si riesca a intendere alcunché dello stesso discorso quando a intervenire sono politici che non conoscono a fondo l'argomento che trattano. Come diceva l'autore de *I viaggi di Gulliver*, Jonathan Swift: «Un maestro come si deve, dotato di un linguaggio semplice e privo di terminologie di casta, riesce a incidere gli argomenti nel cervello degli allievi alla perfezione; chi al contrario non possiede in sé la chiara conoscenza delle cose, non insegna ma discombina, arraffando parole e lasciando ognuno nella confusione e nello smarrimento».

Konrad Lorenz: i bimbi sono il nucleo portante della società futura

11 ottobre 2006

La sveglia non ha suonato... riunione in Commissione VIII saltata, ma bisogna correre in aula!

Verso le cinque Francesca Parisi, responsabile del gruppo parlamentare dell'Italia dei valori, mi telefona per chiedermi se sono disponibile domani a intervenire in aula a proposito di Maria, la bambina bielorussa che il governo del suo paese tratta come un pacco da prendere e lasciare come in un vero gioco dei ricatti.

«Visto che tu te ne sei già curata e conosci la questione, abbiamo pensato di affidare il compito a te» mi dice. Comunico sul blog che domani in Senato farò un intervento sulla bimba bielorussa.

12 ottobre 2006

Sono arrivate decine e decine di email e telefonate da parte di genitori affidatari di bimbi con storie del tutto simili a quella di Maria, identiche.

Alcune famiglie italiane offrono ospitalità, per i cosiddetti soggiorni estivi, a bimbi della Bielorussia che nel loro paese normalmente si trovano sistemati negli *internat* (orfanotrofi). In questi luoghi, strapieni di triste umanità, vengono raccolti ragazzi e bimbi contaminati dalle radiazioni di Chernobyl, figli di alcolizzati e prostitute, bambini abbandonati a causa della povertà dilagante.

Nelle email che mi arrivano, le condizioni di vita all'interno di queste strutture vengono descritte minuziosamente dai genitori italiani: camerate luride, spesso con latrine esterne, dove girano bambini alcolizzati o «storditi» dallo sniffo della colla.

In quegli orfanotrofi, i più grandi usano purtroppo spesso violenze contro i più piccoli, vige la legge della giungla e della sopravvivenza. Spesso i bambini ripetono solo quello che hanno subito in famiglia: botte, minacce, violenze sessuali... Nei genitori italiani trovano una nuova famiglia, una speranza di vita. Ma pare che la possibilità per loro di continuare a vivere in Italia sia ancora lontana. Il governo bielorusso (o per meglio dire la dittatura bielorussa), infatti, trae vantaggi economici dai viaggi che i genitori italiani compiono, quando il loro ospite torna in patria, per visitare il bimbo o la bimba a cui si sono affezionati, portando abiti, materiale per la scuola, doni di un certo valore e persino soldi. Non solo, spesso raccolgono fondi per ricostruire gli *internat*, creare aule scolastiche assumendo a proprie spese insegnanti di italiano... Insomma, un prezioso regalo per un paese tanto disastrato!

A seguito della vicenda di Maria si aprirà un tavolo di confronto con il governo bielorusso e i ministri Bindi e Ferrero, ma è già previsto che il governo dell'Est si avvarrà di ricatto e vessazione, tanto da sospendere tutti i permessi per il successivo Natale.

Ore 16.30 circa, interrogazione!
Presiede l'assemblea Mario Baccini, che si leva in piedi e annuncia: «Intervento della senatrice Franca Rame». Mi levo in piedi e comincio:

Maria, orfana, età dieci anni, proveniente dalla Bielorussia e ospite dei genitori affidatari Chiara e Alessandro Giusto, tenta il suicidio per il terrore di essere rimpatriata, perché nel suo paese ha subito violenza da parte di ragazzi dell'orfanotrofio dove la notte non esistono controlli. Sarebbe stata più volte spogliata, legata a una sedia o a un letto, costretta a rapporti sessuali e torturata con sigarette accese. Fantasie di bimba? No, quanto detto viene certificato dai medici della Asl e dall'ospedale Gaslini, che nel referto dichiarano: «Presunta sodomizzazione e segni di bruciature all'inguine».

I genitori affidatari, per evitare l'accompagnamento coatto di Maria, la nascondono con i nonni in un'altra casa. Ma Maria non è salva. Viene infatti rimpatriata venerdì notte con un jet privato. La disperazione della famiglia non finisce qui: «Dovranno pagarla». E promettono il ricorso alla Corte di Strasburgo.

Al mio intervento segue quello del senatore Furio Colombo, il quale ribadisce che «Maria ha chiesto solidarietà in Italia e non l'ha avuta; la solidarietà le è stata negata».

Il ministro Ferrero cerca di giustificare la situazione adducendo motivi burocratici e di forma, più che di contenuto. Rispondo a mia volta:

Signor presidente, signor ministro,
la ringrazio dell'attenzione calorosa che ha dedicato a questo sopruso. C'è qualcosa di interessante che non è ancora emerso ma va detto: il caso di Maria impone un'importante riflessione che abbraccia tutti i bambini bielorussi e innumerevoli coppie italiane alle quali è dolorosamente impedito di coronare il loro desiderio di adozione. Queste famiglie desiderano dare amore, ma si trovano costrette, a causa di un meccanismo perverso, a versare denaro per poter donare questo loro sentimento

d'amore. È incredibile. Ancor peggio, si tratta di rapporti interrotti: tre mesi d'estate, poi un lungo inverno, fatto di voli aerei, regali e sofferenze; disagi, alberghi e l'impegno economico per sostenere gli istituti che ospitano. Ci credo che occorra tanto tempo per riuscire a ottenere l'adozione di un bimbo bielorusso!

I viaggi di genitori e bambini coinvolti nel programma rendono da 132.000 a 136.000 euro l'anno, cifre tali che – come sostiene il ministro – vengono tenute in conto nella finanziaria bielorussa. I bambini in affido sono, di fatto, un business da 20 miliardi di euro per quel paese. A ciò si aggiunge ora il vergognoso ricatto del governo bielorusso: la sospensione delle adozioni. Certo, oltre alla piccola Maria di cui discutiamo oggi, ci sono altre mille e più Marie, ma è lei, la nostra Maria, oggi, a subire il silenzio delle istituzioni italiche e, ancor peggio, il pericolo dell'amnesia.

Il presidente del Senato mi sollecita a chiudere l'intervento. Con un cenno gli faccio capire che sono alla fine. «Ancora un attimo!»

Ritengo necessario andare in Bielorussia, dove Dario e io siamo molto conosciuti, dal momento che da oltre vent'anni vengono rappresentate le nostre commedie: in questo momento, proprio a Minsk, è in scena *Tutta casa, letto e chiesa*. Io voglio vedere Maria e avere la possibilità di parlarle. Voglio andare sul posto, fare mobilitazione, attirare l'attenzione popolare e dei media su questo caso e su tutti i casi analoghi.

Il presidente insiste perché concluda l'intervento. Vado avanti imperterrita.

Ho letto di recente sui giornali che il nostro signor ministro entro dicembre – spero sia vero – chiuderà gli orfanotrofi in

Italia e in cambio riaprirà il rapporto con le famiglie adottive. Me lo auguro veramente e spero anche che le pratiche per le adozioni vengano sveltite e che tanti bambini senza sorrisi possano trovare finalmente l'amore e il calore di una famiglia, di una madre e di un padre. Grazie.

E mi siedo. Applauso generale. Sinistra e destra, proprio tutti. Sono a dir poco commossa.

Cena: spaghetti ritirati ancora caldi al ristorante Pommarola e poi mangiati in casa mentre guardiamo la televisione: *Anno zero* di Michele Santoro, con il mio adorato Marco Travaglio. Aaah, che bella serata ci aspetta.

15 ottobre 2006
Domenica. Dario è ospite del programma *Parla con me* di Serena Dandini.

Una medaglia per amore

16 ottobre 2006
Jacopo ha avuto un'idea magnifica: offrire una medaglia d'oro a Adele Parrillo, la compagna di Stefano Rolla cacciata dalla chiesa durante le esequie. Ho trascorso l'intera giornata in ufficio per organizzare la consegna della medaglia. Cerco di coinvolgere più senatrici possibile, vorrei che questa donna ricevesse, almeno una volta dalla morte del compagno, il giusto tributo al suo dolore e al suo coraggio. Parlo con Anna Finocchiaro (quanto è cambiata, forse mi sono guadagnata la sua simpatia), che tra i suoi mille impegni trova lo spazio per essere presente alla consegna. Evviva! Sono disposte a offrire la propria adesione anche le senatrici Silvana Pisa, Rosa Calipari e Manuela Palermi.

Breve dibattito sul Libano

17 ottobre 2006

Mattinata in aula. Rifinanziamento missione in Libano. Abbiam fatto le nove di sera. La maggioranza è favorevole che l'Italia continui a partecipare all'intervento, così come l'opposizione, a eccezione della Lega nord e del senatore Guzzanti. Guzzanti! Come può un padre simile aver generato tre figlioli onesti e umani come Corrado, Sabina e Caterina? Misteri della genetica! Conclusione: missione rifinanziata.

18 ottobre 2006

Si è votato un decreto legge sul disagio abitativo, per rinviare gli sfratti ormai esecutivi per migliaia di persone, che rischiano di finire sotto un ponte. Al momento del voto succede l'imprevedibile (o forse più che prevedibile?). Noi, maggioranza, andiamo sotto. Insomma, il decreto non passa, siamo battuti dall'opposizione di Arcore. Ma cos'è?! Un Senato in cui l'opposizione è composta da soli affittacamere? Chiedo delucidazioni al senatore Boccia, quello che ha il compito di gestire le votazioni della maggioranza: «Antonio, cos'è successo? Com'è possibile?».

La risposta mi gela il sangue: «Mancano dodici senatori. Quattro dell'opposizione in ospedale, otto dei nostri in missione».

Ho capito bene? Ma come? Io, ogni volta che devo andare in bagno, devo prima verificare che non sia prevista una votazione, e per un decreto così importante si lascia che otto senatori se ne vadano in missione?! Spesso sarebbe meglio dire «in vacanza»? Ma sì... sbattiamoli pure in mezzo alla strada 'sti stronzi, pezzenti senza casa!

«Scusami, ma qui c'è aria di inciucio e siamo gestiti da un governo di sinistra...» Mi sento imbestialire fino alla rabbia.

Orrore per errore

27 ottobre 2006

Ci giunge notizia dell'ennesima strage della Nato in Afghanistan. Con il senatore Fosco Giannini decido di spedire immediatamente un comunicato stampa per informare i giornali. Eccolo:

> Ennesima strage Nato di civili in Afghanistan (da 50 a 80 persone!), compresi molti bambini, mentre festeggiavano la fine del Ramadan.
> Questo crimine non è stato messo in atto da uno spietato gruppo terrorista ma dalle forze di pace che si trovano in quel paese per proteggere la popolazione.
> Non è certo la prima volta che assistiamo a uno sterminio del genere, un vero e proprio massacro. Dopo cinque anni di azioni di tal violenza – per di più mirate – sono oltre 200.000 i morti civili afghani che pesano sulla coscienza degli Usa e della Nato: un genocidio al servizio degli interessi strategici nordamericani. Siamo di fronte a un orrore del quale rischiamo di essere complici.
> Da questo punto di vista si sappia sin d'ora che se non si apre una via d'uscita strategica noi non voteremo a favore di un'altra proroga della missione italiana in Afghanistan.

Fa piacere, quando si invia ai giornali un comunicato che ti pare civile oltre che tragico, constatare che poi non esce una sola riga.

Ma che caz... ci faccio qui su 'sta nave ecc.?

Da solo e senza protezione, e chi è?

28 ottobre 2006

Sono seduta in aereo aspettando la partenza per Milano. Arriva all'ultimo momento un signore che mi pare di conoscere, mi ricorda qualcuno... Ma chi è? Poi, di colpo, realizzo: è proprio lui, il ministro Bersani! E la scorta dov'è? Non c'è. Si siede tranquillo in mezzo a noi «popolo», come uno qualsiasi... «Ma è proprio lei?» chiedo titubante. «Sì, sono io. Come stai?»

Telefono subito a Dario per comunicargli la notizia... Non può crederci: un ministro su un aereo di linea, tra la gente, senza dieci uomini di scorta e la corona in testa?!

Apro il computer per non dargli l'impressione di volerlo disturbare. Leggo quanto ho raccolto in questo periodo sugli sprechi. Scrivo, come ogni giorno, ai lettori del mio blog quanto mi sta succedendo.

Sto seduta accanto a Bersani! Mi piacerebbe parlargli, ma non oso. Maledizione alla mia timidezza. Però verso la fine del viaggio mi azzardo e gli dico: «Ho in mente di comperare una pagina su "la Repubblica" (30.400 euro più Iva) e pubblicare tutte le cifre – miliardi sprecati o finiti nelle tasche di qualche furbo – che sono con gran fatica riuscita a scovare in questi cinque mesi di Senato, cifre che riguardano il passato governo, miliardi e miliardi buttati al vento!».

«Bell'idea – dice lui –, ti vedrai arrivare addosso una caterva di insulti.»

«Ci sono abituata, farò l'elenco e darò i numeri con ironia e sarcasmo, roba da ridere e da piangere!»

Mi pare che a Bersani piaccia proprio l'idea. Aggiunge: «Ci penso io a trovarti un aiuto».

«No, non ci credo! Non ti sentirò né vedrò mai più!»

«Be', dovrai ricrederti.»
Ci salutiamo.
«Che sia vero?» penso.
Prendo il taxi. Passano neanche venti minuti e mi chiama la «batteria» (un ufficio che sta al Viminale al quale ti puoi rivolgere se cerchi un senatore che non trovi o altro. Sono gentilisssimi, disponibili): «Senatrice (ogni volta che mi chiamano «senatrice» mi guardo intorno per sincerarmi che davvero ce l'abbiano con me), c'è il ministro Bersani, vuole parlargli?».
«Ma certo!»
«Pronto...?» è proprio lui. «Ascolta, Franca, ti telefonerà un mio aiuto per mettersi d'accordo su quella tua idea di denuncia.»
«Grazie, stupendo... finalmente qualcuno di parola fra i politici!»
Passano tre-quattro giorni e si fa vivo Carlo Ungarelli, con lui concordiamo un piano di ricerca. Gli fornisco bilanci preventivi e consuntivi dalla XIII alla XV legislatura...
Dietro suggerimento di Bersani, telefono al ministro Nicolais (Funzione pubblica e Innovazione); si è reso disponibile per aiutarmi nel lavoro sugli sprechi e le appropriazioni indebite!
Mi dice: «L'uomo adatto per questa operazione è il dottor Naddeo, capo di Gabinetto». Passa qualche giorno ancora e mi ritrovo nell'ufficio splendido del dottor Naddeo, che ascolta interessato le mie richieste.
È gentile e deciso a collaborare... Bli bli e bla bla ci rivediamo, ma come da previsione iniziale non cavo un ragno dal buco. Sono proprio in politica!

Devo comunicare quello che penso: è obbligo civile

30 ottobre 2006
Scrivo ai lettori del mio blog.

> Sono preoccupata! Il nostro paese sta boccheggiando. Gran parte della popolazione vive in un estremo disagio, dai precari ai pensionati, dagli sfrattati ai nuovi poveri... per non parlare degli immigrati, clandestini o con tanto di visto accompagnato da sfruttamento (un locale in periferia dove vivono in quattro: 700 euro mensili). È una notizia che abbiamo già comunicato. Molte sono le famiglie, nonni, figli e nipoti, che il pasto di mezzogiorno lo fanno alle mense di carità, e non solo nelle grandi città.

Seguono appunti vari:

> La disattenzione e il disprezzo per il pianeta: spreco delle risorse a cominciare dall'acqua, che dovrebbe essere gratis, un bene naturale che di giorno in giorno va esaurendosi; la distruzione completa dell'aria, dell'atmosfera; vediamo ogni giorno precipitare l'equilibrio climatico. I rifiuti si sono tramutati ormai in un business, quasi sempre gestiti dalla mafia. Ma non possiamo limitarci soltanto alla lamentazione. Mettiamo insieme le nostre risorse: raccogliamo documentazione su sprechi, inganno e truffa. Su come risparmiare... Dobbiamo aiutare questo governo affinché non si sfasci per caduta. Impedire che vada appresso all'onda dell'ovvio facendosi trascinare sulla spiaggia come una balena che ha perso il senso dell'orizzonte. E piantiamola di risolvere tutto col fare promesse.
> Ha ragione quell'adagio che dice: «Se le promesse si potessero mangiare avremmo all'istante un'umanità satolla da scoppiare!». Bisogna indagare per conoscere la realtà.

A 'sto punto è il caso che ci si soffermi un attimo su un problema a dir poco tragico e infame. La questione dell'orrendo ricatto che i padroni dell'Ilva di Taranto impongono agli operai: se volete lavorare accettate di morire di cancro, voi e i vostri familiari. Ed ecco file di ammalati costretti ad attendere mesi per ottenere una Tac, così che quando poi finalmente li chiamano, sono già morti almeno da una settimana. Poi si scopre che medici incaricati di redigere un'inchiesta definitiva sui decessi e il diffondersi del morbo sono stati pagati dalla direzione dell'Ilva perché truccassero le analisi.

Giornalmente pubblicherò tutto il possibile sul blog, compreso ciò che penso dell'indulto di tre anni: lo sconto di pena per i privilegiati. Vergogna dell'inciucio!

Un progetto di legge sulla giustizia amministrativa presentato ma già condannato a finire in discarica

7 novembre 2006

Oggi ho parlato con il senatore Gerardo D'Ambrosio, ex giudice del pool di Milano, del disegno di legge che ho presentato in giugno riguardo la «responsabilità per danno erariale», vale a dire il crimine degli sprechi, in virtù del quale l'amministratore o il funzionario pubblico rispondono del danno arrecato.

I casi che rientrano nell'ambito di questa responsabilità sono estremamente numerosi, e toccano tutti i settori di attività e l'intera pubblica amministrazione: appalti affidati a condizioni svantaggiose; mancata riscossione dei crediti; progettazioni inutili e irrealizzabili eccetera eccetera fino all'infinito.

Presento il mio disegno di legge. Purtroppo, come mi hanno confermato alcuni colleghi di antica esperienza, è probabile che il mio disegno di legge sia destinato a restare tale, dopo un solo passaggio in Commissione affari costituzionali. Viva l'Italia!

16 novembre 2006

Siamo stati in aula sino alle 14. Sono uscita frastornata. È stata una mattinaccia. Gran mal di testa. Sono andata in ufficio e mi sono buttata sul divanetto con le ginocchia in bocca. Ho chiuso gli occhi, in verità non mi sono addormentata, sono soltanto svenuta, tant'è che sono riapparsa in vita dopo due ore e più. Per fortuna stamane mi sono levata che erano le sette e ho preparato la valigia per Dario che partirà per la Francia alle 12.35. Il taxi verrà a prenderlo alle 10.15. A Montpellier, da un mese, c'è un festival con tutte le nostre commedie recitate da compagnie provenienti dal Belgio, dalla Normandia, da Parigi, dalla Provenza e da altre regioni della Francia. Forse la crisi del teatro è solo una questione italiana. Finisce il 17. Questa sera va in scena *Coppia aperta*, domani *Isabella, tre caravelle e un cacciaballe*. Ci hanno invitati per la chiusura. Ci sarei andata volentieri ma ho la catena al piede con la palla di bronzo, infatti domani ho le votazioni.

Abbraccio Dario prima di andare al lavoro. Be', ci vedremo tra qualche giorno. Scendo le scale e Dario mi raccomanda: «Stai calma, non stancarti, ti aspetto...».

«Sì, sì, non preoccuparti, ciao...»

Sorrido a fatica con il groppo in gola.

Maledizione, perché appena eletta non mi son fatta ricoverare in clinica psichiatrica invece di buttarmi nel pozzo nero del Senato? I 500.000 che mi hanno votato mi bloccano qui. Non posso tradirli.

Segue routine

Già ve l'ho detto: Palazzo Madama dista da casa mia un duecento metri. Vado veloce. Ho sempre timore, in giorni come questi, che mi possa capitare qualche cosa che m'impedisca di essere presente.

Come sempre, i miei marinari scattan sull'attenti. Ormai rispondo al loro saluto portando la mano destra alla fronte come un graduato ossequioso. Buvette, caffè. Aula. Mattinata impegnativa. Votazioni importanti: emendamenti alla finanziaria. Presenti i «grandi vecchi». Segno che è previsto uno scontro all'ultimo voto... ma, pensando a ciò che vedrò fra non molto, le previsioni sono ben altre, tanto come bagarre che come *tremmamoto*.

Prendo un Aulin. Carlotta non può entrare in aula ma sta sempre nei paraggi e mi offre un bicchiere d'acqua. Non è un'assistente, è la migliore amica che io abbia qui dentro. Insiste perché mangi qualcosa, ma non mi va niente.

Ho nelle orecchie un brusio continuo, l'incessante suono dei cellulari degli onorevoli, l'andar su e giù di quasi tutti i presenti, in attesa dell'«Attenzione, si vota!». I tabelloni si accendono. «Vota rosso vota rosso – vota verde vota verde.» E noi a pigiare sul tasto.

Ieri, alzando gli occhi, mi sono vista lassù in galleria Dario, con Carlotta e Marisa Pizza (altra cara amica). M'ha fatto un certo effetto che Dario fosse lì con tanto di cravattone imprestatogli dalla portineria: qualsiasi estraneo entri in Senato deve avere la cravatta; il decoro non è dato dalla faccia che hai, ma dalla cravatta che porti.

I senatori si muovono di qua e di là come se fossero caricati a molla, anche gli accenni di saluto sono meccanici. Sento che per quel rito manca qualcosa: per esempio le parrucche che tengono in capo gli onorevoli della Corte inglese. Mi han detto che a Londra se la tolgono solo quando vanno a fare pipì. Forse per asciugarsi.

Sono contenta come se fosse il primo giorno di scuola e «il mio papà» mi stesse a guardare. Il presidente Franco Marini saluta una delegazione di senatori romeni e quindi avverte gli onorevoli della presenza di Dario lassù in galleria.

Esplode un bell'applauso. Penso che molti di loro abbiano equivocato il nome.

Cronaca di una giornata qualunque

I lavori sono finiti alle 20.30 e quando poi con Dario ci siamo rivisti a cena, lui era sconvolto. «Ma è un verminaio, non un Senato! Un bailamme stracolmo di maleducati segnati dalla noia che si muovono come automi drogati e non sono riuniti in gruppi parlamentari ma in bande. Ma come fate a resistere in quel casino?»

«Quello a cui hai assistito è niente» gli dico. «Se tu ci fossi stato questa mattina, sì che ne avresti viste delle belle.»

«Perché? Cosa è successo?»

«Già dalla prima votazione sono partiti gli insulti urlati dall'opposizione contro i senatori a vita per il semplice fatto che il voto dei "grandi vecchi", in questa situazione, diventava determinante.»

Che si fa? S'ammazzano i nonni? Non so quante volte abbiamo votato e sempre tra schiamazzi vergognosi.

Una donna testimone della Costituente

Verso le 12 arriva un commesso e mi avverte: «C'è l'onorevole Teresa Mattei che vuole salutarla». Oh, finalmente la vedo di persona! Ci siamo telefonate un mare di volte prima del referendum costituzionale. Mi trovo tra le braccia una minuta signora di ottantacinque anni che mi stringe forte con grande affetto. Che emozione, anche la senatrice Valpiana, che è con noi, ha gli occhi umidi. Ci mettiamo d'accordo per vederci nel pomeriggio. Dobbiamo andare a Palazzo Chigi per chiedere che Teresa possa girare un documentario sulla Costituente.

Ma ci interrompono: «Si vota, entrate subito in aula. Si vota!» grida qualcuno. «Ciao Teresa, ciao, ci vediamo più tardi.» Alé!

Il mal di testa non passa. Siamo tutti lì, ognuno davanti al proprio tasto. Pronti via, tutto va bene. Arrivano le cinque come niente.

Corro a Palazzo Chigi: io e Teresa, accompagnata da suo nipote Gabriele, veniamo finalmente ricevute dal sottosegretario Letta e subito gli parliamo della nostra idea di documentario.

Teresa Mattei è stata una partigiana combattente nella formazione garibaldina del Fronte della gioventù. Fu la più giovane eletta all'Assemblea costituente e segretaria nell'ufficio di presidenza. La sua storia è un'epopea e una sua giovane nipote l'ha convinta a documentarla.

Quando l'ascolto sono consapevole di avere davanti un pezzo di storia fondamentale di questo paese, che incredibilmente è stato messo in un angolino... Insomma, è una specie di «madre della Patria», ma tutto quello che riesce a fare è andare a parlare della Costituzione nelle scuole. È un atto meritevole, ma vorrei anche sentirla intervistata al Tg1!

Visita a Palazzo

Arrivate a Palazzo Chigi rimaniamo di sale: affreschi, colonne, stucchi, arazzi, tappeti in ogni luogo, commessi in livrea ossequiosi e deferenti... Ma chi erano poi questi nobili del Cinquecento che abitavano qui? Quando torno lo chiedo a Dario: neanche lui ne sa granché. Ma dando un'occhiata su internet, scopriamo che all'origine, nel XVI secolo, il palazzo fu costruito dagli Aldobrandini, grandi *possessores* e mercanti, poi imparentati con principi e cardinali.

La reggia, che non si può chiamare diversamente, divenne poi sede dell'ambasciata di Spagna, quindi dell'ambasciata dell'impero austro-ungarico. Insomma, roba da re! Gli ultimi proprietari, i Chigi (banchieri nobili che si erano naturalmente comprati il titolo) vendettero il palazzo allo Stato italiano all'inizio del Novecento.

Qui tutto profuma di ricchezza e nobiltà, con ritratti di vescovi e cardinali. È chiaro che, vivendo in questo luogo, si perda il contatto con la gente! Tanto lusso non ha certo nulla a che vedere con chi ha uno stipendio che non lo fa arrivare alla quarta settimana, bollette, rate, tasse, code in autostrada, code alle poste, file negli ospedali, liste d'attesa infinite...

Qui non ti meraviglieresti di incontrare Luigi XVI e Maria Antonietta, magari ancora con la testa sul collo e la corona... ma per poco!

Parlando con i responsabili dell'ufficio, riusciamo a ottenere che Teresa possa venire a Roma, ospite del Senato, per girare il documentario sulla sua partecipazione alla stesura della Costituente.

Teresa e Gabriele, felici, se ne vanno.

Un gran tonfo nel bel mezzo dell'elegia

L'indomani siamo di nuovo in Senato. Il nuovo presidente della Commissione antimafia, Francesco Forgione, prende la parola e dice di avere fra i suoi modelli di riferimento morale e civile il vescovo di Locri, monsignor Bregantini, il quale da ragazzo si è guadagnato la vita facendo l'operaio. In seguito, dopo aver svolto il suo lavoro nelle carceri e negli ospedali come cappellano, ha insegnato ai ragazzi storia delle religioni e quando è stato eletto vescovo ha preso una posizione durissima nei riguardi della 'ndrangheta e ha decretato la scomunica verso tutti «coloro che fanno abortire la vita dei nostri giovani, uccidendo e avvelenando le nostre terre per infami interessi».

Fino a un certo punto il discorso del presidente è ascoltato con una certa attenzione, ma ecco che viene quasi interrotto da un vero fuoco incrociato di critiche. In particolare, una contestazione molto dura è quella di Lorenzo Diana, responsabile dei Ds per la lotta alle mafie, che esordisce dichiarando: «L'elezione di Forgione e di Giuseppe Lumia alla presidenza e alla vicepresidenza dell'Antimafia è una garanzia. Peccato che alcune forze di centrodestra non abbiano colto l'alto ruolo di questo organismo, arrivando a nominare membri della commissione Paolo Cirino Pomicino e Alfredo Vito. Chi sono costoro? Due parlamentari condannati qualche anno fa, in via definitiva, per corruzione». E Diana conclude con queste parole: «Il parlamento ha bisogno di una commissione autorevole e credibile, e purtroppo le nomine espresse dalla destra vanno in tutt'altra direzione».

Da metà novembre, dopo l'approvazione della «legge comunitaria», ovvero un insieme di provvedimenti derivanti dalla partecipazione dell'Italia all'Ue, inizia la discussione per la legge finanziaria: prima nelle commissioni e poi in aula. Emendamento dopo emendamento, voto dopo voto, si avvicina uno dei periodi più «caldi» della politica italiana.

Un gruppo di medici, vanto di tutta una nazione

23 novembre 2006

Rientro da Milano nel pomeriggio. Saltato il volo, attesa di un'ora in aeroporto. E questa sarebbe la compagnia di bandiera che dovremmo tenerci con orgoglio?

Ho appuntamento al Teatro Brancaccio per il compleanno di Emergency. Sul palcoscenico saliranno Stefano Benni, Vauro, Dario Vergassola, David Riondino, Petra Magoni, Ferruccio Spinetti, l'Orchestra di piazza Vittorio, Johnny Palombo e la Banda Osiris.

Per capire l'importanza di questa organizzazione di medici che festeggiamo, basta ricordare il tentativo che quattro anni dopo verrà fatto per cercare di screditarla agli occhi del mondo. Il 10 aprile 2010 tre operatori di Emergency (Marco Garatti, Matteo Dell'Aira e Matteo Pagani) saranno arrestati a Lashkar Gah, nella provincia afghana di Helmand, con l'accusa – che si rivelerà poi infondata – di aver complottato per uccidere il governatore della provincia.

Nel corso delle operazioni della polizia afghana, coadiuvate guarda caso da truppe Isaf, cioè militari provenienti da una quarantina di nazioni, erano state trovate all'interno dell'ospedale, gestito da Emergency, cinture esplosive, granate e pistole.

I tre responsabili italiani dell'ospedale sono stati immediatamente arrestati. La loro «cattura» ha suscitato particolare clamore. Gino Strada ha ricondotto l'operazione a un tentativo di screditare l'intero gruppo di intervento umanitario di Emergency che, evidentemente, stava diventando per le forze di occupazione una «presenza scomoda». Otto giorni dopo i tre cooperanti di Emergency sono stati ritenuti innocenti e liberati e così hanno potuto tornare a svolgere il loro lavoro. Non è ancora chiaro quando, come e da chi siano state introdotte le armi rinvenute nell'ospedale. Le indagini sono tuttora in corso. Speriamo di sapere qualcosa entro la fine del prossimo secolo!

Un incidente inqualificabile

24 novembre 2006

«Franca Rame sbaglia pulsante e l'Unione trema.» Questo è il titolo che hanno dato ai loro articoli molti giornali, guarda caso di destra, ma non è andata assolutamente così, non ho sbagliato tasto. Ne è testimone il quotidiano «la Repubblica», che infatti ha dato la versione corretta in seguito a una mia dichiarazione.

Dunque, si votava per un emendamento presentato dal governo. In un momento così delicato per il nostro paese, come avrei potuto essere così distratta da sbagliare a premere il tasto? Il sistema del voto è organizzato in modo che sia difficilissimo cadere in errore.

Quando arriva il momento «fatale», il nostro incaricato al controllo, il senatore Boccia dell'Ulivo, che è seduto accanto a me, ci indica che tasto premere (in questo caso rosso), e in più raccomanda: «Controllate i vostri vicini, mantenete alta l'attenzione... rosso, rosso, rossoooo!». (Lo stesso procedimento viene usato dall'opposizione: «Verde, verde, verdeee!».) E non è finita: due senatori-questori, dopo aver votato velocemente, si mettono davanti a noi e controllano che tutti votino correttamente; in più, dal tavolo della presidenza, segretari vari fanno altrettanto. Io mi trovo in una posizione ben visibile: in prima fila. E ho votato rosso, rossissimo! Allora ci si chiederà: «Ma com'è che è uscito verde?».

Non appena il presidente Marini ha detto: «Dichiaro chiusa la votazione», ho contato fino a 7 come faccio sempre, ho pigiato un tasto qualsiasi per verificare il risultato sul display, e mi si è acceso il verde!

Mi si sono fatti tutti intorno allibiti: «Che è successo?!». Mistero elettronico! Ce lo possono spiegare soltanto i tecnici, ma il tentativo di farmi passare per una voltagabbana irresponsabile c'è stato, eccome.

Gli operai che protestano si bruciano

28 novembre 2006

Oggi comincia l'attività della Commissione di inchiesta infortuni sul lavoro di cui faccio parte. Presiede la commissione il senatore Oreste Tofani. Nel corso delle audizioni abbiamo ascoltato tutte le sigle sindacali e le associazioni industriali. Il quadro è davvero sconcertante.

Partecipare a questa commissione mi appassiona e mi sconvolge a un tempo; durante i lavori mi è capitato di studiare, fra i documenti di processi che hanno fatto scalpore nell'ambiente operaio, quello celebrato contro un imprenditore, Cosimo Iannece (era il 2000), che era stato condannato per aver ucciso un suo dipendente.

L'operaio si chiamava Ion Cazacu, era un piastrellista romeno e aveva quarant'anni. Laureato in ingegneria, era stato costretto dalla crisi a lavorare come operaio. Dopo una serie di promesse di assunzione mai mantenute da parte del datore di lavoro, Cazacu gli chiese di regolarizzare la sua posizione e quella dei suoi compagni, giacché lavoravano tutti in nero, senza ricevere i contributi di legge.

I lavoratori dovevano sopportare turni massacranti di dodici ore al giorno. Iannace, dopo aver sentito le richieste dei suoi operai, si era presentato la sera dello stesso giorno nell'appartamento condiviso da Ion Cazacu e sei suoi connazionali. Ci era andato per discutere, portando però con sé una bottiglia piena di benzina. Non c'è da sorprendersi: quando un datore di lavoro va a trovare un gruppo di dipendenti, si porta sempre una bottiglia appresso... Gliene è capitata una di benzina, piccolo qui pro quo!

Dopo poco la discussione era degenerata in lite e poi in rissa. Iannece, sopraffatto dall'ira, aveva stappato la bottiglia buttando la benzina sul romeno e poi gli aveva dato fuoco. Cazacu era stato ricoverato d'urgenza nel Centro grandi ustionati di Genova, con bruciature sul 90 per cento del corpo, e aveva trascorso trentatré giorni in agonia tra sofferenze indicibili prima di morire.

Ora ascoltate la versione di Iannece, il datore di lavoro: «Mi sono recato a discutere con Cazacu, non avevo nessuna intenzione bellicosa. A un certo punto la discussione è degenerata. Non so cosa stesse a farci quella bottiglia di benzina in quel luogo. Fatto è che me la sono trovata fra le mani e l'ho gettata addosso a Cazacu. Qualcuno aveva gettato un mozzicone di sigaretta per terra. Per cui, in conseguenza di ciò, la benzina ha preso fuoco e le fiamme hanno aggredito il malcapitato».

La prima sentenza ha condannato a trent'anni l'imprenditore assassino e bugiardo. Appresso c'è stata la sentenza d'appello, che ha abbassato la pena riducendola della metà. Quindi la Cassazione ha confermato la condanna a sedici anni. Giustizia è fatta! Chi ammazza un operaio con moglie e due figlie da noi può godere di una sentenza benevola.

Sì, siamo una società divisa in classi. È una verità che tutti dobbiamo imparare ad accettare. Dal 2001 a oggi sono stati ben 7000 i morti sul lavoro, con cinque milioni di infortunati.

Un comportamento da paese civile, prego

Ma perché un uomo deve perdere la vita per mangiare? Come si fa a lavorare con in testa il pensiero: «Speriamo che oggi non tocchi a me»? In che modo stiamo vivendo?

Forse non esiste nel nostro paese una coscienza collettiva. Tanto sono gli altri che muoiono, noi ce ne stiamo qui belli tranquilli, e nel «noi» ci metto governo e imprenditori, che pensano solo al proprio tornaconto: morto un operaio, ce ne sono cento pronti a prendere il suo posto. Se poi il morto è un immigrato clandestino, non c'è problema: di quelli ci sbarazziamo in fretta, li sbattiamo in una discarica. Così vanno le cose.

Le ragioni degli infortuni sul lavoro hanno un'origine antica. Ma come fermarli? Possibile che non ci sia un modo? Sì! Il modo ci sarebbe, basterebbe volerlo: le prefetture dovrebbero coordinare a livello territoriale gli interventi atti a garantire standard adeguati di sicurezza sul lavoro. Si apre un cantiere? Con calma, un bel drappello di carabinieri e poliziotti (meglio essere numerosi) arriva all'improvviso a controllare se tutti i lavoratori bianchi e neri sono regolarmente assunti.

Ma passiamo a un'altra ingiustizia di Stato.

L'uranio impoverito produce leucemia ma i militari ne sono immuni per legge

La battaglia che in Senato mi ha maggiormente coinvolta è senz'altro quella a proposito dell'uranio impoverito. Fin dal tempo della guerra nella ex Iugoslavia e in Kosovo i nostri ragazzi arruolati nell'esercito si sono trovati in terre dove sono state compiute violenze indicibili, la più feroce delle quali è stata la pulizia etnica perpetrata dai serbi nei confronti dei bosniaci. Pensiamo alle donne aggredite e violentate perché dessero alla luce figli «bastardi» rifiutati anche dalle loro famiglie di appartenenza.

In ufficio è arrivato a fine settembre 2006 il dottor Domenico Leggiero, ex pilota di guerra e socio fondatore dell'Osservatorio militare, un comitato di studio, ricerca e individuazione delle possibili soluzioni alle problematiche afferenti la tutela e il riconoscimento dei diritti del personale delle forze armate. Mi parla delle condizioni attuali delle vittime dell'uranio impoverito, delle loro famiglie, delle sofferenze per la morte di giovani soldati, del silenzio delle istituzioni e dei media. Le parole gli escono di bocca spesso a fatica, è completamente coinvolto in questa terribile vicenda. Mi chiede di attivarmi affinché si instauri velocemente una commissione d'inchiesta su questa sciagura. Quando ci salutiamo ho addosso un senso di impotenza e disperazione. Mi attivo subito perché questa commissione venga creata.

Il presidente del Senato Marini sancirà l'esistenza della commissione a novembre ma, nonostante le richieste, per riunirsi bisognerà aspettare tre mesi. Perché? Misteri del Senato. Alla prima riunione del 13 febbraio 2007 siamo tutti presenti: 21 senatori. Eleggiamo presidente Lidia Menapace.

Decido di rivolgermi direttamente a lei per porre fine allo strazio delle numerose famiglie delle vittime che, da mesi e mesi, subiscono il grave sopruso del silenzio: giovani spesso in fin di vita dimenticati dalla Commissione difesa, abbandonati economicamente dallo Stato. Qui prendo fiato e alzo il volume della voce per dire: «Bisogna assolutamente iniziare a lavorare sul serio: basta con i rinvii!».

Arriviamo a marzo 2007. È passato quasi un mese e in serata ho avuto la rara possibilità di intervenire a proposito dell'uranio impoverito durante la trasmissione *Caterpillar*, di Radio2. Il conduttore mi chiede: «Cos'è questo uranio impoverito e da dove viene?».

Rispondo: «È un metallo pesante, radioattivo, ad alta capacità piroforica e con un bassissimo contenuto di plutonio che lo rende perfetto per costruire ordigni bellici. Quel materiale, prelevato ed esaminato dagli americani dopo un'esplosione, ha evidenziato la presenza di un particolato talmente sottile in grado di procurare seri danni a chi, mancando di protezione, lo respira: cancro, leucemie, gravissime patologie e malformazioni nella prole».

La trasmissione continua con un altro mio intervento, nel quale ricordo che i Balcani si sono dimostrati un teatro di guerra diverso da quello iracheno, ma altrettanto importante dal punto di vista della «sperimentazione attiva»: si calcola che 30.000 tonnellate di uranio impoverito siano state scaricate sul suolo della ex Repubblica di Iugoslavia. Le truppe americane sono equipaggiate con indumenti particolarmente protettivi. I nostri militari invece se ne vanno in giro indossando magliette leggere, così come leggera è la stoffa dei pantaloni.

Scrive a questo proposito il quotidiano «la Repubblica»:

Siamo in missione di pace! Già, missione di pace, come se ci fosse bisogno dei soldati dove c'è pace. Le leve del grande burattinaio si sono mosse, l'opinione pubblica sa solo ciò che deve sapere, pacifisti o militaristi, americani o antiamericani. Intanto i nostri soldati, che non possono e non devono porsi questi problemi, eseguono gli ordini e vanno a occupare tutte quelle zone lasciate a chi, come al solito, arriva per ultimo.
Non potevano più scegliere, gli unici posti liberi erano quelle latrine dentro le quali erano finite 30.000 tonnellate di merda allo stato puro. I nostri soldati si sono schierati lì e da lì, uno

alla volta, sono rientrati portando con sé la morte. Eccovi alcuni dei loro nomi: Salvatore Vacca, Andrea Antonaci, Corrado Di Giacobbe, Giuseppe Benetti, Luigi D'Alessio, Fabio Cappellaro, Filippo Pilia e tanti, tanti altri fino ad arrivare a domenica scorsa, quando alle 15.30 del pomeriggio, all'Oncologico di Milano, si spegne la quarantaseiesima vittima dell'uranio impoverito: Giorgio Parlangeri, 28 anni, due missioni nei Balcani, cancro ai polmoni. I professori dell'équipe medica, dopo aver visitato i militari ammalati, hanno sentenziato: «Affetti da morbo letale». Ma si sono ben guardati dall'indicarne la causa e la provenienza. Nessuna allusione all'uranio.

Il giorno dopo ho partecipato con Carlotta a un'assemblea organizzata da RdB, sindacato all'interno del ministero dell'Economia e delle Finanze, in via XX Settembre, proprio a casa di Tommaso Padoa-Schioppa. Sono stata accolta con molta simpatia. Mi hanno addirittura applaudita. Che bizzarria.

In quella serata mi hanno dato l'occasione di prendere la parola e trattare ancora dell'uranio impoverito. Ho raccontato dei giovani nostri militari che ho conosciuto di persona, quasi tutti provenienti dal Kosovo, dove si sono ammalati di leucemia, e ho ribadito come quasi tutti i medici dell'esercito tendano a minimizzare il problema e a farlo archiviare come accidentale. Al contrario, i medici responsabili delle truppe americane hanno stampato e distribuito dei dvd dove descrivono scientificamente come si possano identificare gli oggetti tossici e come si possa evitare di contrarre il morbo in zona di guerra. Ai militari italiani non si parla mai di morbo letale e non viene distribuito alcun documento o materiale d'informazione poiché, in questo caso, dovrebbero anche ammettere la provenienza della leucemia o del cancro che tolgono la vita ai nostri soldati.

La quasi totalità dei colleghi presenti, compreso il ministro, si dimostra a dir poco sgomenta e ascolta la mia conclusione con attenzione e disagio. Ecco come chiudo:

> Chiedo a tutti i presenti: come possiamo noi impostare un'inchiesta con dei responsabili che insabbiano ogni verità scientifica? Vi vedo piuttosto perplessi e confusi, come del resto sono a mia volta; vista l'impotenza ad agire a cui sono costretta, la mia intenzione è di presentare tra qualche giorno le mie dimissioni dal Senato.

Si produce un silenzio totale. Padoa-Schioppa si avvicina e mi prende una mano: «Non posso che sentirmi solidale con la tua rabbia; a ogni modo, pensaci bene».

Il giorno dopo ne discuto con Carlotta e Marisa Pizza e appresso decido che l'ultima mia possibilità è quella di informare la gente, e soprattutto i miei elettori, di cosa continua a succedere nelle zone di guerra, facendo intervistare quei militari che sono stati colpiti da queste patologie mortali.

Non potendo di certo rivolgermi alla Rai, che davanti a queste tragedie scantona di regola con la velocità di una pantegana inseguita da un gatto selvatico, mi metto in contatto con Antonio Ricci, l'ideatore della trasmissione *Striscia la notizia*, il quale con gran senso di responsabilità civile mi mette a disposizione un'intera troupe televisiva. Ed ecco che il 31 marzo appare sul teleschermo un servizio di Gimmy Ghione sull'uranio impoverito, dove a mia volta appaio in veste di speaker e presento un soldato, Angelo Ciaccio, un giovane colpito da leucemia fulminante. E subito appresso faccio conoscere al pubblico altri suoi commilitoni che, a loro volta, denunciano la medesima condizione e le difficoltà di ottenere un riconoscimento da parte dei responsabili del ministero della Difesa. Al termine viene mandato in onda anche il conto corrente della nostra sottoscrizione. Speriamo. Sono tante le famiglie che hanno bisogno di aiuto.

Qualche giorno dopo riceviamo molte donazioni, piccole cifre ma date col cuore, tra cui 500 euro dal senatore Fernando Rossi, l'unico oltre me su 315 senatori che abbia dimostrato, con generosità, interesse per la tragedia dei nostri soldati.

Vorrei spaccarmi la testa contro il muro per il senso di impotenza che provo. Con impaccio e timidezza parlo con le mamme, i padri che hanno perso il figlio, i fratelli... Mi vengono a trovare al Senato, ricevo lettere così dolorose da togliermi il sorriso per giorni. E non è nostra intenzione creare scandalo a ogni costo ma ottenere almeno giustizia. Penso all'inefficienza-indifferenza del nostro Stato e alla difficoltà di coinvolgere questi miei colleghi che pensano solo alla carriera e ad accumulare cariche che procurino loro particolari vantaggi.

Per fortuna, in tanto senso di *débâcle*, trovo scampo felice nell'effetto prodotto dalla trasmissione messa in onda da Antonio Ricci, in cui viene fatto l'elenco dei militari colpiti dal morbo e vengono mostrate le immagini delle terre diventate una trappola mortale per le popolazioni e per i nostri militari.

Ora pare che nella commissione che si occupa del problema si stia muovendo qualcosa. È molto delicato e importante il lavoro che l'Osservatorio militare e il dottor Leggiero in prima persona stanno portando avanti, contro tutto e contro tutti, occupandosi con grande impegno dei 515 soldati colpiti da carcinomi, leucemie e altre terribili patologie contratte durante il servizio militare.

Di lì a qualche mese riusciamo a organizzare una manifestazione contro l'impiego dell'uranio impoverito per la produzione di armamenti. Sono con gli amici del blog, in prima fila, alla testa del corteo, dietro lo striscione «Uranio impoverito – la guerra nel sangue». Ci sono anche alcuni senatori che condividono la nostra lotta, fra i quali Fosco Giannini e Franco Turigliatto.

Alle quattro e mezzo tutto è pronto: si parte, direzione piazza Navona. Tra i manifestanti ci sono i No Dal Molin (il movimento contro la realizzazione della base americana di Vicenza), i Cobas, centri sociali di tutta Italia, Giulietto Chiesa, i ciclisti di Critical mass. Tra la gente si leggono striscioni quali «Bush, non c'è trip per i cats», «No Vicenza Usa e getta», «Non è tutto loro quel che luccica» e via così... Nessuna «violenza» nell'aria.

Camminiamo tranquilli, la polizia rimane in disparte. Procediamo verso piazza Navona, luogo dell'appuntamento. Dal palco prendono la parola Cinzia Bottene dei No Dal Molin, Francesco Ferrando e Luca Casarini (leader dei No global). Abbiamo partecipato a un corteo piuttosto vivace ma corretto, che ha manifestato per la fine di tutte le guerre, contro il rifinanziamento dei crediti militari e contro il sopravvento degli Usa nella politica estera italiana.

Finalmente, il 9 ottobre 2007, dopo otto mesi di attività e tanta insistenza, il ministro della Difersa Arturo Parisi si decide a incontrare la commissione. Purtroppo non riesco a esserci perché non sto bene, mi hanno trattenuta in ospedale a Milano, dove mi sono recata per fare alcune analisi. Ecco quindi, dal resoconto stenografico della seduta, un sunto di quanto detto dal ministro della Difesa.

Nel suo intervento Parisi dichiara che il suo ministero è seriamente coinvolto nel problema dell'uranio impoverito (oh, bontà vostra!) e ammette che i cittadini non dimostrano fiducia nelle dichiarazioni e nell'operato dei responsabili militari. C'è un'evidente diffidenza nei confronti del nostro operato. Ohhh, finalmente gli è venuto il dubbio!

Quindi, con la solita logica secondo cui è difficile arrivare a una visione condivisa del problema, ecco che il ministro indica gli ostacoli che si pongono davanti alla scienza tecnologicamente complessa delle armi e dei loro effetti imprevedibili. Aggiungiamo noi che questo succede specialmente quando ci sono di mezzo i generali e i vivaci interessi dell'industria bellica da una parte e le vittime innocenti, oltretutto prive di qualsiasi protezione, dall'altra.

Oh meraviglioso, dopo un anno e più di sprezzante silenzio, ecco che s'affaccia un piccolo ripensamento. Il ministero della Difesa – prosegue Parisi – non intende in alcun modo sottovalutare il fenomeno. I militari che hanno contratto malattie tumorali nelle ultime guerre risultano essere un totale di 255. Di questi 37 sono morti.

Qualcuno del nostro gruppo interviene: «Fermi tutti, le informazioni sulle vittime che ci state proponendo sono errate. Il nostro osservatorio denuncia un valore completamente diverso: coloro che hanno contratto il morbo sono 312, di cui 77 con decorso fatale».

Il ministro rivede le cifre e si dice d'accordo sull'analisi dei responsabili della commissione. Come diceva sant'Ambrogio, «l'importante è ravvedersi, se poi ti scappa di scusarti, sii benedetto».

La discussione sull'uranio impoverito riprende alcuni giorni dopo, e tocca a me intervenire davanti alla commissione e al ministro.

Il disordine è la polvere costante distribuita tra gli ingranaggi del potere

Signor ministro e onorevoli colleghi,
desidero approfondire alcuni aspetti con voi. Innanzitutto ringrazio il ministro per la sua presenza. L'onorevole Parisi ci

informa che «mai prima d'ora è stata fatta un'opera di centralizzazione dei dati» che risultano essere dispersi su «una struttura articolata in periferia, con centinaia di archivi cartacei sparsi sul territorio». Bene, bella notizia!
Facendo un rapido riassunto della mole della documentazione emerge che si debbono analizzare i dati relativi alle missioni nei Balcani, in Libano, in Afghanistan e in Iraq, dal 1996 al 2006; l'archivio informatizzato esiste solo per gli anni 2002-2006 e ha considerevoli manchevolezze, il resto è tutto in cartaceo. Il che fa emergere una situazione che definirei disarmante.
Ultimamente, fra le novità a proposito dell'uranio impoverito, si è scoperto che nel poligono di tiro di Quirra, in Sardegna, in uno spazio gigantesco di addirittura 12.000 ettari, per anni si sono esercitati militari con armi di diversa potenza e calibro, armi tra le quali numerose sono quelle all'uranio impoverito. A testimonianza di ciò è stato trovato anche un agnello morto vicino al poligono sardo. Aveva naturalmente pascolato mangiando l'erba contaminata. Ora mi chiedo: e i nostri soldati si sono anche loro inchinati a brucare quell'erba? L'università che ha analizzato l'animale, il Politecnico di Torino, ha rilevato tracce di uranio impoverito fra le sue membra e guarda caso molti dei militari malati e deceduti negli ultimi anni si sono esercitati in quel poligono prima di scoprire di essere rimasti contaminati a loro volta.

Nell'ottobre del 2012, cioè quattro anni dopo essere uscita dal Senato, troverò una notizia che mi darà grande soddisfazione: il Tribunale di Roma ha sentenziato che la morte di numerosi nostri militari, dai Balcani in poi, non è stata provocata dalla somministrazione di vaccini infetti, come indegnamente avevano dichiarato i medici del ministero della Difesa, ma dall'esplosione di ordigni all'uranio impoverito. Lo stabilisce un'inchiesta degli istituti di ricerca delle Università di Modena e Reggio Emilia. Secondo quegli scienziati, sono più di duecento i militari morti e più di duemila quelli ammalati perché vittime di contaminazione da uranio impoverito. La sentenza del tribunale ha sancito che il ministero della Difesa deve pagare per tutto questo, rimborsando le molte famiglie che hanno subito la morte dei propri figli. Per avere un'idea di quanto costeranno i risarcimenti in totale, vi basti sapere che lo stesso tribunale ha stabilito che per il solo Andrea Antonacci, contaminato nei Balcani e morto nella sua casa a Lecce, la cifra che lo Stato dovrà rimborsare alla famiglia è di quasi un milione di euro.

Allora non è vero che non serve lottare contro le solite regole dello Stato. Qualche volta, insistendo, si riesce anche a fare giustizia.

Volare con le ali spezzate

29 novembre 2006

«L'Alitalia – ha detto Prodi – forse fallirà.» Perché? «Perché è stata amministrata male.» Male in che senso? «Troppi sprechi.»

Questa dichiarazione del presidente del Consiglio mi incuriosisce, quindi vado a cercare di scoprire le ragioni di un tale disastro.

Chi è l'amministratore delegato dell'Alitalia? Si chiama Giancarlo Cimoli. È un tipo in gamba? Be', a giudicare dai risultati, forse in giro c'è di meglio. Quanto guadagna questo Cimoli, ha un buono stipendio? Ha uno stipendio di due milioni e 700.000 euro all'anno. Più i benefit. Cosa sono i benefit? Sono gli extra a cui ogni dirigente d'alto bordo ha diritto oltre allo stipendio. Per capirci meglio, circa 225.000 euro al mese, e cioè, grosso modo, 10-15.000 euro per ogni giorno lavorato (a seconda di come si calcolano i weekend e le ferie).

Vai, vai, Cimoli, che hai il vento che soffia forte fra le natiche!

Dimenticavo di precisare che 10-15.000 euro corrispondono all'ammontare dello stipendio annuo di un precario. E anche – euro più, euro meno – allo stipendio annuo di un operatore scolastico di terzo livello. Costoro ci mettono un anno intero a guadagnare quello che Cimoli guadagna in una sola giornata. Vogliamo anche fare i conti di quanto spetterà a Cimoli di liquidazione quando si decideranno a mandarlo via? *Pam!*, si è schiantato: glielo avevo detto che le ali erano staccate!

In un intervento su questo tragico e grottesco problema che, qualche mese fa, ho proposto a un convegno all'Università di Perugia, erano presenti anche molti operai e giovani senza lavoro. Alla fine li ho sentiti sconvolti. Ho chiesto: «Avete forse l'impressione che io stia esagerando con il diffondere e denunciare le malefatte dei governi che ci rappresentano?».

«Nooo!» hanno gridato tutti a gran voce, perfino un bambino. Se fossi credente direi che la voce del bimbo, come accadde a san Filippo Neri, è il segnale più determinato perché non ci si fermi neanche a prender fiato.

Noi abbiamo proposto – riprendendo una vecchia idea di Bertinotti – che si ponga un tetto agli stipendi pubblici e, al di sopra di quel tetto, si studi anche un sistema di tasse pesantemente adeguate per i dipendenti privati. Abbiamo proposto che il tetto fosse pari allo stipendio del più povero tra i dipendenti pubblici, moltiplicato per 10 o per 15.

Il «Corriere della Sera» ieri ha ripreso questa nostra proposta ed è andato a chiedere il parere a vari personaggi politici. Qualcuno si è un po' spaventato, qualcuno si è pronunciato contro («contro l'appiattimento salariale», ha detto così: appiattimento...), qualcuno, per fortuna, si è detto a favore. Poi ha deglutito con forza, si è toccato la fronte e ha esclamato: «Dio, che mal di testa!». Quindi ha infilato una mano nella tasca della giacca, ha estratto da una scatolina cinque pillole di Optalidon e se le è ingoiate in un sol botto. Che organo delicato è il nostro cervello!

C'è chi ha fatto questa osservazione: «Attenzione, se li paghiamo poco i migliori scappano all'estero». Allora faccio questa domanda: perché un primario, un cardiochirurgo di fama internazionale, capace di salvare vite una appresso all'altra con la sua sapienza e abilità, viene stipendiato dallo Stato circa 5000 o 6000 euro al mese (mezza giornata di lavoro di Giancarlo Cimoli...) eppure non scappa all'estero? Perché alcuni nostri geniali giovani ricercatori – che gli svizzeri e gli americani ci invidiano – guadagnano nemmeno 1000 euro al mese (20 minuti di lavoro di Cimoli) e nessuno se ne preoccupa? Oltretutto, state sicuri: né gli svizzeri né gli americani ci invidiano Cimoli...

Sala Mappamondo, Camera dei deputati: audizione dell'ingegner Cimoli per conoscere la situazione di Alitalia.

Mi prenoto per un intervento, il salone è zeppo come se avessero invitato Beppe Grillo a fare una sua maramaldata. Dopo il primo oratore tocca a me. Prendo la parola:

Non entrerò nel merito dei gravosi problemi di Alitalia. Condivido quanto hanno precedentemente espresso i miei colleghi. Sono qui, oggi, per un fatto personale. Ingegner Cimoli, buongiorno. Tutte le sere prima di addormentarmi penso a lei. Sì, proprio a lei. Da quando? Da quando ho saputo che lei ha ricevuto dalle Ferrovie dello Stato una liquidazione di nove milioni di euro.

Arriva sera, mi vedo la tv, mi tiro su di morale con *Porta a porta*, qualche film con ammazzamenti vari, stupri, poi il sonnifero. Vado a letto. Spengo la luce. Cerco di rilassarmi e addormentarmi, ma ecco che mi spunta davanti lei, dottor Cimoli, con i suoi nove milioni di euro, ben allineati e ammonticchiati come si deve su un vassoio, che li guarda felice soddisfatto e li sbaciucchia! Mi sveglio sempre all'istante e urlo: «Oh no!». Ma la botta grossa poi m'è arrivata quando ho saputo che lei guadagna 12.000 euro al giorno. Così hanno detto i giornali. Cifra che in Italia una moltitudine di disgraziati percepisce in un anno. Volevo vedere come fosse fatto, a cominciare dalla faccia... Avrà due orecchie enormi larghe come ali, infatti arriverà sul podio volando e cinguettando come un usignolo: «Ma quanto guadagno io, nemmeno il re d'Inghilterra, sei volte Berlusconi e il triplo di Marchionne, ma quanto guadagno io, olè!».
Invece no, non canta, non cinguetta e non sbatte neanche le palette giganti che tiene come orecchie! Anzi, ha un'aria del tutto normale, gentile, e mi dispiace che i miei colleghi l'abbiano messo sulla graticola. Da questo governo ci aspettavamo grandi cose, che so, la legge sul conflitto d'interessi, la riduzione dello stipendio dei manager al suo livello... Non è ancora successo niente.
Ecco, vorrei darle un consiglio: rinunci al suo stipendio e alla liquidazione che riceverà al termine del suo mandato. E devolva il tutto – non ditemi che sto facendo della demagogia – alle famiglie dei 7000 operai morti sul lavoro, le cui mogli (oltre al dolore per la perdita del loro congiunto, marito o figlio) devono aspettare 18 mesi prima di ricevere uno straccio di pensione. Sono sicura che anche la sua famiglia sarebbe felice e orgogliosa per questo suo gesto. Sarebbe un atto dovuto e anche onorevole. Finalmente questo termine avrebbe un senso logico: O-N-O-R-E-V-O-L-E! Tutto il mondo parlerebbe di lei, e io potrò finalmente guardarmi

allo specchio e dire: «Sono italiana e non mi vergogno neanche un po'!».

C'è stato un applauso modesto, poi ho scoperto che gli onorevoli applaudivano sì, ma tenendo le mani dietro la schiena all'altezza del sedere. Si fa fatica ad applaudire in quella posizione!

Il mio amico onorevole Valter Pedrini (Italia dei valori) m'ha inviato un biglietto: «Brava! TVB, Egidio».

Gli stipendi d'oro vengono elargiti agli incapaci perché noi si possa ridere come pazzi

Ma il bello viene adesso. Poco dopo, l'ingegnere inizia a rispondere alle tremende domande dei parlamentari. Ma, passati pochi minuti, dice: «Mi fa piacere che la senatrice Rame abbia voluto scherzare con me! D'altra parte ci conosciamo da tanto tempo. Sono di Arcisate, vicino a Varese, ci siamo incontrati la prima volta a casa di comuni amici, la Rosalina Neri...».

Rosalina Neri era proprio una mia amica quand'ero ragazza, io recitavo e lei cantava da soprano.

Ci penso un attimo e faccio i conti: «Sessant'anni fa?» dico. «Non esageri!» E sì, i conti con gli anni non mi tornano: se l'ho conosciuto allora, questo ingegnere doveva essere un bambino, un fenomeno! Ma lui, il Cimoli, riprende: «La senatrice Rame poco fa mi ha chiesto come mi sia possibile guadagnare tanto. Ebbene, le dirò in confidenza, io sono stato chiamato a Palazzo Chigi, il contratto era già pronto, l'ho firmato. È tutto trasparente. Quando ero alle Ferrovie dello Stato mi sono ridotto lo stipendio. Nessun giornale ne ha parlato».

«Sì, è vero, lo so! Lei s'è ridotto lo stipendio, ma a quel tempo era di 600 milioni, bazzecole, e soprattutto di quanto lo ha abbassato?»

«Mi pare del 10 per cento.»

Accidenti che generosità! Gli sarà venuta un'ernia per lo sforzo!

Un discorso all'improvviso

1° dicembre 2006

Oggi è la Giornata mondiale per la lotta contro l'Aids. Ho ricevuto l'invito a partecipare alla manifestazione che si terrà al Teatro dei Satiri a Roma.

Incontro nell'atrio l'organizzatore della serata, si chiama Roberto Lucifero, trattengo a malapena una risata, non ha proprio niente del terribile oppositore di Dio fulminato dagli angeli, a meno che non si sia addobbato con abito da vacanza! Infatti è un giovane dall'aria dimessa, minuto e timido. Ci presentiamo e subito mi chiede quando voglio intervenire, in che momento della serata.

«Perché?! Dovrei parlare? Lo vengo a sapere adesso... In verità preferirei ascoltare, oggi.»

«La prego, senatrice, a parte che il suo intervento è annunciato sul programma con tanto di fotografia...»

«Io non ne sapevo niente.»

«La prego, non ci lasci questo buco!»

«Vabbè, se è per tappare un buco mi metterò a vostra totale disposizione!»

Così, a un certo punto, mi fanno cenno che tocca a me. Lucifero mi presenta e io, non so per quale ragione, come lui si volta mostrandomi le spalle, lo scruto per verificare se abbia o meno la coda. No, è completamente scodato! Prendo un gran respiro, non sono proprio preparata. Pazienza.

Mi viene in mente mio padre che ripeteva: «Se in scena vi accorgete di non disporre di argomenti ineccepibili sul tema da svolgere, cercate nella memoria un fatto che vi riguardi e che introduca la questione. Se poi trovate un argomento vissuto e di significato tragico, meglio ancora. Ma non bruciatelo con una sola battuta, tenetelo sospeso e costante». E inizio:

> La prima persona malata di Aids che ho conosciuto era una ragazzina. Quando l'ho incontrata non si drogava ancora. Eravamo a Milano negli anni Settanta, era proprio il momento dell'esplosione del disastro della droga. Una appresso all'altra, sono arrivate la marijuana, le pillole, l'Lsd, l'eroina e poi la cocaina, che all'inizio veniva regalata: «Forza, fatti una sniffatina... ti tira su, ti mette di buonumore!».
> In quel tempo mi è capitato di assistere di persona due ammalate di Aids. Una giovane, bellissima dalla testa ai piedi, si era messa con un ragazzo eroinomane: «Voglio salvarlo – diceva –, voglio che smetta! L'aiuto io». Dopo un mese è venuta da me piangendo: «Mi sono fatta una volta per provare e adesso non ce la faccio più a stare senza, aiutami». Le ho offerto ospitalità a casa nostra. Mi chiedevo: «Ma dove trova i soldi per farsi? Vuoi vedere che batte?».
> Invece no. Rubava. Con quel viso così dolce e quel corpo da innocente, in tram o in autobus, aspettava che s'aprissero le porte e di scatto, prima che si richiudessero, afferrava una borsa e spariva come un razzo. Naturalmente è lei che me l'ha confidato! Tutto della sua tragedia mi raccontava. Sua madre non la accettava più a casa, quella sua figliola le aveva letteralmente spogliato l'appartamento di ogni oggetto trasformabile in droga. La ragazzina non se ne rendeva conto, ma c'era qualcuno che la seguiva: era indiziata di spaccio e un agente di polizia in borghese si era messo alle sue calcagna. Dicono però che i «bucati»

acquisiscano un doppio istinto, s'accorgono del tampinamento alla velocità di un cane da fiuto. Infatti, all'istante, mentre camminava, *svlammm!*, fa dietrofront e punta un dito al petto del poliziotto: «Ehi tu, la vuoi piantare di venirmi appresso?! O te ne vai subito o io mi metto a urlare, sbraito che tu mi vuoi far violenza! Guarda, comincio già a tirarmi giù le sottane!».
E si mette a gridare: «Aiutoooo, m'ha strappato le vesti».
«Ferma! Ferma! Ma cosa dice? Che violenza?»
«Non fare il furbo, io ho capito subito chi sei tu. Tu, sei un caramba...»
«Un caramba?!»
«Sììì, un piedipiatti, un carabiniere... Son certa che mi stai seguendo su ordine di mia madre! Mi spiace deluderti, ma purtroppo ho deciso di non farmi più.»
«Far più che cosa?!»
«Ma dico, sei un carabiniere o un pampaluga? Sai cosa ti dico?! Di' al tuo collega che ti segue a trenta metri, quel tipo laggiù – e lo indica – di venire lui a tampinarmi, almeno quello è un bel figliolo! Chissà che non diventiamo amici, e poi ci va lui a procurarsi la droga per tutti e due!»
Ma pensate voi che sfacciata!
Il fatto è che lui, il pampaluga, ha continuato a seguirla. Alla fine sono diventati amici, anzi, innamorati. E l'agente, pur di procurare la dose a lei, si è congedato dall'Arma. Cosa fa l'amore! Purtroppo lei era già ammalata di Aids e a un certo punto hanno dovuto ricoverarla in ospedale. La madre è impazzita. Ricordo le reazioni di tante altre madri di giovani ammalati di Aids. C'era quella che, per quanto distrutta, si faceva forza per apparire sempre serena davanti alla figlia, e quella sconvolta che, quando il figlio morì, si disse sollevata.
Da allora le cose non sono migliorate tanto. È vero, se ne parla sempre meno, come se il problema fosse sparito, ma i malati di Aids aumentano implacabilmente.

Alla fine esplode un applauso che non mi sarei immaginata. Sto per scendere dal palco, ma ecco che Lucifero mi viene incontro, mi blocca e mi dice: «Per favore, Franca, continui! Testimonianze del genere sono troppo importanti per essere perdute!».

I presenti, soprattutto le donne, si levano in piedi e in coro mi sollecitano a continuare. Torno davanti al microfono e sottotono comincio il mio secondo intervento:

> In quello stesso periodo fui invitata da altre mie amiche a occuparmi di ammalati terminali di Aids. Incontrai un medico straordinario, il professor Francesco Milazzo, primario all'ospedale Sacco di Milano.
> Ogni pomeriggio mi recavo al centro sociale in via De Amicis, dove distribuivano ai tossicodipendenti il metadone. Volevo capire, entrare nel problema sino in fondo, e in qualche modo rendermi utile. Spettacolo agghiacciante: ragazze e ragazzi in fila che, senza comunicare tra di loro, aspettavano la cucchiaiata di surrogato-droga. Ero conosciuta, e i cosiddetti «tossici» parlavano volentieri con me, certi di non ricevere né prediche né consigli o recriminazioni. Offrivo loro il mio ascolto, il mio aiuto, cibo e un letto per dormire, se necessario. Indimenticabile una signora ben vestita che si rivolgeva al corteo silenzioso, mostrando titubante una fotografia: «È mia figlia... la conoscete? Non ho sue notizie da quaranta giorni. Ditemi... la conoscete?».
> La protagonista di questo ricordo che cercherò di ricostruire in tutti i particolari è una ragazza di sedici anni, figlia di amici. Cielo, si chiamava.
> La madre Jenny, nata in un paesino nel Nord dell'Inghilterra, arriva in Italia poco dopo aver compiuto ventidue anni. Bella, slanciata nel corpo, con i rotondi al posto giusto. Per la strada gli uomini la ammirano con l'acquolina in bocca. Trova lavoro come babysitter in una famiglia benestante ma litigiosa perché

la «signora Rosetta» è da sempre, e a ragione, gelosa del marito, un vero – scusate se uso un termine solo allusivo – puttaniere. In quella famiglia Jenny si occupa di una bellissima bimba di tre anni di nome Luisa. Quando la signora Rosetta trova l'adorato marito Antonio a letto con la bambinaia, succede il finimondo. In quattro e quattr'otto pianta casa e se ne va con la piccola.
Jenny amava quel bel signore, che però era «un signore» solo nell'aspetto elegante, perché di soldi non ne aveva, anzi, era pieno di debiti. E quando una mattina arrivano i carabinieri e lo arrestano per bancarotta fraudolenta, Jenny non sa dove sbattere la testa. Lascia il lussuoso appartamento con la disperazione nel cuore e lo spavento negli occhi: «E ora dove mi vado a nascondere?!».
Miseria. Camera in affitto e valigie sempre in mano. Oltretutto Jenny scopre senza felicità di essere incinta. Sua figlia nasce nella disperazione, nello scontento. Sola con la bambina. Cielo l'ha chiamata, sperando che Dio la protegga.
Affranta, deve lavorare. Cerca un impiego, lo trova: cameriera. Un'altra volta è costretta a lasciare la casa dove lavora giacché si ritrova nuovamente tampinata dal marito della padrona. Non vuol certo ripetere l'esperienza appena passata. Trova un altro lavoro ma per breve tempo, poi deve cercarne un altro. Presa com'è dalla ricerca di un'occupazione, non si accorge nemmeno che la sua bimba sta crescendo. Minuta, silenziosa, splendida. A quattordici anni Cielo si fa il primo buco. La madre lo scopre dopo due anni. La ragazzina è sempre fuori casa: «Sono dalla mia amica, dormo da lei...». A Jenny fa pure comodo che se ne stia fuori dai piedi. Altri uomini, altre storie.
La bimba fa strada: a sedici anni è tossicodipendente e pusher. Si prostituisce e smercia «la morte». A diciotto, Aids. A venti, comunità, una dopo l'altra. Ci entra costretta con la forza e, appena può, scappa.
Jenny non ne può più. È esaurita, disperata. Maledice il mondo

e di colpo decide: «Me ne vado. Torno a casa», e se ne parte per l'Inghilterra. Sola. Se ne scappa piantando sua figlia come fosse un pacco lasciato alla stazione.

A questo punto della storia, arrivo io. Avevo seguito la tragedia di Cielo attraverso i racconti di una tossicodipendente redenta che ora lavorava in una comunità. Un giorno vengo a sapere che la ragazzina è ricoverata all'ospedale Sacco, reparto Malattie infettive, alla periferia di Milano.

Vado a trovarla.

Un'ora di taxi ad andare e un'ora a tornare. Non mi sento molto preparata, ma ci vado lo stesso.

Entro nel reparto. Al professor Milazzo, che già conoscevo, chiedo di Cielo. M'invitano cortesemente a indossare mascherina, soprascarpe e guanti. Ci penso un attimo, poi rifiuto. M'indicano il numero della stanza. Apro la porta e mi trovo in una piccolissima anticamera che dà su due porte. Quella di destra è la sua. Busso appena. Nessuno risponde. Entro. Cielo tiene il capo rivolto verso la finestra con un faccino mesto. Non mi sente entrare. La chiamo. Mi guarda e le fiorisce un sorriso. È pallida come la luna, magra da far paura. L'abbraccio con un gran magone che temo scoppi. Poi ci rilassiamo, si parla. Mi racconta le sue sventure. La mia presenza la rassicura. Sa che non l'abbandonerò. Ha male dappertutto, ma non si lamenta. Chiedo al professor Milazzo di ricevermi, è un uomo di straordinaria umanità. Le informazioni che mi dà sono orride. Mi sembra incredibile che una ragazza così giovane possa trovarsi aggredita da tante malattie: tumori ovunque, di quelli che vengono agli anziani; paralisi alla parte sinistra, viso compreso; mal di testa, nausea e vomito; ingrossamento di fegato e milza; febbre alta.

«Per quanto ne avrà, professore? Tranquillo, mi dica la verità, senza timore.»

Con grande difficoltà mi comunica: «Non posso dire, a volte resistono di più, ma grave com'è... forse un mese...».

Un mese. Tremo tutta.

Ogni giorno le porto cose buone perché si nutra: frutta, biscotti. Fiori con bei colori per rallegrarla. Yogurt. Chiedo alla suora se è possibile riporlo in frigorifero. «No, signora, mi dispiace, ma purtroppo nel refrigeratore non abbiamo più posto nemmeno per i medicinali. L'ideale sarebbe che ogni degente avesse il suo piccolo frigidaire, ma è impossibile.»

Giusto. Ci penso. Poi mi s'illumina il cervello: Merloni, il re dei frigoriferi. Prendo contatti con la ditta. Espongo il desiderio di comprare 16 frigobar per le camere dell'ospedale Sacco. Il dottor Merloni ne regala dieci, la Necabello tre, e altri tre li acquisto io.

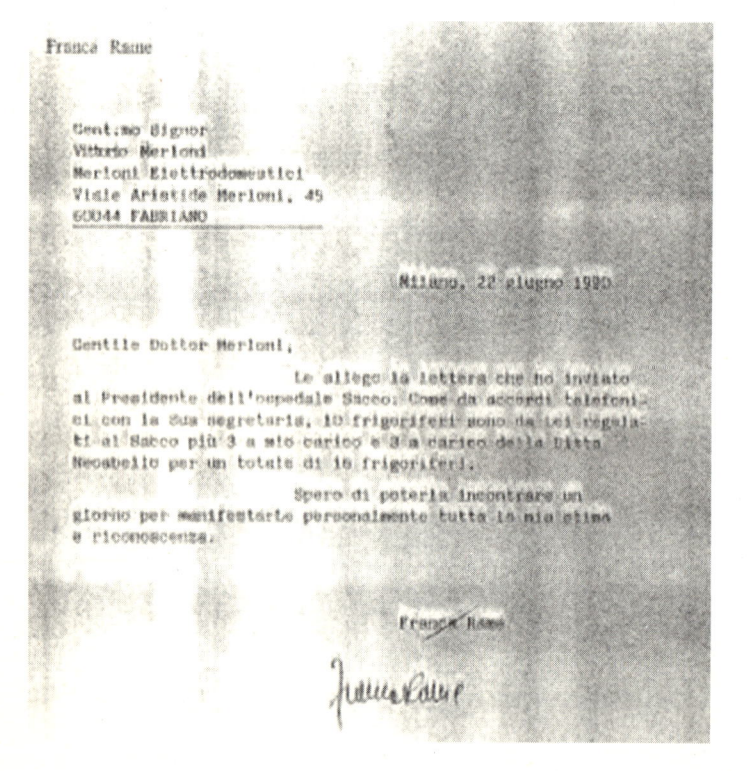

> Franca Rame
>
> Gent.mo Signor
> Vittorio Merloni
> Merloni Elettrodomestici
> Viale Aristide Merloni, 45
> 60044 FABRIANO
>
> Milano, 22 giugno 1990
>
> Gentile Dottor Merloni,
>
> Le allego la lettera che ho inviato al Presidente dell'ospedale Sacco. Come da accordi telefonici con la Sua segretaria, 10 frigoriferi sono da Lei regalati al Sacco più 3 a mio carico e 3 a carico della Ditta Necabello per un totale di 16 frigoriferi.
>
> Spero di poterla incontrare un giorno per manifestarLe personalmente tutta la mia stima e riconoscenza.
>
> Franca Rame

Merloni Elettrodomestici

[illegible]

Att.ne: Alla Segreteria
Sig.ra Franca Rame
Milano

[illegible]

ARISTON

OSPEDALE GENERALE PROVINCIALE
"LUIGI SACCO"
MILANO
IL PRESIDENTE

Milano, li 28 giugno 1990

Gentile Signora

a seguito della Sua comunicazione del 9.6.u.s., Le esprimo, a nome anche della Commissione Amministrativa, i sensi della più viva gratitudine per l'iniziativa da Lei assunta in favore dei nostri ammalati di A.I.D.S. , tanto più che con essa potrà essere apportato un immediato e concreto conforto a persone soggette a tanta sofferenza.

Voglia gradire i miei più cari saluti.

Tullio Rinaldi

Gent.ma Sig.ra
FRANCA RAME
V.le Piave, 11
20129 MILANO

Di lì a poco arriva un camion nella zona di scarico e carico merci dell'ospedale.
«Ecco – dico io guardando dalla finestra –, c'è un regalo per voi!»
Le suore si affacciano con le infermiere, mandano un grido, han visto scaricare i frigoriferi uno dietro l'altro. Quando vengono consegnati ai reparti, mi sento addosso una felicità da abbrancarmi ai supporti d'acciaio dell'ingresso per non volare!
Ogni giorno sono accanto a Cielo... Mi contattano i parenti dei ricoverati, disperati. Cercano conforto, consigli, speranze, amicizia, affetto.
Vengo a sapere che un ragazzo giovanissimo ha pochi giorni di vita. Ha ancora i genitori, ma nessuno viene più a trovarlo. Decido di incontrarli, cerco un contatto e telefono.
«Buongiorno, sono Franca. Suo figlio sta molto male, è gravissimo e solo.»
Dopo una lunga pausa la madre, lontana e assente, freddamente mi sussurra: «Abbiamo già dato, signora. Mi dispiace». E chiude la comunicazione.
So cosa passano i genitori dei tossici: casa svaligiata, bugie su bugie, spaventi, malattie. Non do giudizi. Sono stata vicina a quel disperato come fosse una persona di famiglia. Se n'è andato con la sua mano nella mia.
Una mattina una madre distrutta viene da me: «Mia figlia la vuole salutare...». La seguo volentieri.
Prima di entrare nella stanza assisto a uno spettacolo indimenticabile: la madre si ferma un attimo davanti alla porta. Respira profondamente, tre o quattro volte. Man mano il suo viso si distende come avesse fatto un lifting istantaneo. Si stampa un gran sorriso sulla bocca. Entriamo. La figlia giovanissima è a letto.
La prima impressione è che abbia la testa fasciata. Dopo un po' mi rendo conto che non ci sono fasce su quella testa: sono

il pallore e il cranio completamente privo di capelli a darmi quell'impressione.
Parliamo, ridiamo persino, chiede un autografo su una sua fotografia. Lascio quella stanza dove ho toccato la morte con le mani, buia di malinconia. Settantadue ore dopo se n'è andata.
E arriva il giorno della piccola Cielo. Sono con lei, stesa sul suo lettino, la tengo tra le braccia e le canticchio canzoni come facevo con Jacopo per farlo addormentare. Lei sorride. Poi chiude gli occhi.
Si è addormentata?
No.
Finalmente piango. Maledico senza voce, con furore disperato, gli spacciatori che si arricchiscono succhiando la vita a questi ragazzi.
La guardo: bellissima nella sua bara bianca foderata di raso. Magra. Pare abbia quindici anni. Persino la testa sembra rimpicciolita. L'accarezzo, poso margherite su quell'esserino che tutti hanno abbandonato sotto il diluvio universale, senza allungarle una mano. Ha visto di tutto nella sua brevissima vita. Ha penato l'inferno. Le ho voluto un gran bene. Ciao piccola Cielo, riposa finalmente in pace.
Dovrebbe essere proibito dalla legge morire a ventitré anni. Temo che Dio non esista. O forse è molto distratto.

Ho una domanda da farvi a tormentone

3 dicembre 2006

Chissà perché in Senato circola grande freddezza (non da parte di tutti ovviamente). Chissà perché si fatica a ricevere un saluto. Chissà perché il primato di questa grande maleducazione ce l'hanno le donne. Chissà perché il saluto è un gesto «no». Chissà perché le ministre non sanno dire ciao (forse troppo confidenziale? Per carità, teniamo pure le distanze, dite solo buongiorno, ci accontentiamo).

Dicono che presso i samaritani antichi, gli uomini incontrandosi si toccassero l'un l'altro i genitali, e le donne, in segno di affetto, si accarezzassero reciprocamente i seni. Forse è girata la voce che questo rito verrà ripristinato in Senato e alla Camera. È questa forse la ragione del vostro imbarazzo e della vostra reticenza? Se non è questa, parlatene col vostro psicologo di fiducia, perché, vi avverto, il vostro comportamento è molto pericoloso, anche per la salute.

Negli spettacoli che recito in teatro, spesso da sola, talvolta commento: la peggior nemica della donna è proprio la donna. E non venitemi per favore a parlare di sorellanza! «Sorellanza» non vuol dire partecipare alle manifestazioni e firmare insieme gli appelli, vuol dire essere figlie della stessa madre e amarsi proprio come sorelle, sempre! Vuol dire: che tu sia un pezzo grosso o la figlia della povera schifosa, ci si vuole bene lo stesso.

Non ne posso più, che 'sta storia finisca presto. Quanto mi trovo male, maledizione!

Quanto bello tu se', Raffaello meo

4 dicembre 2006

Ieri, domenica, Dario è partito per Napoli, dove per tre giorni reciterà una storia insolita di Raffaello nel grande teatro della sede Rai, ripreso da cinque telecamere.

Quello che porterà in scena è un racconto completamente fuori dalla tradizione, con vicende rimaste sconosciute. Raffaello, giovane di fattura «maravigliosa», come lo descrive un canto popolare di allora, è creduto per sua grazia e beltade distratto all'amore. E invece qui si scopre appassionato fino alla follia di una sua modella detta «la Fornarina», parola con la quale si vuol sottolineare il termine «forno» abbinato al calore che il suo corpo emana. Pazzo è Raffaello di questa figliola e tanto è preso di lei che, essendo febbricitante all'età di trentasette anni, non si cura di scansarsi, ma si getta fra le sue braccia fino a morirci.

Credo che tutti sappiate come ci si sente quando lui o lei se ne va. Sto con Dario da cinquantadue anni, più due da «morosi». C'è stato del bello, bellissimo, e anche un po' di brutto sguaiato. Ma alla mia età bisogna ricordare solo il bello splendente.

Ma com'è che anche dopo tanti anni ogni distacco è sempre più pesante?

Avrei potuto andare con lui. In questi giorni non lavoro, ma mi sento sfinita.

Tutta brava, tutta brava gente

5 dicembre 2006

Ho ritrovato una vecchia canzone di un nostro spettacolo degli anni Sessanta che ho riadattato alla situazione dei nostri giorni. Eccovela:

> Qui si parla di politici, tutti quanti compromessi, tutta brava, tutta brava, tutta brava gente.
> E qui ci saltan fuori almeno sei processi.
> Qui si parla di una legge, inventata a bell'apposta, per salvare un bellimbusto, la sua banda e la sua cricca, tutta brava, tutta brava, tutta brava gente.
> Qui c'è un tale che ha smontato la sua fabbrica gigante per spedirla, pezzi a pacchi, in Tanganica.

Gli operai son tutti a spasso, oh che spasso!, e il governo è tutto sbollonato, non ha colpa dello sbando, c'entra niente, tutta brava, tutta brava, tutta brava gente.

Per tutto il mese, neanche a dirlo, in aula si è discusso di finanziaria! Il dibattito è stato acceso, i giornali hanno descritto il progetto come un provvedimento «lacrime e sangue»: tasse ingiuste, cittadini stritolati. I leader di destra sono sempre in tv con il petto in fuori e gli occhi umidi di pianto, a sottolineare quanta sofferenza crea loro l'essere costretti ad assistere a quelle ignobili tassazioni che guarda caso colpiscono preferibilmente i meno abbienti...

Evidentemente sono colti da improvvisa amnesia collettiva, nessuno ha il dubbio che se oggi si pagano tasse da frana multipla è solo grazie alle scellerate politiche economiche perpetrate da loro negli ultimi anni e soprattutto al non aver mai posto in vigore un'azione decisa contro l'evasione fiscale, che ammonta ormai a circa 180 miliardi di euro l'anno.

Che effetti avrà questa finanziaria? (Nota bene, siamo nel 2006, mi toccherà fra qualche anno riassistere impotente alla stessa commedia tragica raddoppiata di violenza e disperazione.)

Gira la ruota e ritorna la stessa tiritera

Il ministro Padoa-Schioppa sa il fatto suo: è fondamentale abbattere il debito pubblico, risanare i conti del paese e finalmente iniziare una lotta senza quartiere contro l'evasione fiscale. Purtroppo è terribile trovarsi costretti a risentire come in un ritornello macabro gli stessi propositi conditi con salse sempre nuove e piccanti, per poi trovarsi alla fine della danza con i signori dell'evasione fiscale costante e scellerata che fuggono con giravolte svelte nei loro paradisi fiscali, scelti fra le isole più magiche e sicure del pianeta.

Ebbene, la parabola di questa legislatura è stata assai più breve di quanto il ministro avesse messo in conto. Risultato? Con il governo Prodi si sono aggiustati i malanni economici dell'Italia e si è raccolto extragettito, tanto da avere due «tesoretti» da ridistribuire. Ma chi godrà veramente di questi benefici sarà (nuovamente) il governo Berlusconi!

Il solito piccolo malandrino della Brianza!

Ricordando le origini della nostra vita

Tempo fa mi è capitato di incontrare il ministro Padoa-Schioppa in occasione di una specie di lezione sulle politiche economiche del governo Prodi. Ho davanti agli occhi un uomo elegante e distinto. Al termine della seduta si avvicina, mi stringe la mano e mi dice: «Quanti ricordi...».

Sono imbarazzata, rimango perplessa. Lui continua: «Per favore! Mi passi il pi greco e la sezione aurea, devo ricalcolare l'ipotenusa!».

Non posso fare a meno di sorridere divertita. Il ministro ha accennato a un brano di un nostro monologo satirico sulla geometria euclidea di quarantacinque anni fa. Era il pezzo forte de *Il dito nell'occhio*, che era andato in scena al Piccolo Teatro. Quella lezione paradossale con i calcoli euclidei sbeffeggiati faceva parte di una feroce caricatura contro le promesse di ristrutturazione finanziaria del governo a vantaggio delle classi più abbienti.

Così ho saputo poi che Padoa-Schioppa, da ragazzo, era un fanatico del nostro teatro e che ne aveva imparato a memoria interi brani. È incredibile, una satira da estremisti che diventa il vademecum di un futuro ministro!

Abbiamo conversato come vecchi amici e mi sono permessa di chiedere delucidazioni su alcuni punti della finanziaria che mi erano oscuri.

Infilare le varianti nel malloppo

Il «comma Fuda», per esempio, è un emendamento, infilato la notte prima dell'approvazione, a prima firma del senatore Pietro Fuda (ex Margherita) e sfuggito agli occhi del relatore (vogliamo crederci?). Questo emendamento, guarda caso sfuggito anche ad altri controlli, prevedeva la prescrizione di una serie di reati amministrativi e contabili: un sottile condono nascosto!

Padoa-Schioppa tira un profondo respiro e commenta: «Viviamo proprio in mezzo a dei truffatori di lungo corso! Pensi, Franca, cosa sarebbe successo se fosse entrato in vigore! Immagini quanti reati erariali a danno dell'amministrazione pubblica sarebbero spariti in un momento! Bisogna che ci si decida a mettere in vigore un decreto ad hoc».

Abbiamo parlato ancora lungamente. Alla fine mi sento come se mi avessero infilato la testa dentro una lavatrice. Fra tutte le definizioni espresse da Padoa-Schioppa, una in particolare mi è rimasta impressa: «La matematica è una scienza esatta. La scienza dell'economia è lo svolgimento perfetto di una geometria criminale».

Da metà dicembre mi hanno aggiunto una commissione: si tratta della I Commissione, affari costituzionali, una delle più importanti, da cui transitano quasi tutti i disegni di legge.

Uno scontro militare senza morti ha poco valore commerciale

10 dicembre 2006

Scrivo una lettera per il mio blog. Leggendo i programmi riguardo i costi della «Difesa», non posso fare a meno di pensare che il nostro sia un paese di pazzi in terapia intensiva. *Pam! Pam!* Facciamo la guerra! Evviva gli eroi! Tanto sono gli altri che muoiono. Tromboni!

Spendiamo miliardi (in tutti i settori della società, ma proprio tutti, a cominciare dai nostri stipendi) come fossimo un club di benestanti gioiosi, e continuiamo a dimenticare che il nostro debito pubblico occupa il terzo posto nella classifica mondiale. È giusto e sacrosanto dare l'anima per aiutare i paesi oppressi e martoriati, ma un occhio andrebbe dato anche ai martoriati della nostra terra: i pensionati da 500 euro al mese, i precari, quelli che accettano di lavorare in nero perché il contratto in bianco non glielo fanno, «costa»; e per finire, gli operai che con 800, 1000 euro devono campare, allevare i figli, farli studiare.

Saltando di slancio qualche anno arriviamo al 2013, alla grande buffonata degli esodati. Un capolavoro di imbecillità organizzata da tecnici.

Ma basta coi lamenti. Dobbiamo riuscire a mettere in piedi una manifestazione che coinvolga e soprattutto informi la gente. Ormai è più che chiaro: la nostra cultura dominante è quella della disinformazione e, peggio, del giungere a truccare da azione positiva ogni forma di corruzione coperta da regolamenti e da un'infame burocrazia.

Devo riuscirci! Vorrei, vorrei, quante cose vorrei! Con tutta la rabbia e l'ardore che mi sento addosso.

Le menzogne tornano sempre a galla, specie se godono di un galleggiamento da navi da guerra

A proposito di spese vergognose, ho scoperto che il ministro della Difesa Parisi non ha detto agli italiani che solo per tenere in navigazione la portaerei *Garibaldi* in Libano si è speso oltre un milione e mezzo di euro. Il costo di esercizio di questa macchina galleggiante, che riceve nel suo ventre mezzi volanti di rapido massacro, ammonta a 3.080.650 euro mensili. Questo e altri dati sulla spesa per la missione sono contenuti nel disegno di legge, presentato dal governo e approvato dalle Commissioni esteri e difesa della Camera. Difesa? Ma da chi dobbiamo difenderci noi? Contro che razza di nemico stiamo preparandoci a lottare con macchine così sofisticate e costose? Coi marziani? Oh tu guarda! Vuoi vedere che siamo coinvolti in guerre stellari ultragalattiche e nessuno ci ha ancora avvertiti!

A questo punto vengo a scoprire un elenco di spese militari, a cominciare da quelle, non dichiarate, d'alloggiamento. Ma per poter apprezzare questa sequenza come merita bisogna che tutti insieme la si accompagni con un commento ritmico adeguato, con tanto di trombe e tromboni, tamburi e grancasse. Batto quattro, *one two three*, via!

> Per le spese d'alloggiamento, viveri e servizi al minimo, il totale delle risultanze supera i 14 milioni di euro mensili.
> *Tarattara Tarattarà!*
> Ci sono poi gli «oneri una tantum»
> *Tarattara Tarattarà!*
> soprattutto per l'«approntamento in patria della marina militare».
> *Tarattara Tarattarà! Pum!*
> Il tutto ammonta alla cifra modica di 15,5 milioni.

Tarattara Tarattarà! Pum!
Maggiori sono le spese per il personale.
Tarattarà!
La «Early entry force» conta 295 ufficiali,
Tarattarà!
1250 sottufficiali
Tarattara Tarattarà!
e 951 volontari.
Taaa Taaa Taaa!
Ed ecco qua che un maresciallo capo
Pappum Pappum Pum Pum!
mensilmente ci costa 2900 euro.
Se poi la missione è in Libano c'è l'aggiunta di 9450 euro al mese.
Pararararà!
Questo sottufficiale costa allo Stato in toto, notate bene in toto, oltre 12.000 euro al mese.
Piu Piu Piu Pah!
Complessivamente quindi, solo per il «trattamento di missione», dei 2496 militari in Libano, sempre in toto si prevede una spesa mensile di 22,3 milioni.
Parappapira Paraaaah!
Ma chi è questo «toto» che salta fuori ogni tanto e costa così caro?! Già mi sta sulle scatole, la prima volta che lo incontro gli sparo. *Pam!* E il toto va in pezzi, *Plof!*

Una storia medievale

11 dicembre 2006

Leggiamo frasi minacciose su vari quotidiani in questi giorni: «Guai a togliere il simbolo religioso dagli edifici pubblici!», «È indegno definire una scorretta ingerenza l'intervento della Chiesa sulle questioni civili e morali che toccano i cittadini».

Nel coro ecco papa Ratzinger che torna a lanciare strali, il vessillo inalienabile del suo pontificato. Ancora riecheggia l'eco di «il padre celeste lo vuole... ed è fuori dalla grazia di Dio!». La Chiesa tutta si pronuncia con una durezza tale da produrre l'impressione che l'intento sia di far sentire sempre più il fiato sul collo al premier e a tutto il governo. Tanto più che, come s'è letto sui quotidiani, il papa si ritrova fiancheggiato da «L'Osservatore Romano», che si scaglia con violenza da *Dies Irae* contro la prospettiva che il governo presenti un disegno di legge sulle unioni di fatto. Affacciandosi perentorio al pulpito del convegno dei giuristi cattolici, papa Ratzinger ha dichiarato: «Il concetto di laicità in Italia ha assunto quello d'esclusione della religione e dei suoi simboli dalla vita pubblica mediante il loro sconfinamento nell'ambito del privato».

Le Chiese sono quindi ambienti privati? Non pubblici? 'Sto papa vestito in rosa-verdino vuol farci credere che in Italia la Chiesa sia esclusa dalla vita sociale e pubblica?

Preoccupata, mi sono gettata a leggere i resoconti riguardo agli interventi finanziari in favore del clero e della Chiesa e ho scoperto che l'organizzazione ecclesiale gode ogni anno di un flusso esorbitante di denari dallo Stato italiano attraverso l'8 per mille (si parla di miliardi!).

Sempre più in alto fino a sfondare il cielo

A questo proposito – puntualizza «l'Espresso» – lo Stato italiano ha erogato 15 milioni al Centro San Raffaele del Monte Tabor di don Luigi Verzè, sì, proprio lui, il prete-monarca che si sta facendo costruire a gloria del suo gigantesco ospedale – rubando denari alla regione diretta dal fedele Formigoni – una cupola da 50 milioni che svetta sul gineceo berlusconiano e ha dimensioni maggiori della cupola di Michelangelo di San Pietro e supera l'altezza della madonnina del duomo di Milano.

È anche stato destinato un milione a Radio Padania Libera, la radio della Lega nord, e a Radio Maria.

I vescovi in girotondo che costringono il papa ad andare a fondo

A questo punto chiedo che mi si permetta un balzo in avanti nel tempo, e ci andiamo a sistemare nel febbraio del 2013. Cosa succede in quei giorni nella Chiesa cattolica romana? Un vero e proprio cataclisma. Papa Joseph Ratzinger, eletto con il nome di Benedetto XVI, rassegna le dimissioni da pontefice.

Una notizia che ha fatto sussultare il mondo intero (almeno quello cristiano). Non accadeva da secoli che il successore di Pietro lasciasse il suo soglio così, all'improvviso, e se ne andasse.

Perché l'ha fatto? Pare non sopportasse più la situazione in cui era costretto a governare. Si sentiva in una specie di trappola messa in piedi per giochi di potere, spesso anche osceni, che non riusciva più né a controllare né tantomeno a debellare.

È proprio vero che la realtà è sempre più paradossale dell'immaginazione. Quello che noi recepiamo riguardo la vita di una struttura millenaria e incontaminabile è in verità un'utopia. Tutto, anche il sacro, può cambiare assetto e forma all'improvviso. L'Apocalisse è sempre lì, dietro l'angolo, che aspetta di fare il suo ingresso finale.

C'è un passo della profezia di Giovanni che a questo proposito mi torna in mente: «Il cielo all'istante si spalanca, un vento impossibile attraversa il creato: fiumi d'acqua a valanga scendono dall'alto e spazzano ogni cosa».

E qui si potrebbe aggiungere: «In gran numero bimbi umiliati galleggiano sul gran pantano, vescovi e prelati si nascondono fra i canneti, credono d'essere invisibili dimenticando che anch'essi son preti».

A proposito di acqua e sacralità, vi do un dato poco conosciuto: dal 1929, anno dei Patti lateranensi, l'Italia paga i cinque milioni di metri cubi d'acqua consumati in media ogni anno dallo Stato pontificio.

Ma non si vive di sola acqua! Infatti lo Stato italiano ha versato 50 milioni per l'Università Campus bio-medico «opera apostolica della Prelatura dell'Opus Dei». Madonna, aiutami tu! Nel 2005, la parrocchia dell'Addolorata di Tuglie (Lecce) riceve un milione e 180.000 euro per un campo di calcetto, uno di bocce, spogliatoi e servizi.

Nell'anno 2005, alle scuole cattoliche, la maggior parte delle quali sono private, sono stati erogati contributi per circa 500 milioni di euro. Inoltre il Vaticano gode di sovvenzioni, facilitazioni, impianti televisivi, giornali, ospedali, istituzioni sociali di tutti i tipi. Gli aerei messi a disposizione del pontefice, non vorrei sbagliare, sono un gentile omaggio dello Stato italiano.

Non badiamo a spese, tanto con un'economia disastrata come la nostra, qualche miliardo in più di debiti cosa volete che conti?

Papa Ratzinger si è lamentato della completa separazione tra lo Stato e la Chiesa, non avendo quest'ultima titolo alcuno a intervenire su tematiche relative alla vita e ai comportamenti dei cittadini. Forse l'alemanno pastore di anime vorrebbe avere il diritto di suggerire nonché ordinare come deve vivere e pensare tutta la comunità civile, credente e non credente.

Vota! Non votare, butta la scheda. Dimettiti, no, stai al tuo posto. Resisti. Sbatti tutto all'aria. Ho capito, non mi resta che sparire da 'sta terra

13 dicembre 2006

Il voto di fiducia per il rinnovo della missione in Afghanistan ha scatenato molte polemiche tra i lettori del mio blog. Sono stata da più parti accusata di voler tenere in piedi il governo piuttosto che portare avanti le mie idee e sostenere il pensiero della società civile.

I giorni del voto sul rifinanziamento delle missioni sono stati per me giorni di profondo travaglio. Ero decisa a votare no. L'ho detto e ripetuto. Mi sono arrivate oltre duemila email in cui mi si chiedeva di non far cadere il governo. Gli sms mi hanno intasato due cellulari. E non basta. La gente per strada, amici e nemici, continua a fermarmi, a raccomandarmi: «Attenta a quello che fai. Hai una grossa responsabilità... Vuoi far tornare Berlusconi? Ti ricordi che il primo governo Prodi cadde per un voto?».

Il presidente Prodi mi manda a cercare. Sono attesa nel corridoio intorno all'emiciclo. Sorpresa, ci vado. Se ne sta seduto tutto solo, pensoso. Ho una stretta al cuore: «Eccomi, presidente». Mi dice, quasi impacciato: «Senatrice, devo parlarle, vorrei sapere che ha deciso per l'Afghanistan».

«Presidente, sono anni che Dario e io mettiamo in scena spettacoli e iniziative contro la guerra. Non posso votare sì, la prego di capirmi.»

La politica non è roba per politici

Cosa accadrà se in futuro il governo dovesse porre ancora la fiducia su scelte che non approvo? Semplice: darò le dimissioni. Non mi vanno bene molte delle cose che stanno avvenendo con questo governo. Non è stato dato alcun segnale di cambiamento alla gente: la legge sul conflitto d'interessi tanto promessa, l'infamia della Cirielli...

E il grave, per me, avendo vissuto una vita credo coerente e onorata, è di trovarmi nell'impossibilità di porre rimedio a ciò che mi sono prefissa. In questo gran catino barocco nessuno ti interpella, nessuno ti chiede come la pensi, se sei d'accordo o no.

Tu rappresenti solo un voto. Quel famoso voto in più dell'opposizione. Sei uno strumento che deve essere cieco, muto, sordo e privo di spirito. E quello strumento sono io. Sto male, ma così male... Mi dà infelicità pensare a settantasette anni di trovarmi ridotta a uno «strumento». Me ne vergogno anche un po'!

Non credo di poter reggere a lungo questa «professione» in una situazione così frustrante. Non desidero fare carriera politica. I 15.000 euro che percepisco mensilmente mi fanno solo arrossire, infatti ho deciso di distribuire tutto il mio stipendio a chi ne ha bisogno: bimbi, famiglie che non ce la fanno a pagare il mutuo per via dei licenziamenti, reduci delle guerre in Afghanistan e Kosovo ammalati a causa dell'uranio impoverito.

Se non mi è data la possibilità di decidere «in coscienza», eh sì... lascio. Mi dimetto. Penso pure che sarà in tempi brevi.

Posso serenamente dire che sto trascorrendo il periodo più sballonzolato della mia vita, ma in questi ultimi mesi l'atmosfera è in parte cambiata. Scopro colleghi che hanno imparato a conoscermi e a stimarmi. Hanno apprezzato il mio impegno. Non sono mancata mai né a una seduta d'aula né a quelle di commissione.

E scusate se mi ripeto, ma c'è sempre chi non saluta: peggio per loro, avranno acquisito potere ma perso in umanità.

18 dicembre 2006

E anche il maxiemendamento alla legge finanziaria, relativo a scuola e istruzione, è andato. Ma che giornata! Urla, insulti, schiamazzi, discesa minacciosa dell'opposizione con lanci di decine di fogli di carta, commessi che corrono a bloccare qualcuno che si sta lanciando contro qualcun altro.

Il peggio del peggio, dalla mattina alle 21.30. Manco ho mangiato, perché nell'intervallo c'era commissione. Me ne sono andata a casa con un gran mal di testa. Il cuore stretto.

Venerdì sono stata a letto tutto il giorno (mi è permesso dire che ero stanca senza far la lamentina?), pensierosa, piena di dubbi e di scontento.

Qualcuno sussurrava parole gentili a un cavallo, io mi accontento di dialogare con una lampadina

Come entro in camera da letto e accendo la luce, mi immagino che la lampada sul comodino stia piangendo. «Che ti succede, piccola?» dico con apprensione. E lei sembra rispondermi: «Sei allegra, canti, per Natale hai ricevuto regali su regali... a me nulla».

Forse molti di voi penseranno che stia andando fuori di testa e ormai sia da ritirare in una clinica per sbandati, ma dovete ammettere che se ti trovi a passare da una buriana continua al Senato alla solitudine di una stanza, senza dialogo, ebbene il dialogo te lo inventi da te. Io ho scelto di parlare con la mia lampada, e non venite a dirmi che sono la sola a fare cose da pazzi! Del resto Dostoevskij, che non era l'ultimo della pista, faceva parlare il protagonista di un suo famoso romanzo addirittura con il cavallo che tirava il suo carretto. E mezza Russia conosceva e si commuoveva leggendo quei dialoghi! Quindi lasciatemi proseguire nella mia chiacchierata con la lampada.

«Perdonami, ho avuto tanto da fare in questi giorni, mai un attimo per me e per te. Ora ti svito, dormiamo insieme, poi ti porto a fare Natale con noi a Milano. Vedrai, ti divertirai. Ti presenterò a tutte le mie lampade, che sono in gran numero per tutta la casa, come la mia indispensabile amica. Ti voglio bene.»

Me la sono tenuta tra le braccia tutta la notte, col terrore di schiacciarla nel sonno e tagliuzzarmi con le schegge di vetro. Guarda cosa ti fa fare la solitudine... parli con la lampadina!

23 dicembre 2006

Eccomi tornata a Milano, sono a casa! Il Senato ha chiuso. Riprenderemo i lavori a gennaio.

Giovedì ho registrato circa tre ore per Europa7. Gran chiacchierata... bello! Mi sono divertita. Non so quando andranno in onda le puntate.

Forse mai.

I tre piccoli africani in regalo

Sabato: sveglia ore 8, termino di fare la valigia. Arriva, tramite corriere, il regalo di Jacopo. Mi emoziona sempre la tenerezza che mio figlio dimostra per me. Bello! Mi ha regalato tre figure africane, ognuna di 50 centimetri d'altezza, scolpite nel legno e dipinte! Una ragazza con un bimbo in braccio, un cacciatore con arco e freccia e un giovane guerriero danzante. Tutte e tre di una plasticità sorprendente.

Carlotta, piena di borse e valigie, se ne sta andando a casa, in Romagna. Buona vacanza!

Corro in ufficio. Sbrigo le ultime cose. Pensavo di metterci meno tempo. È venuto buio. Le 19! Mamma mia, ho il taxi alle 20. Mi carico di tutti i documenti che devo portare con me. Ci sono anche i regali che ho ricevuto... cadrò per la strada.

Taxi. Fiumicino. Abbracci di ogni lavoratore Alitalia che incontro. Tutti conoscono il mio intervento all'audizione dell'ingegner Cimoli, il re dagli stipendi da nababbo.

Aereo partito in orario! Dario è lì, a Linate, che mi viene incontro. «Grazie, caro, perché ti sei disturbato a venire a prendermi a mezzanotte?» Ho in tasca una piccola torcia molto potente. La estraggo e l'accendo. Forma un cerchio luminoso. Sono molto felice. Guarda il mio cuore, quanta luce!

Abbracci, abbracci. Com'è che a Milano splende il sole anche se è notte? Miracoli della tecnologia amorosa.

Risotto giallo, due piatti. Buooono! Mi si chiudono gli occhi. La giornata di oggi e il maxiemendamento m'hanno ammazzata.

Il tavolone in soggiorno è zeppo di regali natalizi. Non resisto, apro tutti i pacchetti: saponette, oli, propoli alcolico, miele, olio d'oliva, da una scatola mi chiama un delicato profumo... Ma cos'è? Una dolcissima corona da appendere alla porta (circonferenza 60 centimetri), composta da mirto, minuscoli frutti, meline rosate, mirtilli ed erbe aromatiche... Ma che romantico sei, Paolo Collo. Mio grande amico e redattore dell'Einaudi, Paolo ha sostenuto sempre l'integrità dei nostri testi e rifiutato ogni censura. Infatti, qualche tempo dopo, eccolo licenziato, fuori dal gioco!

Questa coroncina si chiama «l'auspicio del buon raccolto». Speriamo!

Vado a letto vicino a Dario che già dorme, ma io non riesco ad addormentarmi. Mi rigirano nella testa bottiglie, biscotti, statuette africane, oli profumati e perfino un centinaio di pecore e, infine, belando, mi addormento.

*I Longobardi erano di fede ariana, quindi cristiani
ma dichiarati eretici*

27 dicembre 2006

Sono indignata dalla facilità con cui i miei colleghi scantonano ogni volta di fronte ai comportamenti indegni che li vedono coinvolti, celandosi dietro l'antico tormentone dell'«io non c'ero. E se c'ero, dormivo». È troppo comodo!

D'altra parte è comprensibile che con il trascorrere degli anni i legislatori del nostro tempo – cosiddetti «moderni» – abbiano letteralmente massacrato e alla fine reso sconosciuto il famoso editto dei Longobardi emanato nel 643 d.C. da re Rotari. La ragione principale di questo annullamento è proprio dovuta al peso e al valore che quei barbari davano alla connivenza di ogni persona che facesse parte della «braida», cioè il parlamento. Dove voglio arrivare? Ho trovato una traduzione piuttosto agile di un capitolo scritto in longobardo (lingua germanica) misto a latino. (Non temete, non l'ho tradotto io di persona!) A ogni modo, è proprio il caso che ve lo proponga:

> La responsabilità di ogni azione infame compiuta dentro la collettività deve essere ritenuta un atto imputato non ai singoli ma all'insieme di tutte le presenze responsabili.

In poche parole, nessuno può dirsi o pensarsi innocente riguardo ad atti indegni che si producono in un contesto di responsabilità collettiva. Un uomo, specie se di potere, che è al corrente dell'agire indegno che non solo danneggia economicamente la cosa pubblica ma che oltretutto intacca duramente la credibilità della giustizia e del suo operare, non può tirarsi o dirsi fuori dall'indegnità di ognuno dichiarando: «Io non c'ero, non ho visto... ho sentito sì parlare di questi intrallazzi ma non sono intervenuto a denunciarli in quanto non mi sentivo coinvolto!».

E no, furbastro! Da te solo, in questo modo, ti sei macchiato della colpa. I fatti che nascono e si producono nel contesto sociale non sono da ritenersi azioni private, ma collettive, e tu di questo contesto fai parte e hai la responsabilità. Infatti nella sua legge Rotari conclude:

> Costoro si rendono colpevoli degli stessi atti infami commessi dai disonesti intrallazzatori e, se anche saranno in grado di dimostrare di non aver partecipato agli atti criminali che si sono svolti nell'ambiente in cui operano, la loro colpa non potrà essere giustificabile.
> Per finire, chi vede, ascolta, conosce ma non denuncia l'atto infame è a sua volta colpevole quanto gli organizzatori primari dell'atto indegno.

Se questo principio si tramutasse in una legge attuale, una volta applicata nella nostra Camera e nel nostro Senato, farebbe sì che nessuno si salverebbe dall'essere condannato con l'ignominia della cacciata da corte dei *majores* detti «onorevoli».

Anno 2007

Lasciateci morire in pace

1° gennaio 2007

Il caso di Piergiorgio Welby (per alcuni «eutanasia», precisamente «eutanasia passiva», per altri rifiuto dell'«accanimento terapeutico», per altri ancora diritto all'autodeterminazione) – simile a quello di Ramón Sampedro e altri – ha suscitato in Italia un acceso dibattito sulle questioni del fine vita e, più in generale, sui rapporti tra legge e libertà individuali.

Nel settembre del 2006 Piergiorgio Welby inviò una lettera aperta al presidente della Repubblica chiedendo il riconoscimento del diritto all'eutanasia. Giorgio Napolitano rispose auspicando un confronto politico sull'argomento.

La Chiesa cattolica, il 21 novembre 2006, in un messaggio per la 29ª giornata per la vita del 4 febbraio 2007, ha riaffermato la sua contrarietà all'eutanasia: «Chi ama la vita – ha dichiarato – si interroga sul suo significato e quindi anche sul senso della morte e di come affrontarla. Ma non cade nel diabolico inganno di pensare di poter disporre della vita fino a chiedere che si possa legittimarne l'interruzione con l'eutanasia, magari mascherandola con un velo di umana pietà».

Il 5 dicembre 2006 Barbara Pollastrini, ministro per i Diritti e le pari opportunità, ha chiesto «rispetto, comprensione e pietà» nei confronti di Welby.

Il 6 dicembre 2006 Livia Turco, ministro della Salute, ha auspicato un intervento del Consiglio superiore di sanità, il cui presidente è Franco Cuccurullo.

Sì, ho scritto giusto, Cuc-cu-rul-lo. Mi permettete di ricordarvi che il suono, il ritmo e il valore dell'onomatopeica sono fondamentali nella civiltà dei popoli? Spesso l'origine di un nome è determinata da valori di scherno o ironia che, non si sa come, producono immediatamente un'immagine ben precisa del personaggio che di quel nome è possessore.

Nella Commedia dell'arte «Straluppo» è una maschera il cui nome significa arrazzatore; «Scaramballo» è il pasticcione; «Brighella» è un bellimbusto che combina intrallazzi eccetera... Ma a che maschera allude «Cuccurullo»? Vediamo, qual è il suo incarico innanzitutto?

Costui, «luminare» eccelso, è stato rieletto preside alla Facoltà di Medicina e Chirurgia di Chieti per ben quattro volte consecutive. Per questo è soprannominato «l'eterno» e anche «l'asso pigliatutto». Ma più palese è «Cucurullo l'inamovibile», che ci dà l'immagine dell'insostituibile, scivoloso e scaltro.

I membri di detto consiglio sono la bellezza di 99. Quasi lo stesso numero degli eletti nel Tribunale dell'Inquisizione.

Detto consiglio, è ovvio, a proposito del diritto all'eutanasia, dà parere negativo. Ci si poteva aspettare di meglio?

Cuccurullo ha affossato il trillo come lo scordillo fa col patrullo! Ma che vuol dire? Se vuoi capire segui la ritmica e i suoni, non la semantica.

L'8 dicembre 2006, in una lettera inviata al Tg3, Welby paragonò la sua condizione a quella vissuta da Aldo Moro durante la prigionia.

In un sondaggio promosso dal quotidiano «la Repubblica», il 64 per cento degli intervistati si dichiara favorevole all'interruzione delle cure mediche per Welby, i contrari sono il 20 per cento. Ma siete sicuri che la sentenza della Chiesa sia opera di Dio?

Il 16 dicembre 2006 il Tribunale di Roma respinge la richiesta dei legali di Welby di porre fine all'accanimento terapeutico, dichiarandola «inammissibile», per via del vuoto legislativo su questa materia. Ma quanti Cuccurulli in questo anfratto di fasulli! Nella stessa giornata si svolgono in cinquanta città altrettante veglie collettive a sostegno delle volontà di Welby.

Il 20 dicembre 2006, verso le ore 23, Piergiorgio Welby si è congedato da parenti e amici riuniti al suo capezzale, ha chiesto di ascoltare musica di Bob Dylan e, secondo la sua volontà, è stato sedato e gli è stato staccato il respiratore. Verso le ore 23.45 è spirato.

Il dottor Mario Riccio, anestesista, ha confermato, durante una conferenza stampa tenutasi il giorno successivo, di averlo aiutato a morire alla presenza della moglie Mina, della sorella Carla e dei compagni radicali dell'Associazione Luca Coscioni: Marco Pannella, Marco Cappato e Rita Bernardini.

Il caso Welby tornerà sulle prime pagine dei giornali in occasione del tradizionale concerto del Primo maggio in piazza San Giovanni.

O voi che siete la voce del Signore, calate il tono, prego

Quest'anno parteciperà a quel concerto un giovane attore, Andrea Rivera, che farà esplodere un'intensa polemica. Durante il suo intervento dirà: «Un saluto al Santo Padre io lo vorrei fare di cuore, con tutto che il pontefice non crede nell'evoluzionismo. Mi dispiace che il vescovo di Roma non creda nell'evoluzionismo, ed è coerente, giacché la Chiesa non s'è mai evoluta. [...] Io non sopporto che il Vaticano abbia vietato i funerali a Piergiorgio Welby, non lo sopporto. E li abbia invece permessi a Pinochet, a Franco e a un componente della banda della Magliana, criminale della peggior risma, quella fascista. Ma, ragazzi, è giusto così: accanto a Gesù Cristo in croce non c'erano due malati di sclerosi multipla, c'erano due ladroni».

Apriti cielo! Tanto più che il 12 maggio sarà celebrata, sempre a Roma, la grande manifestazione del Family day. Di segno opposto a quella del Primo maggio, ha visto sfilare tutti i politici di centrodestra, area cattolica, con famiglie al seguito, tutti in mostra come scudieri della famiglia perbene, con i figli perbene. Vanno in chiesa la domenica, onorano le feste...

Nella realtà dei fatti sono in gran parte divorziati, per metà inquisiti/indagati/pregiudicati/condannati. Qualcuno non ha una sola famiglia ma due, con relative concubine! Evviva la famiglia o, meglio, evviva Casa nostra!

So per certo che nei gruppi parlamentari di appartenenza di alcuni di loro, i dipendenti firmano contratti con paghe da fame, con tanto di dimissioni in bianco... Questo sì che è spirito cristiano!

La resistenza dei cubani al tempo della dittatura di Batista

25 gennaio 2007

Nella mattinata mi incontro con l'ambasciatore di Cuba a Roma, che mi propone una collaborazione culturale, invitandomi nel suo paese. Mi sono resa disponibile, anche se con gli impegni del Senato sarà assai difficile potermi recare a Cuba.

Ho un ricordo bellissimo dell'Avana. Con Dario ci siamo stati due volte. Abbiamo avuto un incontro molto emozionante con Haydée Santamaría, un'eroina della rivoluzione cubana, braccio destro di Castro. Celebre una sua frase in risposta ai torturatori della dittatura di Batista che la volevano indurre a fare la spia e a denunciare il nascondiglio dei rivoluzionari.

«Devi parlare se non vuoi fare la fine di tuo fratello... gli abbiamo strappato gli occhi» le dissero.

«Se mio fratello non ha parlato sotto le vostre torture, tranquilli, nemmeno io parlerò. Fatemi quel che volete, assassini» rispose.

Le fecero di tutto, violenze fisiche e sessuali. Uscì dal carcere solo in seguito alla liberazione castrista.

Dimmi i giochi con cui si divertono i tuoi bambini e ti dirò cosa faranno da grandi

29 gennaio 2007

Durante un'audizione della Commissione infanzia di cui faccio parte mi trovo a interrogare i produttori di videogiochi. Mi era capitato, a Cesenatico, di accompagnare in una di quelle sale gioco le mie nipotine, che mi avevano chiesto di poter dimostrare la loro abilità nel gestire gli scontri forsennati fra i personaggi del videogame e la cosa mi aveva sconvolta: quei giochi inducevano a una violenza inaudita!

Così, durante l'incontro in commissione, mi viene un'idea. Interrompo il discorso che mi sta facendo il gestore di quei giochi e gli chiedo: «Ma voi vi rendete conto o no che con questi vostri marchingegni di fatto portate i ragazzini a una diseducazione morale indegna? Non ci vuole uno psicologo per capire che in un paese civile queste macchine dovrebbero essere tutte vietate. Non solo: anche rottamate!».

Finito l'incontro, avanzo una proposta: perché non sceneggiare storie educative al posto di quegli obbrobri? Si possono creare competizione e divertimento anche senza morti, ammazzamenti, crudeltà e simulazioni di violenza... Anzi, le favole potrebbero essere inventate dagli stessi ragazzini e si potrebbero premiare le storie più divertenti e fantasiose con delle borse di studio.

Ne parlo in commissione, che è presieduta da Anna Maria Serafini, moglie di Piero Fassino: completo disinteresse. Mi viene il dubbio che alla Commissione infanzia poco importi degli infanti. Ma che cavolo!

È risaputo che persino presso gli antichi Romani era ritenuto indegno indurre i bimbi a simulare gli scontri del circo con le brutalità messe in atto dai gladiatori. I giochi dei bimbi di Roma che appaiono su bassorilievi e mosaici antichi raffigurano fanciulli che si dilettano a far roteare cerchi, a improvvisare capovolte, a correre con un altro ragazzino sulle spalle, ma mai illustrano minori che impugnano bastoni roteanti a simulare lo scontro fisico.

Ma è come se avessi proposto di ritornare a usare lo sterco per impastare i mattoni con cui costruire case.

1° febbraio 2007

Questa mattina in aula si sono discusse una serie di interpellanze e interrogazioni sulla nuova base americana Dal Molin a Vicenza, prevista dal governo Berlusconi con un accordo d'acciaio con il presidente Bush. Si tratta dell'ampliamento di un aeroporto adiacente all'attuale base militare americana, che renderebbe quello di Vicenza il più importante appoggio strategico americano in Europa. Cinquecento anni fa a Vicenza si costruivano stupendi teatri, i primi in Europa. Oggi si fabbricano teatri di guerra.

La cittadinanza è preoccupata per il rischio a cui sarebbe esposta: si troverebbe tra capo e collo un mostro in grado di risucchiare enormi quantità di risorse primarie quali acqua ed energia, con un devastante impatto ambientale, a causa della colata di cemento quasi in centro città. A molti in Italia non piace l'idea di ospitare supinamente la prossima base d'aggressione delle politiche belliche di Bush. Inizia una mobilitazione di scala nazionale, grazie al tam tam messo in atto dai vicentini. La meravigliosa Cinzia Bottene, casalinga con la grinta di un lottatore, dà fuoco alle polveri di quella che sarà una lunga battaglia.

L'aula è «frizzante», e per essere un giovedì è insolitamente affollata... Generalmente questo è il giorno delle partenze, tutti arrivano con il trolley, e appena possibile filano via, ma oggi è una giornata particolare: il ministro Parisi e i membri del governo siedono ai loro banchi, che si trovano in linea retta, proprio sotto quello della presidenza... Sembra il tavolo dell'Ultima cena... raddoppiata! Dove sta Giuda?!

Gli sguardi sono tesi a sinistra, spavaldi a destra. Inizia oggi la discussione che terminerà il 21 febbraio, con la prima crisi del governo Prodi.

Ho preparato l'intervento decisa a dire la mia sull'argomento e mi sono iscritta a parlare. Quando il presidente Marini ha detto: «La parola alla senatrice Rame per otto minuti», mi sono alzata e ho cominciato.[1]

Mentre parlo il ministro Parisi, seduto al tavolo del governo, mi offre assai cortesemente le spalle, per non dire le sue fastose natiche. Chiacchiera con un'altra persona, ridacchia... Se esistesse una classifica per indicare gli atteggiamenti

---

[1] L'intervento integrale è riportato più avanti (18 febbraio).

e le posture più sprezzanti verso un oratore, credo che il campione sarebbe proprio questo sedicente ministro. E ora capisco bene perché si vuole assolutamente vietare l'impiego di macchine fotografiche e da ripresa durante le sedute d'aula. Quella sua formidabile postura chiapparosa esibita pubblicamente mentre mi rivolgo a lui e alla sua intelligenza farebbe senz'altro il giro del mondo.

Ma d'altra parte è la solita mancanza di rispetto a cui non so proprio abituarmi. La cosa mi urta abbastanza. Mi interrompo: «Presidente Marini! Il ministro, a cui mi sto rivolgendo per esporre un problema a mio avviso importante, non solo non ascolta, ma parla col vicino ridacchiando».

Il presidente, scampanellando per chiedere il silenzio, mi risponde: «Senatrice Rame, non si preoccupi, vada avanti, il ministro l'ascolta... Uno può parlare e ascoltare allo stesso tempo!».

Mi trattengo a fatica dal rispondere: «Ah sì? Con quali organi mi sta ascoltando? Con quelli posteriori forse? Giacché sono gli unici che in questo momento mi stanno porgendo attenzione!».

Ma preferisco esplodere in una risata e accennare a un pernacchio.

Riprendendo il discorso sul Dal Molin, sono a dir poco sconvolta per l'atteggiamento del governo sulla base rifiutata dalla cittadinanza. La percezione della popolazione è che a Palazzo Chigi ci sia ancora il vecchio inquilino! Perché non dare un segno tangibile di cambiamento? A Vicenza la maggioranza dei cittadini non vuole la base americana, ha dimostrato di non voler assolutamente appoggiare guerre sanguinarie! Bisogna insistere col presidente del Consiglio e portargli il pensiero dell'opinione pubblica.

Decido quindi di organizzare la campagna di informazione «Ripensaci Prodi!». Propongo ai lettori del blog di inviare una email al capo del governo per chiedergli una presa di posizione coraggiosa contro la base di Vicenza e contro il rifinanziamento delle nostre missioni militari in Afghanistan.

Nel frattempo, mi intervista «la Repubblica» sulle mie intenzioni di voto... Si iniziano a fare i conti: ci sarà la maggioranza in Senato? Voglio manifestare tutto il mio scontento...

La fatica di sopravvivere

13 febbraio 2007
In mattinata la I Commissione permanente (affari costituzionali) ha ascoltato le associazioni dei familiari delle vittime delle stragi esplose negli anni di piombo, nell'ambito dell'esame del ddl che istituirà una giornata del ricordo per le persone defunte a causa del terrorismo stragista.

Ma mi devo interrompere per leggervi una lettera che mi ha a dir poco sconvolta. Eccola:

> Raccontare tutta la mia storia sarebbe troppo lungo, ma vedrò di scrivere solo il necessario perché mi possa aiutare a farmi sentire.
> Mi chiamo Maura, sono una ragazza di trent'anni. Prima di ammalarmi lavoravo in uno studio dentistico come assistente alla poltrona, ma ovviamente da quando c'è anche lei, la malattia, ho dovuto, e sottolineo dovuto, lasciare il posto (le mie mani non funzionano bene, ed è impensabile per me stare in piedi un'ora... si provi a immaginare otto ore!!!). Ho la sclerosi multipla. Sì, proprio quella.

Da quando, nel giugno del 2000, ho cominciato a sentirmi capovolgere la vita ho attraversato, ahimè, tanti ospedali e visto tanti dottori... a stare male e provare questa sensazione strana che cammina nel tuo corpo e che tu non capisci e non sai come spiegare.
Nel primo ospedale in cui sono stata si metteva in dubbio quello che raccontavo! In quindici giorni non mi hanno fatto nessuna analisi approfondita, e per fortuna che ero nel settore e tramite il mio datore di lavoro mi sono recata in un altro ospedale dove mi hanno fatto subito le risonanze, e dopo i risultati sono stata ricoverata. Immediatamente accertamenti e cure in agosto... ho dovuto aspettare tre mesi, vi rendete conto?! Un passo di rito sono le visite di invalidità. Il motivo per cui ho presentato domanda è che volevo entrare nelle famose liste speciali di collocamento.
La prima visita d'invalidità l'ho fatta nel 2001. Attenti, oggi siamo nel 2007, e allora mi avevano riconosciuto il punteggio di 60 per cento, e così con questo punteggio sono entrata nella famosa lista!!! Nel 2002 ho fatto domanda di aggravamento e mi hanno riconosciuto il 75 per cento...
Facendola breve, nei quattro anni e mezzo in cui sono stata iscritta a questa lista di collocamento sono stata chiamata 304 volte, per posti lontanissimi da dove abito. Ma a causa della malattia ho problemi alla vescica e non posso fare lunghi viaggi. Inoltre, ho problemi agli occhi e non posso guidare e poi non posso permettermi né di comprarmi una macchina né di mantenerla, quindi ho dovuto sempre rinunciare. Mi trovo dentro un labirinto.
Ti scrivo, Franca, perché da quando mi sono ammalata mi sono vista catapultare in un mondo assurdo e solo ora, dopo sei anni, sento la forza e la disperazione di farmi sentire... Questa patologia mi consuma energia e forza, ma il mondo in cui vivo rimane indifferente, troppo.

I nostri pianti, le umiliazioni che ci vengono inflitte ci tolgono dignità... ci sentiamo esseri inutili e ingombranti.

Scalando tutta la burocrazia e i disagi sono riuscita ad avere una pensione per l'inabilità al lavoro di circa 420 euro mensili.

Da un anno e più, ho cominciato tramite l'Ulss un tirocinio di formazione dove vengo pagata 130 euro mensili per fare 24 ore settimanali... Una volta questa cosa si chiamava sfruttamento ed era illegale, ora, con la scusa di occupare il tempo a un invalido, è diventato lecito!!!

Quindi io, a fine mese, vengo a prendere 550 euro, con i quali mi devo pagare le bollette, il mangiare e pure alcune medicine... Eh già, altro tasto dolente, ottimo per il morale di una handicappata a vita! Al mese per le medicine spendo 76 euro; purtroppo due farmaci che assumo abitualmente non sono riconosciuti per la sclerosi multipla, quindi sono completamente a mio carico. Per legge la persona invalida dev'essera assistita e accompagnata, ma il regolamento è pieno di insidie e di trappole.

Penso che al ministero della Salute sarebbe giusto che ci fossero i diretti interessati, e per diretti interessati intendo qualcuno colpito dalla nostra stessa malattia, la sclerosi multipla, ma questa logica civile nel mondo dei politici non si è ancora affacciata.

Ti ringrazio della tua attenzione... mi auguro di avere il tuo aiuto perché sia finalmente ascoltata la mia voce.

Un abbraccio

Maura

Come primo intervento, ho immediatamente contattato Maura e l'ho inserita tra le persone bisognose a cui mensilmente invio aiuti finanziari.

Un rap per il Dal Molin

18 febbraio 2007

I No Dal Molin hanno indetto a Vicenza una manifestazione a cui Dario e io non potevamo assolutamente mancare... Durante la settimana aveva nevicato e i tetti, i prati e le piazze erano coperti di una coltre bianca e morbida.

La manifestazione era contro l'insediamento delle basi americane nella città, che da sempre è indicata come Comune bianco e feudo della curia più retriva. Ma all'istante ecco che tutto si rovescia.

Mano nella mano, Dario e io stavamo nel corteo colorato e pacifico che dalla periferia attraversava tutta la città: fiumi di persone con bandiere della pace, mamme con carrozzine, associazioni pacifiste; è arrivata gente da tutta Italia, cittadini allegri che hanno invaso strade e piazze per far sentire le loro ragioni in modo composto... Non c'è stata neppure l'ombra di violenza, tafferugli, black block, come era previsto da tutta la stampa. Ho ritrovato molte persone conosciute in tanti anni di manifestazioni, fabbriche e scuole occupate, sfratti... C'è anche don Gallo, non poteva mancare con quel suo sorriso che disarma anche i monsignori!

Gran festa! Gli amici del blog arrivano con un gigantesco striscione: «Ripensaci Prodi».

La folla si dilata in un grande parco, ognuno è costretto a calpestare la neve del prato dove viene allestito un comizio, spettacolo al quale naturalmente partecipiamo anche Dario e io. Siamo duecentomila! Quasi il doppio degli abitanti della città.

Dario ha preparato un intervento fantastico, seguito da un rap all'improvvisa che ha cantato con l'accompagnamento del gruppo musicale Punkreas.

Sono molto addolorato perché questa sera ci saranno molti personaggi affezionati alle basi militari che piangeranno. Speravano che tutto andasse a monte, che ci fossero casini, che ci fossero scontri, che la polizia caricasse, che ci fosse magari qualche bomba... E invece eccoti qua una festa meravigliosa, con i bambini che corrono di qua e di là, le mamme che ridono, i vecchietti che sgambettano con una velocità da trenta a quaranta chilometri all'ora e gente che canta e tutti hanno parole ed espressioni non da risentiti. Soltanto pregano che si utilizzi la ragione e che si arrivi finalmente, attraverso l'intelligenza, a compiere azioni civili e a capire che quello che il governo sta mettendo in piedi è un atto che ferisce, non soltanto una popolazione, una comunità, un'idea, ma anche la civiltà. Vi dedico questa canzone che è un rap e parla proprio di Vicenza. È cantata anche in grammelot, sentirete proprio la lingua dei neri, quella originale dentro il mio discorso, evidentemente grazie alla vostra eccezionale intelligenza, di veneti ex democristiani e di tutte le altre popolazioni che sono intervenute questa sera con noi, capirete tutto giacché gli stupidi sono rimasti fuori...

Oop oop!
Eccoci qua con Franca
perfino don Gallo
un prete che si intruppa nel bordello
in questo carosello
di mille e mille pazzi.
Uomini e donne in danza
bimbi che
corrono sui passeggini
che uno dietro l'altro
come trenini
attraversano il Dal Molin.
Gli americani sono arrivati qua in massa

per batter la grancassa
di una guerra a cui noi diciamo no.
Non ci piacciono le bombe che fanno gran fracasso
col pretesto di mantener tranquillo
ogni popolo incazzato come un cavallo
al quale han messo il fuoco fra le chiappe
gridando *zompa!, zompa!, op!, op!*
Il conflitto è bello
rende pazzi e pronti per il macello.
E noi diciamo no
no, no
ma proprio no.

Il finale è stato accolto da un urlo da far tremare. Quando sono salita a mia volta sul largo palco sono stata accolta da un applauso a dir poco fragoroso. «Per favore – ho detto – smettete di battere le mani, altrimenti finisce che scoppio a piangere per la felicità. Dio, quanti siete! Questo mio intervento l'ho già letto in Senato qualche giorno fa. Certo che fra la neve, i bimbi, i ragazzi e le ragazze, il clima è un po' diverso. Qui siamo in un altro mondo. Davanti a voi dovrò inventarmi delle varianti di situazione, come si dice in teatro». Eccovelo:

Vorrei fossero qui, magari nascosti tra la folla travestiti da preti con gli stessi abiti che indossa don Gallo, il presidente Prodi e il ministro della Guerra, pardon!, della Pace in Terra, per dir loro: onorevoli signori, ci penserei bene prima di procedere all'allargamento della base americana a Vicenza. Le basi militari Usa nel mondo sono già oltre 850, in Europa 499. In 8 sono custodite 480 testate nucleari. Non ne avete abbastanza?! No? Ne volete piazzare una anche a Vicenza?!
Il territorio italiano è disseminato di basi americane con tanto di testate, non parlo delle vostre, intendo testate atomiche!

(*grandi risate*): Sigonella, Aviano, Camp Darby eccetera; le strutture sono complessivamente 113.
Conosciamo le spese militari degli Usa nel nostro paese e conosciamo anche le spese sostenute dallo Stato italiano, non grazie a dichiarazioni dei nostri governi – noi sappiamo tacere! (*altre risate, con applausi*) – ma lo sappiamo dall'ultimo rapporto ufficiale reso noto dal dipartimento della Difesa degli Stati Uniti. Il contributo annuale alla «difesa comune» versato dall'Italia agli Usa per le «spese di stazionamento» delle forze armate americane con i loro ordigni di accompagnamento è pari a 366 milioni di dollari. Tre in contanti, il resto «affitti gratuiti, caserme, case, palazzi, riduzioni fiscali varie e costi dei servizi ridotti».
Oh, come accogliamo bene i nostri ospiti! Quello che le imprese del Nordest e del Meridione chiedono disperatamente da anni, gli Usa lo incassano in silenzio già da tempo. «La base si può fare, ma senza carri armati» ha dichiarato in sintesi il ministro Parisi il 28 settembre 2006. E cosa ci mettiamo al posto dei panzer e dei cannoni? Giostre e calci in culo, montagne russe e ottovolanti per i bimbi stanchi! No?! Son meglio le coltivazioni biologiche? Cetrioli, zucchine, pomodori, carote e insalata mista? (*grandi risate*)
E il filo spinato? Perché lo stendete tondo tondo? Che accadrà oltre, nel territorio americano? Cosa volete nascondere?
I giornali dicono che Vicenza avrà in grembo un'unità d'assalto, con caratteristiche esclusivamente offensive (nel senso che lanciate parolacce ai passanti tanto per farvi uno sghignazzo?). Nel frattempo ospiterà unità atte a garantire il massimo della potenza nel minimo tempo, per tutte le operazioni in Medio Oriente e nei cosiddetti Stati canaglia.
Oh, poi c'è una notizia davvero esaltante: qui a Vicenza monteranno la base militare più grande d'Europa, da qui partiranno le forze d'azione per l'Iraq e l'Afghanistan e ogni altra guerra

mediorientale per esportare «un cimitero di pace e democrazia» e importare petrolio in cambio di quotidiani massacri. E se qualcuno dei bombardati s'arrabbia e per ringraziamento ci spara un missile a lunga gittata che ci becca in pieno il teatro del Palladio che, *pam!*, vola a pezzi in ciel?
Aaaah! (*applauso sarcastico del pubblico*)
Voglio ricordarvi che in Iraq c'è una guerra che ha mietuto fino a oggi oltre 55.000 vittime civili. Il nostro governo si occupa di moratoria internazionale sulla pena di morte, ma non fa caso che dal Veneto partirà un'armata di distruzione e morte. Ripudiamo la guerra, ma offriamo i nostri territori perché gli altri la facciano! Ma che garbata forma d'ipocrisia!
Gli Stati ospitanti basi americane, noi tra questi, pagano il 41 per cento dei costi. L'impatto del Dal Molin sarebbe, per consumi idrici, pari a quello di 30.000 abitanti vicentini; gas naturale per 5500 cittadini; energia elettrica per 26.000 persone.
È questo il vostro modo di «ripudiare la guerra», come è scritto nella nostra Costituzione? Dove sono i segni di rottura con il passato? Quali decisioni ha preso questo governo per imprimere un vero cambiamento, un'inversione di rotta? No, ci spiace ma non ci stiamo. Mi dispiace ripeterlo qui, giacché gliel'ho appena comunicato in Senato, tre giorni fa: «Presidente Prodi, lei ha compiuto un grave errore! Ha deciso autonomamente di allargare questa base, senza neppure consultarsi con il suo esecutivo, e nemmeno con noi della Camera e del Senato. Che facciamo? Le cose di nascosto?».
Al termine della conferenza stampa, al presidente è sfuggito un momento di sincerità, quando ha commentato: «Certo che costruire un aeroporto militare proprio nel centro di una città è un pochino insensato...». Insensato da parte di chi, signor presidente? Chi ha la responsabilità finale di questo territorio? Lei, mi pare, e un po' anche quei cittadini ignari che vi abitano.

Ma poi lei ha anche aggiunto, signor presidente, che la decisione non rientra in un problema politico ma è una questione meramente urbanistica, questione che lei non può risolvere, perché non è il sindaco di Vicenza. Meraviglioso! Questo si chiama «danza dello scaricabarile»:
Io do la colpa a te
tu la dai a me
io la do al re, al vescovo, al cardinale
persino al papa, sennò ci resta male.
Ci ripensi, presidente, le assicuro che un gesto simile le ridarebbe tutta la credibilità che in questi ultimi tempi ha perduto, insieme a tutto il governo che rappresenta.
Noi cittadini italiani vogliamo la pace, non come alternativa alla guerra ma come valore assoluto e insostituibile, e la potremo perseguire solo allontanando dal territorio italiano chi minaccia ogni giorno la nostra autonomia.

Partono degli applausi da stadio. Spero che il nostro primo ministro ascolti.

Allo stadio uccidono un poliziotto, lo Stato aiuta
la vedova e la famiglia con quattro soldi e una medaglia

Al rientro a Roma, la discussione politica si è spostata sui «fatti di Catania», su cui Amato riferirà subito alle Camere. Vi ricordate? Fuori dallo stadio, al termine di una partita di calcio, scoppia una rissa tra tifosi ultrà e forze dell'ordine: viene ucciso a botte un ispettore di polizia, Filippo Raciti (alla cui memoria il Senato dedicherà una sala l'8 maggio 2007).
Alla vedova Marisa rimane una medaglia al valore civile e una pensione di 500 euro al mese e due figli da crescere:

non avranno di che scialare! Indignarmi qui è, per me, ormai una consuetudine. Il nostro governo è generoso solo quando si tratta di concedere privilegi e prebende speciali ai ministri e agli onorevoli, un po' meno lo è verso le vedove dei caduti e i loro figlioli.

D'Alema è dappertutto. È solo o sono in sette?

21 febbraio 2007

Nel suo intervento D'Alema tocca tutti i problemi. In merito all'Afghanistan afferma: «La pacificazione dell'Afghanistan non è una missione Nato ma dell'Onu, all'interno della quale la Nato svolge una funzione delicata ed essenziale. Ma la missione è soprattutto politica e civile. È questo che ripeterò al Consiglio di sicurezza dell'Onu. L'Italia deve restare in Afghanistan perché se non fossimo lì non potremmo più avere diritto di esercitare il nostro peso in seno alla comunità internazionale e di svolgere un ruolo a favore della pace».

(Da quel 21 febbraio al 2013 le salme dei nostri soldati uccisi in Afghanistan, tornate in Italia, sono state 52: D'Alema dimostra di avere doti degne della sibilla cumana! Soprattutto riguardo alle previsioni di morte.)

È da notare la sottigliezza morale e politica del nostro D'Alema, che si è dimostrato tanto accorto da non fare alcun cenno al particolare della quantità di petrolio estraibile dalle multinazionali petrolifere, comprese quelle italiane, presenti in Afghanistan. Bravo, *quelle délicatesse, mon cher ministre!* Ti sei guadagnato i galloni da ministro anche per le prossime due o tre legislature.

Fu per caso, cantando in una cava di pietra, che alcuni operai scoprirono l'acustica teatrale

14 marzo 2007
    Mercoledì. Arriva Dario. Evviva! Evviva! Evviva!
    Dario è a Roma. Sono così contenta che mi si accelerano i battiti cardiaci. Non lo dico, ma mi fa un gran piacere sentire il cuore che balla per fargli festa.
    Pesa molto la lontananza.
    Dario parteciperà al Festival della matematica, all'Auditorium Parco della Musica, con più di duemila spettatori, tenendo una lezione sulla prospettiva e i ritmi musicali con la quale ha già debuttato qualche mese fa al Politecnico di Milano, che ha a suo tempo frequentato per quattro anni.
    Sale sul palcoscenico con foglioni pieni di appunti e disegni, ma non li guarda, va a soggetto. L'auditorium è gremito di studenti, oltre che di professori e di pubblico normale. Dario inizia a parlare proiettando chiaramente la voce. Dice: «Il teatro degli antichi si costruiva dentro cave di pietra quasi interamente scavate, nelle quali erano state lasciate tracce di gradoni che si inseguivano per tutta la superficie. Quel susseguirsi di volumi paralleli e concentrici determinava vocalità e suoni del tutto particolari, amplificati e soprattutto chiari di timbro e incisività. Il fenomeno era dovuto a quelle forme che vennero poi ripetute nei teatri greci e romani. Era la sequenza dei valori geometrici che produceva quel fenomeno di vocalità netta e lungamente proiettata; se provate a far cadere una moneta sul proscenio, anche lassù, dalla cornice della cavea, sentirete netto e chiaro il suono del metallo saltellante. Il tutto è determinato da un valore matematico e di proiezione geometrica».

Bravissimo! È veramente un maestro della rappresentazione. Quando poi comincia a trattare della ritmica dei suoni, del canto e della metrica impiegata dai marinai e dai pescatori sia nell'intrecciare corde sia nel remare a coppie sequenziali, il pubblico non può fare a meno di applaudire quasi con la stessa intensità del suo canto. Ma il vero coinvolgimento magico avviene quando dà inizio alla coralità dei canti religiosi medievali, dall'alleluiatico all'ambrosiano, con andamenti larghi e ritmati di una suggestione davvero irripetibile.

Al termine della lezione m'invita a salire sul palcoscenico per parlare di uranio impoverito e della sottoscrizione che ho aperto con 10.000 euro in aiuto alle vittime di questo veleno impalpabile e assassino, produttore di tumori e di dolore per persone che sono state lungamente abbandonate dallo Stato insieme alle loro famiglie. Guardo il pubblico negli occhi e racconto le atroci vicende che da qualche mese abitano i miei sonni. All'uscita una decina di persone mi stanno aspettando. Vogliono aiutarmi, collaborare.

Mi lasciano i loro recapiti. Pare di essere tornati ai tempi di Soccorso Rosso.

19 marzo 2007
Lunedì. Ore 8.30, riunione dei capigruppo della maggioranza a Montecitorio, Sala Aldo Moro. All'ordine del giorno, la discussione sull'utilizzo di quello che viene chiamato «tesoretto», composto dall'extragettito fiscale.

Più volte ho ribadito che quel denaro andrebbe utilizzato per attuare la redistribuzione del reddito a favore dei più deboli di cui tutti si riempiono la bocca in campagna elettorale. Ma in Senato i sordi pullulano.

Il nostro cervello ha uno spazio riservato alla memoria.
Importante è quello che hai da preservare

23 marzo 2007

Assemblea del sindacato pensionati Spi-Cgil a Reggio Emilia con Dario e Carlotta. Una sala grande, zeppa di pensionati, numerose le donne. Si affrontano diversi temi, acuni impellenti e tragici. Un dibattito davvero interessante, con persone che, seppur in pensione, fuori dalla fabbrica o dagli uffici spendono il loro tempo occupandosi di chi ha bisogno. Ci sono anche numerosi studenti che ascoltano con grande interesse le proposte degli anziani.

Con rispetto, un ragazzo ci racconta che suo padre gli ha parlato spesso di noi e della nostra compagnia teatrale. Ci aveva conosciuti ad Argenta, dove ci trovavamo per uno spettacolo allestito con Dario per la loro fabbrica occupata, lo zuccherificio Eridania. Mentre il ragazzo racconta, ci torna in mente l'episodio che avevamo vissuto di persona.

Inverno, nebbia, stava venendo scuro. Noi al di qua della rete, loro al di là, costretti a non mollare la fabbrica. «Ma che assurda situazione, per Dio! Perché mai una persona deve occupare una fabbrica, perdendo paga e facendosi il sangue amaro pur di ottenere quello che per legge gli spetta?!» La sera, dal palcoscenico, avevamo attaccato duramente quei loro succhiasangue. Qualcuno aveva dato la notizia e ne era nata una sottoscrizione improvvisata, al di qua della rete di cinta.

«Avete passato dal recinto un milione. Un milione! Me l'ha raccontato il mio papà!» grida il ragazzo. Ci siamo detti che certe volte val la pena di ricordarsi dei disperati. Sono passati tanti anni da quel giorno, ma è incredibile come certi fatti rimangano scolpiti nella memoria in modo indelebile.

Altre persone ricordano i nostri spettacoli al teatro di Fabbrico, una delle città intorno a Reggio Emilia decorate per la resistenza davvero epica dimostrata durante la guerra di liberazione. Alcuni operai rievocano un nostro intervento nel quale, me l'ero dimenticato, avevo recitato un monologo dello spettacolo *Vorrei morire anche stasera se sapessi che non è servito a niente*, tratto dalla testimonianza di una donna partigiana che, catturata dai tedeschi, subisce torture indicibili e perfino uno stupro. Gli sbirri vorrebbero indurla a far i nomi dei partigiani che operano nella zona, ma lei non parla. «Lasciatela correre!» ordina un graduato tedesco. «Questa non sa niente, se avesse da raccontare qualcosa l'avrebbe già fatto.»

La ragazza viene scaraventata in uno scantinato che comunica con un altro locale tramite delle inferriate, dietro le quali sta un giovane condannato a morte; lo fucileranno al mattino con altri partigiani. La ragazza lo ha saputo da una delle guardie e non può fare a meno di scoppiare in lacrime. Il partigiano la consola: «Non ti preoccupare, noi sapevamo da sempre che si correva questo rischio. Quello che ci permette di essere sereni è la coscienza che le nostre lotte, compresa la nostra fine, serviranno a far nascere una situazione molto diversa. Hai in mente tu cosa signifchi libertà? È qualcosa che noi non abbiamo conosciuto, hanno tentato di spiegarcelo i nostri padri e i vecchi dei nostri paesi e oggi, anche se non ne potremo conoscere il valore, l'idea che fra poco arriverà per tutti un mondo tanto diverso, ti sembrerò pazzo, ma mi fa sentire quasi allegro. Tu ti salverai, vedrai che ti lasceranno vivere. Ricordati ogni tanto di noi e tranquillizza soprattutto le nostre madri e i fratelli. Noi, quasi tutti, non crediamo nell'aldilà, ma ora mi viene il dubbio e la speranza che qualcosa che assomiglia a una presenza girerà per lungo tempo intorno a queste terre e staremo spesso a osservare quel che succede. Sarà una soddisfazione di certo per noi. Guardati intorno ogni tanto... se fai attenzione, ti accorgerai che noi ci siamo ancora!».

27 marzo 2007

Oggi in aula prosegue il dibattito per il rifinanziamento delle missioni all'estero. L'atmosfera è tesa, in questi giorni i quotidiani sono pieni di dichiarazioni di politici: chi a favore, chi contro. È tutto uno scambio di minacce e di epiteti pesanti.

Jacopo è venuto da Perugia per assistere ai lavori dell'aula. Non ha la giacca. Non si può entrare in Senato in maniche di camicia. Che fare? Mi viene in aiuto un commesso: «Entrate in quella porticina, lì forse ve la prestano».

Conquistata la giacca, accompagno Jacopo in tribuna. Mi fa un gran piacere vederlo lassù, e che lui mi veda qui, al mio posto. C'è tra me e mio figlio un rapporto particolarmente profondo. Forse ve l'ho già detto, è il mio più grande amico.

Rispetto al voto, ho riflettuto molto sul da farsi, notti in bianco... Che faccio? Non posso essere sleale con me stessa, non posso schiacciare sotto i piedi le scelte politiche di una vita. Mi ripeto: no alla guerra.

Voglio dimettermi. Non riesco più a sforzarmi di accettare tutto. Sono immalinconita, non parlo con nessuno. Maledizione! In che buco sono finita? Perché mi trovo in questo assurdo conflitto? Da mesi ormai mi confronto con i colleghi sui nostri limiti d'azione e sul rischio di far cadere il governo. Cosa contiamo?

Se davvero non vogliamo più missioni di guerra, dobbiamo pretenderlo, fare qualcosa di eclatante, è necessario un confronto con i vertici del governo, una discussione. Non siamo qui solo per premere rosso-verde.

Sono d'accordo con me i senatori Fernando Rossi, Fosco Giannini, Franco Turigliatto e Mauro Bulgarelli; decidiamo quindi di incontrarci a cena per cercare di organizzare con tranquillità un fronte comune, un'iniziativa che scalfisca questo ricatto «o voti sì o cade il governo».

Dal nostro incontro esce l'idea di rivolgere un appello al primo ministro Romano Prodi, firmato da persone autorevoli della società civile, per chiedere il ritiro delle truppe italiane dall'Afghanistan e impedire agli Usa la costruzione della base di Vicenza.

Al lavoro dunque! Apro la mia agendona verde, che contiene i contatti di una vita, e inizio a chiamare e spedire email. Molti rispondono positivamente: Teresa Mattei, Mario Monicelli, Moni Ovadia, Stefano Benni, Alessandro Fo (nostro nipote, docente all'Università di Siena) e altre migliaia di persone stanche di assistere impotenti a guerre e massacri. Grande mobilitazione che purtroppo non ha portato a nulla: le richieste delle persone oneste non toccano questo governo. Sono schifata. Sto lanciando maledizioni. Vorrei sparire da qua, immediatamente.

1° aprile 2007

Oggi sono diventata membro della Commissione di vigilanza Rai al posto del senatore Tommaso Barbato, che nel frattempo è diventato segretario della presidenza.

Com'è strano il mondo! Come dicevano gli antichi, siamo posti in equilibrio sulla grande ruota che gira, senza ragione, così come va il caso! Io e Dario eravamo stati costretti dalla censura a fare le valigie dalla Rai e a starcene fuori dai piedi per la bellezza di sedici anni. Dopo quarantacinque anni eccoci qua! Io mi ritrovo seduta sulla poltrona di una carica importante della stessa Rai con l'ambito titolo di vigilante! Ma servo a qualcosa? Il destino si diverte a organizzare beffe inverecondi.

Vacanze di Pasqua. Arriva il riposo. Mi riunisco con la mia famiglia ad Alcatraz. Jacopo ha un sacco di gente nei suoi casolari e non c'è posto per noi. Siamo ospiti di Mario Pirovano e di Angela.

Ritrovarmi con tutti i miei intorno dopo mesi di solitudine inutilmente rumorosa e, diciamo pure, di silenzio della ragione, mi fa cantare l'anima. M'è tornata la voglia di parlare. Parlo parlo parlo... «Ma che chiaccherina sei diventata, mamma» mi dice Jacopo. «Ridi anche, questa mattina ti ho sentito persino canticchiare... Avevi proprio bisogno di rifarti l'umore con noi. Ma quando finisce 'sta storia?» Per un attimo mi rivedo dentro l'aula. Tiro un gran sospiro. Mamma mia, ma dove sono capitata? Che peccati sto pagando?

Scuoto la testa come a liberarmi da certe angosce e rieccomi, mi ritrovo di nuovo in mezzo alle mie nipotine... bellissime pur nelle incredibili diversità. Matilde, la pronipotina appena nata, assomiglia al padre Emanuele, gli occhi sono della mamma Mattea. Jaele è l'unica che ha qualcosa della famiglia: gli occhi azzurri del nonno Dario, il bellissimo naso della bisnonna Emilia, i miei colori, la mia bocca, e la grazia e l'eleganza di Eleonora. Nel fisico, longilinea com'è, ricorda Jacopo. Dio, sto mettendo in piedi un puzzle di colori e origini diverse, devo ammetterlo, non sono molto normale.

I giorni passano veloci. Troppo...

9 aprile 2007

In questi giorni, mettendo da parte il timore di disturbarla, mi sento spesso con Teresa Strada, moglie e collaboratrice del fondatore di Emergency. È molto angosciata per la salute di Gino e per la situazione davvero incredibile che si è creata: Mastrogiacomo rapito e poi liberato, Adjmal barbaramente ucciso, Hanefi incarcerato,[2] probabilmente torturato perché confessi ciò che non ha fatto. Gino Strada, al principio riconosciuto eroico salvatore, ora è abbandonato dal nostro governo che, dopo averlo coinvolto, lascia lui, il suo factotum e tutta Emergency a districarsi da quella tragica situazione. Lavoro e sacrifici di anni e anni in aiuto di tutti quelli che hanno avuto bisogno di cure, i più deboli: tutto può andare a morì ammazzato!

«Voi politici, voi senatori, non potreste fare qualcosa?» mi chiede Teresa. Bella sollecitazione. Cerco di spiegarle che, da quel che ho capito, noi rappresentanti del popolo contiamo solo per il voto che esprimiamo. Per il resto tutto è deciso lassù. Si deve votare e stop.

Mi sento impotente. Che posso fare? Poi mi viene un'idea: e se mi mettessi in sciopero?

Sbattere contro i lampioni a vuoto come le falene di notte

Sì, sciopero: o si decidono a salvare Hanefi, anche se afgano, o io non voto più. Invio un sms ai capi dell'Idv (Di Pietro, Formisano, Leoluca Orlando): «Che facciamo per Hanefi? Ho deciso di mettermi in sciopero. Mi vergogno di appartenere a questo governo».

È Pasquetta. I cellulari son sempre accesi ma nessuno risponde. Stanno mangiando anche loro le uova di Pasqua. Mi sembra che tutto il mondo sia indifferente a questa tragedia, preoccupato solo di far festa.

---

[2] Rahmatullah Hanefi, collaboratore di Emergency in Afghanistan, prelevato dal governo afghano a seguito della liberazione di Daniele Mastrogiacomo, giornalista de «la Repubblica», e Adjmal Nashkbandi, interprete rapito in Afghanistan insieme a Mastrogiacomo.

Qualcuno si farà vivo, penso. Che ore sono? Le 21, sì, si può ancora telefonare a quest'ora. Scorro sul cellulare la lettera S che sta per «senatori» e inizio a leggere i nomi. No, questo non ci sta... no, no, questa no... no... no... no... Furio Colombo... Sì, a lui posso chiedere un consiglio: faccio bene, faccio male?

Mi risponde festoso e gentile come sempre. Gli comunico l'idea che mi è venuta. Testualmente mi risponde: «Lo sai che ci avevo pensato anch'io? Sì, lo facciamo. Ci sto!».

E riecco il cuore che interviene come sempre a ogni emozione. Lo sento dappertutto: orecchie, gola, piedi, dita. «Domattina parlo con un senatore di peso – mi assicura Colombo – che proprio per questo preferisce non essere nominato. Se siamo in tre è meglio, poi alle 11 ti telefono.»

Verso le 23 mi prende l'ansia. Gli mando un breve messaggio pieno d'angoscia, temendo che cambi idea. Subito mi richiama: «Stai tranquilla, ci sentiamo domani alle 11».

Il giorno seguente, di prima mattina, invio a tutti quelli cui avevo rivolto la proposta un nuovo sms che esprime la mia indignazione per tanta indifferenza: «Come potete continuare ad avere il mio rispetto se, per una persona in pericolo di vita, non muovete un dito, e in cambio mi mandate i cioccolatini? Gli antichi ritenevano che i sentimenti alloggiassero non nel cuore ma nel fegato. A voi mancano tutti e due».

Formisano mi aveva inviato, puntuale, un'esagerata scatola di cioccolatini con bigliettino: «Per farmi perdonare»... Vorrei avere qua il vecchio fucile ad aria compressa che tengo a casa, per riempire le due canne di cioccolatini e poi spararli tutti al di là della sua finestra, che dà sulla strada. *Pam!* Che cioccolatata!

Metti la maschera in viso perché non si scopra che stai piangendo

Do un occhio alla posta... penso alla conferenza stampa che indiremo per comunicare che tre senatori della Repubblica italiana si metteranno in sciopero per salvar la vita di Hanefi Rahmatullah. Bello, no? Anzi, grandioso! Guardo l'orologio, il telefono. Manca un po' di tempo. Vado sul blog. Sono così tesa che decido di mettere giù uno scritto col quale raccontare il malessere che ho addosso, da mesi, causa insulti e minacce che della brava gente mi invia. Ma sì, ogni tanto fa bene spalancare il cuore e dire la verità, tutta la verità, anche se rischi di sballare, come dice una vecchia canzone. Guardo l'orologio che pende sul grande specchio... Accidenti, mi sono scoperta all'istante con la faccia liscia e tonda come quella di un manichino. Guai tirarsi via di colpo la maschera dell'indifferenza, quando non fa parte di te.

Le 12! Com'è che Furio non ha telefonato? No, non mi demoralizzo. L'ha promesso. Non gliel'ho neppure chiesto. «Ci avevo pensato anch'io» ha detto. Lo chiamo... non lo chiamo... No, non lo chiamo. Se non si fa sentire avrà le sue ragioni. Un'ora di ritardo, a Roma, cosa vuoi mai che sia?

Mi viene in mente Mastrogiacomo. Da quando l'hanno liberato non gli ho mai fatto un colpo di telefono. Sì, chiedo un consiglio a lui, se fare sciopero eventualmente anche da sola. È pur sempre un voto, no? Chiamo la segreteria de «la Repubblica», me lo passano subito. Grazie, grazie, baci, baci, felicità!

«Ascolta Daniele, pensavo...»

E mi risponde: «Mi sembra una bella idea... lasciami dieci minuti per riflettere... ti richiamo subito». Mi dà anche il suo cellulare. Richiama. «Abbiamo pensato che sia meglio farti prima una bella intervista forte, poi semmai...»

«Va bene. Trovami il giornalista giusto.»

Ecco il bravissimo Carmelo Lopapa. Rientro a casa, riscaldo un po' di latte. Non ho appetito. Mi butto sul letto in attesa. Ammazzalo, quanta gente sto aspettando. Quelli dell'Idv, Furio, Mastrogiacomo. Be', con tutta questa carne al fuoco, qualcosa accadrà.

Niente. Non succede niente. Sono un po' tesa.

Arrivano le 15, le 16, le 17. Spariti in massa. Penso a Di Pietro. Elaboro nel cervello quel che voglio dire a lui e agli altri. Invio: «Pensavo che il mio sms di ieri sera si meritasse una risposta, consideratemi dimissionaria. Sì, mi tolgo di mezzo. Se c'è qualcosa di cui in Senato c'è abbondanza è lo spazio vuoto».

Vuoi vedere che questa volta funziona? Mi troverò in mezzo a sconosciuti con l'abito scuro e la cravatta a pois. Che pacchia!

Ci sono partiti della sinistra che mi invitano a unirmi a loro. Perché? Che cambierebbe? Solo una diversa poltrona su cui sedermi e un altro vicino che mi ordina «vota rosso-vota verde», alla stessa maniera.

Cerco di rilassarmi. Stacco il cervello da quella situazione e mi immergo in un bellissimo film di cui mi hanno regalato il dvd. Non so a che ora, arriva una telefonata del portavoce di Formisano: «Abbiamo fatto un comunicato stampa...». Lo interrompo educatamente. Ok. Grazie, scambiamo qualche parola ma sono gelida come un blocco di ghiaccio appena staccato dall'Antartide. Arriva anche un sms di Formisano: «Ieri avevo il cellulare staccato». Mi faccio una risata.

Poco dopo chiama l'ufficio stampa (credo, perché non rispondo io) del ministro Di Pietro. Vuol leggermi il comunicato stampa. Carlotta chiede che ci venga inviato per email.

E non è finita. Verso le 21.30 – mi ero addormentata – telefona Furio Colombo. Ci parla Carlotta: «Ho chiamato almeno dieci volte nell'arco della giornata, ma il telefono era sempre staccato».

Perché trattarmi come un'ebete? Lo sanno anche gli stupidi che, se anche il mio cellulare fosse stato spento, nel riaccenderlo avrei trovato la sfilza delle chiamate di Colombo e di tutti gli altri, bla bla bla. Avrà sbagliato numero? Possibile che persino le persone adulte, che pensi amiche, seriamente impegnate in politica, e che si dicono interessate al destino di un condannato a morte, si riducano come il bambino sorpreso a intingere il dito nella crema di un gelato non suo? Eccomi qua: a settantasette anni sono costretta a fingermi un'idiota e a muovere la testa in su e in giù come un burattino con la molla.

In grande, con tutte le lampadine sfavillanti accese attorno a ogni lettera, mi si presenta davanti agli occhi una scritta a caratteri cubitali: PERCHÉ?

Bastava che tutti mi dicessero – come ha fatto Malabarba – «quello che vorresti fare è sbagliato, non lo puoi fare». E ok. Non l'avrei fatto. Non sono né un'esaltata, né un'eroina. Mi spiace – cara Teresa e caro Gino e cari voi tutti di Emergency – sentirmi bloccata dal silenzio umidiccio dei miei colleghi; è questo il metodo in voga. Ce l'ho messa tutta, credetemi, ma in questi tempi, più che mai, il silenzio è d'oro bastardo limato a fuoco per farlo brillare.

Sto scoppiando dalla rabbia accompagnata da disprezzo.

Se non ci fosse in cielo la luna verremmo tutti sparati fuori dalla stratosfera

10 aprile 2007

Torno a Roma. Non sto bene. Le menzogne dei miei colleghi mi hanno letteralmente stroncata, vado a letto, mi sento addosso la febbre, di notte tremando mi levo con fatica alla ricerca di un Aulin. Lo trovo, mi scaldo un tè e torno a letto. La mattina cerco un termometro per misurarmi la febbre: è alta. Chiamo un medico, arriva quasi subito, mi visita e si fa raccontare cosa mi sia successo in questi ultimi giorni. Alla fine del mio racconto un po' sgangherato dice: «Riposa, toglieti dalla testa ogni pensiero sul luogo e la gente con cui lavori per almeno una settimana». Carlotta si prende cura di me come fossi la sua mamma. La febbre dopo tre giorni se ne va. Mi alzo ma barcollo come un'ubriaca. La sera mi telefona Tommaso Sodano, presidente della Commissione ambiente del Senato, e mi spiega la situazione seria e drammatica che stanno vivendo a Pomigliano, con 115 operai in cassa integrazione a zero ore. È mercoledì sera.

Giovedì, alle 17.25, c'è un treno che parte per Napoli. Tra i viaggiatori ci sono anch'io, con accanto Sodano. C'è caldo, ma sono avvolta nel mio sciallone (rosso, per l'occasione...). Tra uno starnuto e le cento telefonate di Tommaso, s'arriva a destinazione. Con Enzo La Gatta, un compagno che è venuto a prenderci, attraversiamo quasi tutta Napoli, che è proprio grande. Ma pure Pomigliano è estesa, sterminata: ha 40.000 abitanti, ma con tutte 'ste macchine e gente e gente potrebbero essere 100.000.

Enzo è eccitato, parla, parla, m'informa di tutto quello che è riuscito a fare in pochi giorni per organizzare una grande veglia dalle 8 di venerdì a «finché si dura»!... Mi fa l'elenco dei politici, degli intellettuali e degli «artisti», come li chiama lui, che è riuscito a coinvolgere.

«Adesso andiamo a salutare il sindaco.» Infatti arriviamo in Comune. Tutti mi salutano sorridendo. Arrivo dal sindaco Ds, Antonio Della Ratta, gentile e affabile, che mi racconta delle condizioni precarie in cui si trovano i lavoratori.

Lasciamo il Comune: «Dove si va adesso, Enzo? Oggi non ho pranzato...». Incurante del mio dire, mi risponde: «Alla tenda!». Di colpo mi viene in mente che con Enzo bisogna ripetere i propri bisogni almeno tre volte perché il suo è un cervello vagante.

Arriviamo che è quasi scuro. Troppe «tende» ho visto nella mia vita, perché lo stomaco non mi si arrotoli. Quanti anni sono che Dario e io andiamo per fabbriche in occupazione, licenziamenti, cassa integrazione, e tende e tende; il nostro è un destino da Indios malbechi senza cavalli!

Le tende più grandi sono quelle dove gli operai si danno il turno a dormire, che faccia caldo o freddo. Dormire, si fa per dire: quando c'è la preoccupazione del posto di lavoro, con moglie e figli a casa, non si fanno certo sonni sereni.

Scendo dalla macchina, in un attimo mi sono tutti intorno. Li bacio uno a uno. Stringo le mani. Cerco di sorridere. Ma ho la gola chiusa. Mi offrono di tutto, mi chiedono, rispondo, racconto del salto di vita che ho fatto. Manco da due anni da questa splendida, invivibile città.

Questa è una città dove nessuno si indigna più, nemmeno se gli uccidono il figlio in fasce

L'ultima volta ero stata a Napoli per l'omicidio dell'ingegner Emilio Albanese, l'indimenticabile babbo di Eleonora, compagna di mio figlio Jacopo, ucciso nell'androne di casa da due malviventi per rubargli tremila euro appena ritirati dalla banca.

Mi immalinconisco al ricordo. Anche questa volta ci sono andata per una «causa di forza maggiore».

5 maggio 2007

Parlo con Jacopo e lo prego di scendere a Roma per aiutarmi a metter giù una lettera con la quale presenterò le mie dimissioni. Jacopo è pronto a venire subito ma aggiunge anche: «Mamma, fatti venire in mente qualcosa che resti nella testa di tutti quelli che ti hanno votato, sicuri che ti saresti fatta a pezzi pur di realizzare quel tuo programma. Come hai sempre ripetuto, da donna di teatro: "Le cose bisogna chiuderle sempre con un buon finale che lasci il segno!"».

«Già – rispondo –, il finale eclatante!»

Ci penso tutta la giornata. La sera decido di lanciare una campagna. Quella del congedo: «Fuori subito dal parlamento tutti i funzionari pubblici condannati per corruzione, reati sessuali e pedofilia».

Il parlamento sta infatti per prendere in esame la nuova legge sul licenziamento dei funzionari pubblici condannati. Trovo che questo sia il momento per una battaglia che possiamo vincere. Scrivo una lettera aperta a Prodi, invitando tutti i miei amici, conoscenti ed elettori a fare altrettanto. Eccola:

Via gli Intoccabili!!!
Gentile presidente del Consiglio Romano Prodi,
noi cittadini le chiediamo di porre rimedio a un'infamia che mina l'efficienza e l'onestà della pubblica amministrazione. Chiediamo di affermare il patto di correttezza tra lavoratori e aziende anche all'interno della pubblica amministrazione. Chiediamo che tutti i funzionari pubblici condannati ven-

gano automaticamente licenziati senza possibilità di rimandi e scappatoie. Esiste una bozza di proposta di legge, avanzata all'interno della maggioranza, che determinerebbe il licenziamento soltanto per i dipendenti pubblici condannati a più di due anni. In questo modo il 98 per cento dei condannati rimarrebbe tranquillo nella pubblica amministrazione! Si tratta di una proposta intollerabile e insultante per i cittadini e i funzionari onesti!

Un funzionario pubblico rappresenta lo Stato. Quindi deve essere persona integerrima. Oggi individui come l'ex ministro De Lorenzo (condannato nel 2012 in via definitiva per concussione e corruzione) sono ancora sul libro paga delle istituzioni. Se vogliamo rifondare il rapporto tra cittadini e istituzioni è indispensabile partire da qui.

Chiediamo inoltre che la pubblica amministrazione pretenda un risarcimento per il danno di immagine che reati legati alla corruzione, alla violenza sessuale e alla pedofilia, perpetrati da funzionari pubblici, comportano. Chiediamo che insieme a questa legge sul licenziamento dei dipendenti pubblici corrotti sia approvata anche la proposta di legge presentata da Franca Rame sul codice di procedura per i giudizi innanzi alla Corte dei conti, che annulla il condono emanato dal governo Berlusconi, CONDONO che permette ai funzionari pubblici condannati di evitare il pieno risarcimento dei danni arrecati. [...] Nella speranza che lei, signor presidente, si impegni in questa «operazione di pulizia e giustizia» dando un segno forte e chiaro al paese, la salutiamo cordialmente.

      Comitato Franca Rame - Basta con gli sprechi

7 maggio 2007

Al Tribunale di Milano inizia il processo contro Luciano Silva, il finto commercialista che ha messo in atto una truffa sottraendo grandi quantità di denaro al Comitato

Nobel per i disabili, istituito da me e da Dario dieci anni fa, appena dopo aver ricevuto il Nobel. Io e Dario siamo presenti e ci siamo costituiti parte civile. Ci assale la rabbia quando sappiamo che l'infame truffatore ha chiesto il patteggiamento che limiterebbe la sua eventuale condanna a tre anni.

Pronti si parte, si parte! Ma poi non si parte

A 'sto punto, voi che leggerete questa mia specie di diario vi chiederete: ma ci troviamo nel classico finale di un'opera buffa di Rossini, dove i protagonisti continuano a cantare: «Basta, or ce ne andiam da questo sito immantinente!», e invece stanno sempre lì e non si muovono per un accidente!?

E lo ammetto, un po' avete ragione a pensarla così, ma se rimando di continuo la partenza, la colpa è di una misteriosa regia occulta che aleggia sulla mia testa e me lo impedisce. Io me ne sto lì, con le valigie già pronte, per togliere il disturbo, ma ecco che all'istante capita un fatto nuovo, imprevedibile, che mi inchioda al Senato: una volta è la votazione per il rifinanziamento della missione in Afghanistan, un'altra il caso delle bambine della Bielorussia tolte all'istante alle loro famiglie italiane, e ancora i nostri soldati colpiti dall'uranio impoverito. Come posso piantare lì tragedie del genere evitando di intervenire? No! Non mi è possibile, la mia uscita di scena è da rimandare, e quando il problema in atto sarà risolto chiuderò la mia avventura al Senato e mi darò felice alla fuga. E speriamo per tutti che ciò accada presto.

Gli onorevoli sono anime galleggianti: ogni tanto affondano, ogni tanto volano via

8 maggio 2007

Mi incontro con l'onorevole D'Elia, il quale ha presentato un disegno di legge sulla razionalizzazione delle comunità montane davvero molto importante, soprattutto per quanto riguarda il taglio delle spese pubbliche inutili. Cerchiamo di trovare dei punti di convergenza per imbastire un lavoro comune. Mi documento, lo cerco. Sparito. Non si è più visto né sentito! Ma da dove provengono questi deputati? Forse sono stati appena liberati da case di cura, da manicomi per malati inguaribili?

Mi aveva detto di essere in sciopero della fame insieme ad altri compagni per l'abolizione della pena di morte nel mondo. Che sia svenuto? Oppure, abbandonato il suo intento, si è dato a sbranare un vitello intero?

Assenza giustificata... ma avvisami almeno!

Sempre bloccata sto, con le valigie in mano

Non faccio in tempo a conoscere la Commissione di vigilanza che questa subito viene investita dalla decisione del ministro Padoa-Schioppa di sfiduciare il consigliere del cda Rai Angelo Maria Petroni, il quale si oppone a questa decisione ricorrendo al Tar del Lazio, che gli dà ragione. La disputa sta nell'incapacità di Petroni, a dire di Padoa-Schioppa (e io gli credo), di rappresentare il ministero dell'Economia all'interno del cda della Rai. In commissione saranno ascoltati Petroni e il consiglio al completo. Sembra il canovaccio di una farsa recitata da tutta la Compagnia degli Sgangherati, che finisce immancabilmente con il crollo totale del palazzo addosso agli attori proprio alla fine dello spettacolo. Come prologo alla mia sortita di scena dal Senato non è male!

Ma non è finita, c'è subito una comica tragica a cui non posso sottrarmi: in aula è stato licenziato il disegno di legge sul risanamento dei disavanzi del settore sanitario e inizia la discussione generale sulle modifiche al codice civile in materia di cognome dei coniugi e dei figli, il cui testo, dopo infinite peripezie funamboliche sull'ordine dei cognomi, viene rimandato alla Commissione giustizia.

Insomma, si chiede che il figlio possa esibire insieme al cognome del padre anche quello della madre. Ora si discute se porlo prima o dopo quello del maschio. Per Dio! È una decisione che, se presa senza discernimento, può causare disastri sul piano morale, sociale, civile e anche religioso! Su una questione così importante non si può decidere su due piedi, bisogna discuterne e quindi rimandare! A quando? Attendiamo fiduciosi...

Ma che importa? Di operai ce ne sono tanti

31 maggio 2007

C'è in ballo la discussione della delega al governo in materia di tutela della salute e della sicurezza sul lavoro. In queste aule se ne discute da anni, prova ne sia che solo per concludere l'iter di questo provvedimento saremo chiamati in Commissione lavoro a Camere sciolte per votarne l'esecutività, che altrimenti verrebbe meno.

Mentre qui si pensa a cosa fare e come, tra una proposta, la sua formalizzazione, il procedimento tra le due Camere, i dibattimenti politici, i sindacati che aggiungono, le aziende che contestano e il solito can-can, la gente, i lavoratori, gli operai muoiono. Tre al giorno, di media.

La situazione è ancora la stessa di quando Dario e io, cinquant'anni fa, decidemmo di denunciare l'indegno fenomeno nientemeno che a *Canzonissima '62*, come vi ho già raccontato.

Beghe di corridoio: la polizia inquisisce i poliziotti

6 giugno 2007

La prima settimana di giugno scoppia sui giornali il caso Speciale: stando alla stampa, il viceministro Visco avrebbe esercitato pressioni sul comandante generale della guardia di finanza Roberto Speciale per allontanare un gruppo di finanzieri da alcune indagini.

Il ministro Padoa-Schioppa viene in aula a riferire sugli eventi. Il dibattito è acceso, insulti dalla destra... non si capisce a che ragione e a quale scopo, forse per creare un po' di ritmo. La serata di lavoro finisce alle 23.16. Torno a casa stremata, frastornata dal chiasso dell'aula.

Il bimbo Giuseppe: non è la storia del fanciullo biblico buttato nel pozzo dai suoi fratelli, ma ci somiglia

16 giugno 2007

Ho ricevuto una lettera che m'ha graffiato il cuore. Vi voglio raccontare la storia di Giuseppe, un bimbo di sei anni. È una storia triste, dura, disperata. È una storia che chissà quanti bambini vivono, subendo sofferenze indegne. Quanti bimbi hanno perso il sorriso? No. Non finisce qui. Parliamone insieme. Per ora non faccio nomi. Per ora. Ve la racconto attraverso l'email datata 15 giugno che ho inviato al vicesindaco di Firenze.

Gentile vicesindaco di Firenze,
faccio seguito alla mia precedente telefonata. La prego di scusare il disturbo che le sto arrecando. Ma per la situazione di cui sono venuta a conoscenza urge un intervento immediato e soprattutto UMANO. Ho ricevuto una lettera e ho parlato immediatamente al telefono con il padre di Giuseppe, impiegato di cinquant'anni, ipovedente. Il signore ha due figlie da un precedente matrimonio, che ora hanno venti e diciassette anni e vivono con la madre, e ha un bambino di sei anni, Giuseppe, che fino a pochi giorni fa viveva con lui. La madre di Giuseppe, romena, è tornata in Romania a causa di una grave malattia cerebrale, lasciando il bimbo alla tutela del padre. Con l'aiuto delle figlie e di una ragazza romena che si occupa del piccolo da quando la madre è partita, il bimbo cresce bene. Sa che il padre è non vedente, ha un comportamento eccezionalmente responsabile e maturo: chiede sempre il permesso per ogni cosa che gli piacerebbe fare, a casa e fuori. Non so da quanto, Giuseppe è seguito con amore anche da una dottoressa che ho conosciuto personalmente... Le istituzioni non si sono mai interessate a lui, se non ora che il bambino va a scuola, dove viene segnalato come «irrequieto». Che avrà mai fatto 'sto bimbo? Non è né il primo né l'ultimo scolaro che ha difficoltà ad ambientarsi nel primo anno di scuola. Compito degli insegnanti è comprendere e dare un aiuto. «Irrequieto» viene definito. Possiamo immaginarcelo, no? A un probabile rimbrotto forse si spaventa. Scoppia a piangere... Chissà. Bastava una telefonata al padre, che lo avrebbe calmato in un attimo. No, si preferisce optare per i servizi sociali, che invece di aiutare il bambino non trovano di meglio che farlo prelevare dalla polizia municipale in borghese (gli avranno messo le manette? a sei anni si è molto pericolosi!) e portarlo in un istituto, di cui il padre non conosce il nome (essendo il bimbo di sei anni un probabile criminale è giusto segretare

il luogo che lo ospita!), dove il Comune paga almeno 3000 euro al mese per ogni bambino. Il padre è disperato. Per alcuni giorni non ha notizia alcuna del bimbo. Finalmente riesce a incontrare l'assistente sociale. Al termine dell'incontro, forse un po' «nervoso» (e chi non lo sarebbe al posto suo?), il verdetto della tipa (che evidentemente non si è messa nemmeno per un attimo nei panni né del padre né del bimbo) è lapidario: «uomo violento» (l'ha picchiata? spintonata? insultata?), «ragione di più per tenere il bimbo lontano da lui». (Chissà se questa signora ha figli? Mi informerò.)

Venerdì, 8 giugno, finalmente il padre ottiene di incontrare il figlio, non nell'istituto che lo ospita, ma presso un altro luogo. Il bambino arriva accompagnato da tre persone su una macchina della polizia municipale. L'incontro dura 45 minuti (come nelle carceri speciali; chissà se c'era il vetro divisorio?). Il bimbo è strano: non dà segno alcuno della solita vivacità, parla lentamente. L'impressione è che sia sotto sedativi. Le sedute con la dottoressa vengono interrotte a causa del trasferimento nell'istituto «segreto». Vengono fatte ripetute richieste da parte della dottoressa alla Corte d'appello per ottenere l'autorizzazione per continuare a seguire il bimbo. Dopo quindici giorni (!!) l'incontro è concesso. Il piccolo Giuseppe arriva allo studio della dottoressa, sempre con macchina della polizia municipale, accompagnato da tre persone che le raccomandano «di non far vedere il bimbo né al padre né alla sua tata che l'ha allevato come una seconda madre».

Qui finiscono le mie conoscenze sulla vicenda che considero disumana e inquietante. Nelle mie funzioni di membro della Commissione infanzia, intendo inviare immediatamente un medico che verifichi, tramite analisi, se sono stati somministrati sedativi a Giuseppe. Contatto telefonicamente la dottoressa responsabile del settore, chiedendole l'indirizzo dell'istituto dove si trova il bimbo, ma sono invitata a inviare un fax con la richiesta, in quanto potrei essere un'altra persona, anche se mi ha richiamata sul numero del mio studio in Senato. Meravigliata per tanta idiozia e mancanza di rispetto, volevo rivolgermi alla polizia del Senato per ottenere immediatamente l'indirizzo richiesto, inviare un medico, e indire una conferenza stampa. Non l'ho fatto per evitare uno scandalo, ma non è detto che non scoppi fra qualche giorno! Ho preferito ricontattare lei, signor vicesindaco, che nella mia telefonata precedente si era dimostrato comprensivo e molto interessato alla vicenda, ma purtroppo era impegnato. Ho parlato con una signorina del suo staff, molto gentile, che mi aveva promesso di darmi notizie in giornata. Non avendo ricevuto nulla, sicuramente non è riuscita nel suo intento. Le invio questa email nella speranza di un suo immediato intervento. Certa della sua comprensione e umanità la saluto cordialmente, ringraziandola.

Franca Rame

Casualmente vengo a sapere che Giuseppe è stato trasferito a Forlì. Il 7 luglio vado con Dario a trovarlo. Ho ottenuto il permesso del questore. Pensa te! Per visitare un bimbo di sei anni devi avere il permesso dell'autorità giudiziaria! Regole pazzesche in un paese di matti.

Abbiamo comperato dei giocattoli e libri di fumetti spiritosi. Aspettiamo una buona mezz'ora. Poi Giuseppe arriva. Minuto. Magro. Serio. Cerchiamo di fare amicizia. Ci guarda senza parlare. Scartiamo i giocattoli e i fumetti... «Tutto per te e per i tuoi amici.» Non dice grazie, non tocca nemmeno l'aereo che manda scintille.

Ho un groppo in gola. Dario è sconvolto. Mi chino e do un bacio a Giuseppe su una guancia. «Ciao piccolo, torneremo a trovarti.»

Ci siamo tornati più di una volta, ma non lo abbiamo mai visto sorridere.

4 luglio 2007

Se me lo avessero detto, quando bambina recitavo *Gli spazzacamini della Val d'Aosta* con la mia famiglia, che un giorno mi sarei trovata seduta in Senato – in mezzo a senatori in atteggiamento da bassorilievo romano e, assiso in una poltrona «reale», il presidente della Repubblica – non ci avrei creduto.

Il Senato ha organizzato per oggi una commemorazione di Giuseppe Garibaldi, in concomitanza con il bicentenario della sua nascita.

Garibaldi, per me, è sempre stato una persona di famiglia. Mio nonno gli assomigliava moltissimo, con quella barba bianca e grigia e i capelli che gli spuntavano dalla coppola ricamata d'oro proprio come quella dell'Eroe dei due mondi.

All'istante, mentre l'oratore parla della seppur breve presenza in Senato di Garibaldi, mi viene in mente la sua fuga inseguito dalle guardie dell'esercito pontificio.

Una storia che avevamo messo in scena e recitato parecchie volte

Con lui, sul suo cavallo, fra le sue braccia, c'è Anita, la sua donna. Sta male, ha la febbre. «Bisogna sdraiarla» dice uno dei suoi soldati in camicia rossa. Fermano una carrozzella tirata da due cavalli. Il padrone si dice onorato di poter aiutare la coppia. Anita viene stesa nella parte anteriore del biroccio. Il gruppo in fuga pensava di deviare verso il mare. Scenderanno a Cervia costeggiando il canale detto di Ficocle, nome che ricorda l'origine di quel corso d'acqua scavato dai Greci.

L'idea è di trovare una nave al porto di Cervia che carichi i fuggitivi per raggiungere più rapidamente il Nord della costa veneta; Anita, che segue innamorata il suo uomo da anni, fin da quando lo ha conosciuto durante una delle numerose guerre di liberazione nel Sud America, sta per morire. Garibaldi se ne rende conto. Distende la sua donna fra le foglie della pineta in riva al mare e si adagia vicino a lei. Dicono che piangesse mentre lei moriva.

Eppure oggi nessuno fra gli oratori ha nominato quella straordinaria donna. Silenzio, come non fosse mai esistita. E poi parlano di quote rosa!

18 luglio 2007

«Mi duole sentirti tanto disperata proprio oggi che compi gli anni» mi sussurra il computer. «Ti capisco, sola, lontana dai tuoi, in questo triste appartamento, autopromossa ragioniera del Senato...»

Tremonti tiene una specie di conferenza sulla pubblica amministrazione.

L'importanza di un maestro sta nel giusto rapporto con l'impossibilità che gli spettatori comprendano quello che va dicendo

Un omino con la sua erre moscia e il gessetto in mano ha letto per gli italiani spiegazioni sulla situazione finanziaria del paese per un'ora e nessuno ha capito niente...

Sai cosa dovesti fare? Il computer me lo suggerisce, facendo apparire, una dietro l'altra, le battute scritte: domattina arrivi in aula, ti togli il vestito per attirare l'attenzione generale, e poi gliene dici di tutte! Prendi le tue cose e te ne vai con un bel pernacchio!

Percorrendo i crinali di quelle colline i Longobardi raggiungevano Malevento

Agosto 2007

Siamo in estate ed è vacanza ad Alcatraz, dove abita tutta la mia famiglia, da Jacopo a Matilde, l'ultima nata. Le bambine stanno giocando davanti a me nel prato. Canta la piccola amica di Jaele: «Angelo angelo vien da me, ti darò il pan del re, il pan del re e della regina...». Risposta di Jaele: «Non posso, perché il diavolo mi tenta, spicca un salto!».

Jaele fa il diavoletto tentatore... e l'impossibile per far peccare il povero angiolino. L'impossibile si fa per dire. Posa sotto il naso della sua amichetta di sei anni, che dovrebbe fare il gran salto, una tavoletta di cioccolato mezza scartata, un sacchetto di confetti, un pezzo di torrone con le mandorle... Il povero angiolino si ferma titubante, tra le grida di tutte le altre bambine: «Salta, non cadere nel peccato! Salta!!!». Niente da fare... Uccide più la gola della spada. «Ho vinto io!» grida Jaele e a braccetto con l'angelo peccatore si spaparanza sul prato: tutte prese a scartare tavolette di cioccolato, a succhiare confetti e tocchi di torrone.

Un sole che spacca. L'unica, in mezzo a tanti ospiti, con pullover di lana e scialle sono io. Sono mesi che ho addosso un freddo che non si scioglie.

È stupenda la composizione di queste colline che salgono dall'alta valle del Tevere, incise da piccoli fiumi e da pianori un tempo abitati dagli Etruschi.

Jaele ha nove anni e con la sensibilità degli innocenti ogni tanto mi dice: «Perché sei triste nonna? Ti voglio bene... Tieni, ti ho fatto un bel disegno, sei contenta?», e mi dà grandi baci. «È arrivata Matilde!» grida Jacopo.

Il 12 aprile Matilde ha compiuto un anno. Bisnonni. Guardo madre e padre e la bimba: quarant'anni in tre. Tutti sono felici. Proprio tutti. Anch'io. Matilde gattona sul prato. Va anche a marcia indietro. È bellissima e comica. Fa ciao con la manina e dà carezze. Per farmene dare una devo insistere un po'. Non mi conosce. Dice «*mmmm*», che sta per mamma, «*nnnon*», che sta per nonno, e Jacopo sviene. Ogni tanto fischia. Fischia?! Ma chi glielo ha insegnato? Emanuele, il suo papà. Mattea guarda la sua produzione e le luccicano gli occhi. Nora, la moglie di Jacopo, saltella di qua e di là e spunta all'improvviso da dietro una sedia gridando: «Eccomi qua, sono la fata del bosco e non vi conosco!». La bimba ci sta e ride. Anche Dario emette suoni strani in grammelot facendo gesti stravaganti, agita le mani come un matto. Jaele è sorpresa e dice a Dario: «Nonno, cerca di essere un po' più serio!».

Risata generale.

Giorni di riposo. Credevo. Dario sta finendo il suo ultimo libro, *Gesù ama le donne*, nel quale ha inserito un canto tratto dalla tradizione dei gitani primitivi. Insieme l'avevamo ascoltato durante uno spettacolo al quale abbiamo partecipato più di quarant'anni fa a Barcellona, nel cosiddetto Teatro greco, proprio con un gruppo di gitani che fra i loro canti aveva inserito una ballata a suo modo religiosa, talmente sconvolgente che l'abbiamo trascritta. Eccovela:

(*ritmo doppio scivolato*)
Di certo Cristo era gitano:
come noi non teneva casa,
di continuo andava di qua e di là come uno zingaro,
non una patria teneva,
non un paese suo dove fosse nato e cresciuto.
Non teneva terra sua, eppure era un re.
Solo un linguaggio suo teneva,
con che si faceva ascoltare e intendere.

Un gitano di certo era.
Non credeva alle norme e al normale,
solo all'impossibile credeva,
come trasformare l'acqua in buon vino e berne da sortirne
ubriaco e cantare.
Gesù Cristo di certo cantava:
perciò era gitano.
Non teneva quattrini eppure in molti amavano stare con lui,
specie le donne:
perciò era gitano.
Faceva miracoli grandi con niente,
regalava la speranza ai poveri e ai mercanti bastonate,
faceva festa a ogni occasione, suonava e naturalmente danzava,
saltando a piroetta e battendo i piedi, schiocchiava le dita.
Perché era gitano.
Di sicuro aveva una chitarra,
faceva canti all'improvvisa,
canzoni brevi e infinite che poi chiamava vangeli.

Bella no? Peccato che non la si possa ascoltare più, come succedeva qualche secolo fa, cantata in chiesa con i fedeli che battono a tempo le mani.

Il mio compito nella compagnia è rivedere i testi inserendoci il ritmo del palcoscenico

Una mattina mi alzo e trovo Dario con due giovani amiche, Giselda e Rosa, che leggono ad alta voce alcune pagine del testo in gestazione: *Gesù ama le donne*. Dario ha problemi gravi di vista. Bisogna sempre aiutarlo.

Mi ritiro nella mia camera che è ancora chiaro. Prendo il testo e lo leggo con molta attenzione (Jacopo dice che in aula. Si vota, si vota. Poi arriva l'emendamento per lo scioglimento della società Stretto di Messina. Formisano mi comunica che voteranno contro. Come sarebbe a dire? Avete deciso di non buttarlo a mare 'sto ponte? Ma che è, ci risiamo con la Torre di Babele? Si fa, si farà, non si fa... finché non crollerà!

Vado dalla senatrice Donati, che mi ribadisce di votare, come si era stabilito in commissione, per lo scioglimento della società. Ritorno da Formisano, cerco di chiarire il qui pro quo e mi dice che la Donati è una cretina, non sa quello che dice!

Basita torno dalla cretina, voglio dire dalla Donati, riporto il mio dialogo con Formisano e quella mi risponde: «Si fa quello che ho detto prima, il ponte non si fa!».

Ritorno da dove ero venuta e vengo a sapere che Di Pietro è per mantenere il progetto del ponte. Ma come? L'altro ieri, parlando con lui, mi dava tutte le ragioni più che credibili sull'intrallazzo che c'è in ballo per pompare denaro dallo Stato attraverso un'opera assurda che molto probabilmente non starà in piedi e adesso marcia indietro, dietrofront!, e via a gran velocità, si rifà?!

Torno da Formisano, che ribadisce quanto detto. Mi suggerisce di astenermi. L'astensione è un «no». Mi incazzo. Vedo rosso. Prendo le mie cose e me ne vado.

Disposta a sedermi sui gradini fuori dal Senato.

Come ti muovi, sei sempre nella boagna

25 ottobre 2007

Stamattina, come qualcuno di voi avrà visto ai telegiornali, nelle votazioni siamo «andati sotto» quattro volte, non è poco. Ma voglio spiegarvi le ragioni per cui ho votato in disaccordo con il mio gruppo, l'Italia dei valori, e perché il loro atteggiamento mi ha fatta infuriare.

La maggioranza, cioè noi del governo, aveva proposto un emendamento per cancellare la società che gestisce l'appalto per la costruzione del Ponte di Messina. Perfino i tecnici giapponesi, che di ponti sull'acqua sono maestri, hanno decretato che quell'arcata a getto unico così ampia ed esposta a raffiche di vento spesso terribili è destinata al crollo.

Metterla in cantiere è una follia, ma ci sono grosse spinte di speculazione economica perché la si realizzi a ogni costo. A questo proposito abbiamo letto di collusioni di stampo mafioso, di imprese costruttrici, come l'Impregilo, già rinviate a giudizio in Campania per smaltimento illecito di rifiuti, e via così.

Mi sono detta: «Finalmente questa maggioranza si impegna in qualcosa di buono!». Ma il gruppo di Di Pietro, di cui faccio parte, a seguito di una riunione cui non ho partecipato perché ancora non stavo bene, e senza comunicarmi l'esito, ha deciso di fare il salto della quaglia e votare per il mantenimento della società. Ho visto rosso! Non è possibile sperperare tanto denaro per un'opera che, è proprio il caso di dirlo, sta solo sulla carta dei mille progetti buttati al vento!

Sbattendo il telefono sul banco me ne sono andata, furibonda, e senza neanche prender la rincorsa mi sono piazzata tra i banchi dei Verdi e dei Comunisti italiani. Con i voti di Idv e Udeur l'opposizione ha avuto la meglio: la società non sarà cancellata, e continuerà nella sua folle impresa, a spese nostre!

In tutto questo, il nostro ministro Mastella (che Dio l'abbia in gloria e con un sorriso lo fulmini!), dopo aver votato, se l'è data a gambe, è uscito dall'aula, quasi a dire che lui non avrebbe votato. Che figlio di buona... fate voi!

Avrete capito che ho deciso di lasciare questo gruppo, questo partito, ancora non so se per entrare in uno diverso o per rimanere come «indipendente» nel gruppo misto del Senato. Deciderò in queste ore.

Vorrei poi fare chiarezza su un punto: ieri, la Commissione vigilanza Rai, di cui sono membro, ha sfiduciato il presidente del cda, Petruccioli: dai giornali e dai tg si è appreso che Udeur e Idv hanno votato una mozione di sfiducia della Rosa nel pugno, assieme alla Cdl, e io sono stata messa dentro il calderone dei votanti. Bene, per onore di cronaca, io non ero presente alla votazione giacché ancor prima del voto mi ero già alzata ed ero uscita dall'aula, assieme a tutta l'Unione. Anche se quel cda non ha sempre brillato nella gestione, non avrei mai potuto votare assieme a quelli della destra, gli stessi che hanno approvato la legge Gasparri, distrutto il servizio televisivo pubblico e di fatto avallato il conflitto di interessi!

25 ottobre 2007

Non voglio avere più nulla a che fare con queste persone! Esco dall'Idv! Non ci penso un secondo: mi alzo e me ne vado a sedere su, ultima fila in alto, accanto al senatore Bulgarelli.

Oltretutto c'è stata pure la goccia che ha fatto traboccare il vaso: alla Camera c'era la proposta di istituire una commissione d'inchiesta sulle violenze del G8 a Genova e l'Italia dei valori ha votato contro: bocciata. E allora, mi spiace, ma io boccio voi. Me ne vado. Ognuno per la sua strada.

E chi paga son sempre i bimbi

27 ottobre 2007

Sono a Pescara per ricevere il Premio Borsellino conferitomi per l'impegno civile... sono imbarazzata! È un riconoscimento veramente importante! Dario mi fa una bellissima sorpresa e mi raggiunge...

Alla premiazione sono presenti Francesco Forgione, il presidente della Commissione nazionale antimafia – che tiene uno splendido discorso sulla legalità – e Nichi Vendola, governatore della Puglia, con il suo papà novantenne!

Lo fermo per segnalargli le tragedie che Taranto subisce a causa della diossina prodotta dall'Ilva, il megastabilimento industriale... Molti bimbi che vivono lì attorno soffrono della sindrome del fumatore incallito, malattia tipica degli anziani. Gli dico che ho scritto e inviato un'interrogazione al ministro della Sanità e dell'Ambiente, ma non ho ancora ricevuto risposta!

Presenti anche Clementina Forleo e Peter Gomez.

Ore 8.10 del mattino, partenza per Milano.

31 ottobre 2007

Scrivo due fax: uno a Marini e uno a Formisano, nei quali comunico che sono uscita dall'Italia dei valori. È inutile che vi riproduca queste missive, sono le solite formule burocratiche che vi risparmio.

5 novembre 2007

Su «l'Unità» questa mattina è apparso un articolo che mi riguarda direttamente; dice:

> *Dopo la finanziaria mi dimetto*
> Ad annunciare le sue dimissioni è la senatrice eletta nelle file dell'Italia dei valori, Franca Rame. Aveva già lasciato il partito di Di Pietro per iscriversi nel gruppo misto, in dissenso con il leader dell'Idv che, qualche giorno fa, aveva bocciato l'emendamento con il quale si chiedeva di sopprimere la società Stretto di Messina Spa.

La senatrice è veramente decisa e conclude con una sua battuta diventata ormai famosa: «Basta con quel frigorifero dei sentimenti che è Palazzo Madama».

«Resterò fino alla conclusione della finanziaria per concludere i miei impegni nelle varie commissioni.» «Ribadisco che devolverò a buone cause il mio stipendio da senatrice: ho ancora 75.000 euro da sistemare.»

Convegno sulla comunicazione politica in internet

26 novembre 2007

Negli anni Novanta ero affascinata dal computer. Guardavo con grande invidia i miei collaboratori che facevano a mio avviso cose miracolose. Quando dicevo «Mi piacerebbe imparare», mi sentivo rispondere: «Lascia perdere, non è roba per te». Ma perché non è roba per me? Ci restavo male veramente. So scrivere a macchina, pensavo, è così difficile il computer?

A Natale del 1994 mi trovavo da Jacopo e mi ero sfogata con lui sul «non è roba per te». Si era fatto una gran risata: «Non ti conoscono!». Ja (è così che chiamo mio figlio) ha gran fiducia nelle mie possibilità. «Ecco mamma, si fa così...»

A poco a poco ho scoperto un sacco di cose misteriose. Da sola. Stavo sempre al computer, mi alzavo alle 5 e via che lavoravo. Preparavo le nostre commedie per Einaudi. Ero come pazza! Avevo un Mac a cui ero molto grata. Tanto che quando l'accendevo, avevo registrato la mia voce che gli sussurrava «amore»... Dario mi prendeva in giro ma, sotto sotto, era molto orgoglioso di me, tanto da scrivermi un monologo, «Amore al computer!», molto divertente, che ho recitato più di una volta con grande successo. Eccovelo:

Sto delle ore davanti al computer, mi distendo, mi diverto da morire, ci parlo, ci litigo. Sono arrivata a prenderlo a male parole... perfino a calci. Anche perché ogni tanto mi fa scherzi indegni, mi ritrovo frasi registrate, parole che non ho affatto scritto.

È autonomo, prepotente e bugiardo, non ammette mai di aver barato, manomesso. È proprio un maschio! Ed è pure permaloso... Se non mi rivolgo a lui con sufficiente cortesia, se brutalmente gli ordino di correggermi certe parole o di indicarmi l'espressione esatta, spesso mi riferisce varianti appositamente sbagliate, inesistenti! Dario mi sfotte: «Sei una fanatica! Con quell'aggeggio vai via di testa. Ho il sospetto che col computer tu ci faccia anche l'amore».

In verità, il fanatico fissato credo sia lui... lo odia. Sì, odia il mio computer, è geloso. Già, mio marito ha sempre avuto una specie di idiosincrasia per tutto quello che è meccanico, figurati per l'elettronica. Temo che me lo voglia rompere. A ogni buon conto ho nascosto tutti i martelli, il pestacotolette e anche la mezzaluna. Spaccarmi il mio computer... assassino! *(Accende il computer)* Ma cosa ti ha fatto di male. Creatura indifesa. È così simpatico, *(schiaccia alcuni tasti)* generoso, disponibile. D'accordo, ha qualche difetto, ma nessuno è perfetto! Ecco, per esempio, adesso non mi vuol passare gli appunti di ieri. Eh, non fare scherzi, il codice è giusto, la data è esatta... cosa mi dici «inesistente»?... Dai i numeri? Ripeto: appunti su sequenza dialogo immaginativo con mia madre... «Madre inesistente», «No mother!». Non c'è la madre? Non ho avuto madre io? Sei tu che non l'hai mai avuta! Figlio di una calcolatrice automatica e d'un frigo! Dai, non farmi scherzi, tirala fuori, dove hai nascosto mia madre? È uscita? Spiritoso... Dai, sbrigati! Voglio le coccole? Cos'è questo? Che capitolo è? Non l'ho mai scritto. Non è roba mia.

È tua? Ma come ti permetti di inserire i tuoi discorsi... di programmare... Come? Ripeti?... Sei tu che vuoi le coccole? Da chi? Da me?! Ah, questa è bella! E va bene, eccoti una carezza... vuoi anche un gemito? *(Batte ripetutamente su un tasto)* «Aaahhh!» Ti fa il solletico? *(squittisce)* Basta! D'accordo. Adesso torniamo seri. Dammi mia madre. «Amore?» Comincia così il pezzo? No? Sei tu che dici «Amore»? Ehi dico, vacci piano... non ti pare di esagerare? Vuoi fare l'amore? E con chi? Con me? *(Batte di continuo sulla tastiera).* No, ti prego, adesso basta! Non è che sto andando fuori di testa? Avanti, ritorna a fare la macchina giudiziosa e corretta *(ribatte perentoria)*. Eh no eh? Ora stai andando sul pesante. Ma come ti permetti, guarda che chiamo mio marito. *(Ad alta voce)* Aiuto! Per favore, non c'è nessuno? Il computer mi fa delle avance... Ah, adesso chiedi scusa..!! Giura che non lo fai più! Promesso? Cosa? Lo rifai? Ma sei d'uno sfacciato! Chi ti ha programmato a te? Un ingegnere sozzone? Sì... ti sei fatto da solo! Buona questa! A ogni modo a 'sto punto piantala se no ti spengo... stacco la spina. *(Squittii e gemiti).* Ma no, stupidone... scherzavo... Guarda che schermo pallido ti è venuto! D'accordo... ti lascio acceso... facciamo la pace. *(Suoni strani).* Ah, questa poi! Ma sono una signora! Sì, d'accordo, mi sei simpatico... diciamo che ho anche dell'affetto per te... ma arrivare al punto... Ma cosa vuol dire ti amo? Amo un computer adesso? Ma cerca di ragionare... No, ho detto!! Su certi discorsi non ci sto! Ma che razza di dischetto hai dentro?! Penetrare? Vuoi... Penetrare chi? Me?! Eh no! Adesso ti spengo davvero... *(schiaccia il tasto)* Non si spegne? Che succede? Guarda, strappo la spina... *(ha una reazione tra il tragico e il grottesco. Un tremore)* Dio! Che c'è? La scossa? Mi vuoi fulminare...! Ehi, chiamalo fremito passionale! Ma tu sei fuori di testa... No, eh *(batte i tasti lentamente con scatti improvvisi),* ti prego... ma che figura mi fai fare? Se entra qualcuno... e ci sente e ci vede dialogare in questo modo... a

me mi portano al neurodeliri... a te ti sfasciano... anzi, con i tempi che corrono... ci mettono tutti e due su una catasta di legno e la Pivetti, presidente della Camera, ci dà fuoco.
Ehi, cosa mi succede alle dita? Accidenti, son come incollata ai tasti... Lasciami andare le dita o ti prendo a calci! Sì, il fluido! «Tel chi il fluido!» Oddio! No! Ma che fai? È proprio un fluido. Basta, smettila o grido! Aiuto! 'Sto bastardo... mi sta facendo... si sta approfittando... No! Ho detto non mi va... ti prego... fino a adesso si stava scherzando, ma... Ehi! Dico?! Cos'è 'sto senso di umido al collo? Mi baci?! Sul collo?! Sì, sì... non dico, è piacevole... Ma com'è possibile? Oddio, sto impazzendo! Sii ragionevole... Ma sono una signora sposata... per bene... non ho l'età per certe cose, se pure con un computer...
Oh, santa Madonna, cosa mi succede?! No eh! Non permetterti... Giù i relais!! I chips!! I microsystem!
Sì, sì... è bellissimo. No, no, non andartene... Mamma! Che c'entra la mamma? È troppo! Santo cielo... se arriva qualcuno finisco davvero davanti al tribunale di Comunione e liberazione... È impossibile! Ma che programma ci han messo dentro?! Che soft... splendido! Oh, sì... È troppo... troppo... Troppo poco! Ancora! Ah!! Dio, che sballo, ma che hardware è? Aihuaioa... lasciami! Lasciami andare! Ohah... *(prende un gran respiro, libera le dita dalla tastiera, si porta le mani al viso)* Ma cosa è successo? *(Al computer)* Canaglia! Adesso chissà cosa penserai di me!

Ricordo che durante l'estate venne ospite da noi Stefano Benni, il grande. Mi osservava immobile per ore che lavoravo, lavoravo...
«Ma tu, Stefano, non usi il computer?»
«Sei pazza! Non lo userò mai. Sto bene con la mia portatile...»

«Sei tu pazzo. Non sai che ti perdi! Per esempio, quando correggi o riscrivi un pezzo, con l'Olivetti, perdi l'originale. Col computer no. Fai semplicemente una seconda stesura. Dai, siedi che facciamo una prova.» Da quel giorno ha scoperto e usato sempre il computer.

Dopo questi primi passi mi sono avvicinata a internet nel 1995. Dire che ne sono rimasta entusiasta è poco.

Parlando con un amico del mestiere gli ho detto: «Mi piacerebbe pubblicare su internet *Mistero buffo*, le varie stesure, foto, articoli, corrispondenza eccetera. Fammi un preventivo». Dopo poco mi telefona: «Non ti conviene, ora spenderesti per tutto quel materiale almeno 500 milioni. Aspetta qualche anno, vedrai che i costi scendono».

Nel 1997 ho deciso di iniziare quella che si sarebbe rivelata un'esperienza da giganti.

Anche con pietre minute si costruiscono cattedrali

Dagli inizi del nostro lavoro ho sempre archiviato tutto: manoscritti di Dario appuntati anche su un tovagliolo di carta al ristorante, copioni con varie stesure, manifesti, volantini, fotografie, recensioni, lettere, biglietti, fatture. Ci sono anche moltissime testimonianze di scioperi, tratte da manifesti e giornali, di occupazioni di fabbriche italiane e straniere per cui abbiamo messo in scena oltre mille spettacoli, lasciando l'incasso in sostegno alle loro lotte. Quando ci fu il colpo di stato di Pinochet, nel 1973, Dario scrisse in pochissimi giorni una commedia pazza, *Guerra di popolo in Cile*, della quale abbiamo già accennato. La portammo in giro per l'Italia e spedimmo il ricavato ai compagni cileni in lotta. Così per i Fedayyin, i militanti della guerriglia armata palestinese: erano venuti in undici da Beirut... Ma tutto questo è sul mio sito: tutto ciò che la nostra attività teatrale e la nostra vita privata ha prodotto in oltre cinquant'anni, insomma, un mare di materiale.

Chi lavorava con me mi guardava preoccupato e certamente pensava che fossi pazza. Al contrario, io mi sentivo tranquilla e determinata. Ce la devo fare. Ce la farò.

Ok. Sapevo che non era uno scherzo.

Ma con un archivio in ordine come il mio, il lavoro più importante era fatto. Ora bisognava digitalizzarlo. Coraggio. Ho assunto dodici collaboratrici, assistite da due o tre maschi, tanto per non dare nell'occhio. Come ci si muoveva?

Sceglievo personalmente, in ordine di data, tutto ciò che andava digitalizzato, commedia dopo commedia, atti unici e monologhi, progetti, canovacci e varianti... in più tutte le traduzioni dei nostri spettacoli. Avete idea di quante siano? Ebbene, ancora oggi, di commedie come *Settimo, ruba un po' meno* riceviamo traduzioni in kazako, lituano, estone, lettone, e perfino in ladino svizzero.

Smistavo questo materiale sui dodici computer Mac dotati di scanner e stampanti. Man mano che inserivamo i vari documenti, avevamo l'impressione di costruire un monumento impossibile! Ci sono voluti cinque anni per metterlo in piedi, e ancora oggi continua a crescere, sempre sotto il controllo e la collaborazione di Jacopo e sua moglie, la deliziosa Eleonora.

Il progetto ha ricevuto molta attenzione e al nostro gruppo di lavoro si sono aggiunti stagisti e tesisti italiani e stranieri interessati all'«opera». Se ne sono occupati anche alcuni quotidiani stranieri e italiani: «la Repubblica» è uscita con due pagine definendolo uno dei più grandi archivi gratuiti disponibili in rete.

Dopo il sito, diventata senatrice, ho aperto il blog. Un'esperienza fantastica! La comunicazione dei media tradizionali è unidirezionale, mentre il blog dà la possibilità di interagire: ed effettivamente, nel corso del tempo, attorno al sito francarame.it si è creato un nucleo di persone veramente «attive». Non solo leggono i contenuti, ma partecipano con commenti, osservazioni, consigli.

In occasione di manifestazioni politiche importanti come quella di Vicenza, o più recentemente quella del 20 ottobre per chiedere al governo più attenzione ai temi sociali, questo gruppo di cittadini ha deciso autonomamente di partecipare, abbandonando la «veste virtuale». Quando me li sono trovati davanti la prima volta mi sono emozionata, ho sentito l'amicizia e la solidarietà.

Il fatto merita di essere evidenziato per mostrare la potenzialità di un «luogo virtuale» di essere fonte di aggregazione, come poteva essere un tempo una sede di partito. Il paragone non è privo di fondamento. In concomitanza di momenti politici tesi, per esempio il rifinanziamento delle missioni militari – pardon, «di pace» – all'estero, il blog è diventato per me un vero «termometro politico».

Per sessant'anni io e Dario siamo sempre stati contro tutte le guerre, e quando mi sono trovata, da senatrice, a dover votare per il mantenimento delle missioni, ho vissuto lunghi periodi di grande sconforto e angoscia. Giorno e notte la domanda era la stessa: votare sì o no? Accordare o meno la fiducia a un governo così distante dalle mie scelte politiche?

Il mio blog, come credo quello di molti altri, è diventato ricettore delle molte perplessità dei cittadini nei confronti di questo governo. Anche recentemente, nei dieci giorni di discussione della finanziaria in Senato, le visite sono aumentate di giorno in giorno e così il numero dei commenti: alcuni in sostegno delle mie scelte, altri critici.

Grazie anche ai miei collaboratori, tutti hanno ricevuto risposta (nei limiti del possibile!) perché ho ritenuto fondamentale sia rendere conto del nostro operato in una fase così delicata, sia fornire un'immagine di quanto accade dentro l'aula, anche pubblicando porzioni di resoconti stenografici, cioè insistendo su quanto sfugge ai media tradizionali nei loro usuali «panini politici».

È accaduto che le segnalazioni fatte da cittadini diventassero atti di sindacato ispettivo. Come nel caso di Taranto e delle grandi quantità di diossina immesse dall'Ilva; o ancora nel caso di Giuseppe, il bimbo di Firenze ingiustamente allontanato dalla famiglia. Questo a dimostrazione del fatto che il blog può essere uno strumento che permette ai cittadini di riappropriarsi della politica, e per i Palazzi di riaprire le porte alla gente. Attenzione però: se i blog diventassero l'unico raccoglitore delle istanze, questo segnerebbe al contrario un grave fallimento della politica.

Come recita un detto popolare, un uomo che violenta è prima di tutto un impotente

5 dicembre 2007

Nel mese di novembre, in una stazione periferica di Roma, è stata violentata e uccisa una donna, Giovanna Reggiani. L'omicidio, davvero brutale, viene attribuito a un romeno di etnia rom, e subito la reazione è durissima. Repressione è la parola d'ordine della destra. Segue lo sgombero di alcuni campi profughi alle porte di Roma abitati da questi disperati. Partono autobus carichi di immigrati: destinazione Romania.

Gli sgomberi vengono aspramente contestati e il governo decide di «blindarli» con un voto di fiducia. Arriva quindi il momento della conversione del decreto in aula, inizia la discussione sulla sicurezza nazionale. Sulla legge di conversione c'è un maxiemendamento che riguarda le misure di contrasto dell'omofobia.

Ho deciso di intervenire. Chiedo di parlare e mi è concesso. Ecco il mio intervento integrale:

> Una donna, Giovanna Reggiani, è stata violentata e uccisa a Roma. L'omicida è sicuramente un uomo, forse un romeno. Il giorno precedente, sempre a Roma, un'altra donna, una romena, è stata violentata e ridotta in fin di vita da un uomo, non si sa di quale nazionalità. Due vittime con pari dignità?
> La stampa internazionale, a seguito dell'emanazione del decreto sulla sicurezza, è uscita con titoli allarmistici.
> «Libération»: *Romeni cacciati dall'Italia: il decreto di espulsione adottato con urgenza, per calmare le polemiche dopo l'assassinio di Giovanna Reggiani.*
> Su «The Independent», foto con alcuni rom cacciati da Roma e un grande titolo: *Espulsi! Banditi! Stiamo entrando in una nuova era di intolleranza in Europa?*
> «The Financial Times»: *L'Italia espelle i romeni.*
> «Le Monde»: *Romfobia.*
> Odio e sospetto alimentano giudizi assai facili: da stranieri a romeni, da romeni a rom, da rom a ladri, assassini o molestatori, il passo è breve.
> Omicidi e reati sono, oggi, ai livelli più bassi degli ultimi vent'anni, mentre sono in forte crescita i reati commessi in famiglia o per ragioni passionali. Ma di questa orrendezza si parla molto meno.
> Il rapporto Eures-Ansa 2005, *L'omicidio volontario in Italia*, e l'indagine Istat 2007 dicono che un omicidio su quattro avviene in casa; sette volte su dieci la vittima è una donna; più di un terzo delle donne dai quattordici anni in su ha subito violenza nel corso della propria vita, e il responsabile, sette volte su dieci, è il padre, il marito o il convivente.
> Tempo fa, grazie a un'inchiesta condotta con altre donne, ho avuto la possibilità di parlare con vittime brutalizzate all'interno della propria famiglia. Dieci anni fa il comitato che

avevamo istituito ha poi indetto e gestito i processi contro i «violentatori di casa».

«La famiglia uccide più della mafia, le strade sono spesso molto meno a rischio stupro delle camere da letto» scrive Ida Dominijanni su «il manifesto». «L'assassino ha spesso le chiavi di casa.»

L'adesione della Romania all'Ue ha suscitato molte inquietudini in Europa occidentale. Buona parte dei romeni emigrati si sono trasferiti in Spagna e in Italia, sono arrivate 537.000 persone delle minoranze rom, tzigana e sinti.

Secondo i leader della comunità rom, un milione e mezzo di persone sono emigrate per sfuggire alla discriminazione subita in patria. Certo in Italia si trovano a vivere di espedienti che a volte finiscono per diventare azioni criminose, ed è dunque giusto che il governo abbia per obiettivo la sicurezza della cittadinanza, e per questo è doveroso porre rimedio con il totale rispetto delle norme vigenti.

Ma non dimentichiamo che la colpevolizzazione di un'etnia è stata storicamente il primo passo per giustificare un genocidio, e che la sicurezza è garantita dalla cultura della legalità e dalla certezza del diritto e della pena, senza però negare accoglienza, solidarietà e tutela dei diritti umani.

Ma venendo alle votazioni sul decreto di sicurezza, la fiducia passa. Con 160 voti favorevoli, 156 contrari e 1 astenuto (che al Senato vale come voto contrario), l'aula di Palazzo Madama ha approvato il decreto.

Fondamentali i voti dei senatori a vita, soprattutto se si pensa all'assenza di Luigi Pallaro e ai due voti contrari di due esponenti della maggioranza, la senatrice teodem Paola Binetti e l'ex Prc Franco Turigliatto.

Il sì di Cossiga ha alimentato le proteste del senatore Calderoli, che ha contestato la validità del voto giacché l'ex capo dello Stato non è passato, come regolamento prevede, davanti al banco della presidenza. Il presidente del Senato Franco Marini ha però posto un freno alle proteste perché, ha detto, il senatore a vita aveva «evidenti difficoltà a camminare» e ha «pronunciato il suo voto forte e chiaro».

La senatrice Binetti ha negato la sua fiducia al governo proprio per le norme antiomofobia contenute nel maxi-emendamento, che prevede un giro di vite nei confronti di chi compie atti di discriminazione anche in relazione all'identità di genere.

Com'è andata a finire? Basta leggere i giornali di qualche mese dopo. Su questo tema Laura Mari, giornalista de «la Repubblica», ha scritto il 6 aprile 2008 un articolo-inchiesta davvero straordinario. Eccone alcuni passi.

Dopo i blitz tornano le favelas
Tre padelle attaccate sul pilone della tangenziale. Due materassi accatastati accanto al guardrail. Qualche coperta stesa tra le fronde degli alberi e un ragazzo che sistema dei cartoni osservando il passaggio delle automobili.
Sembra una rappresentazione surreale di un dramma tragico. Dopo lo sgombero dei campi nomadi abusivi, il censimento di quelli regolari e l'intensificazione dei controlli nelle aree maggiormente frequentate da nomadi e rom, le baracche e gli accampamenti di fortuna continuano ad assediare la città. Per accorgersene è sufficiente percorrere la tangenziale o la via Flaminia, viale Tor di Quinto o via Salaria.
All'altezza della stazione Nomentana, per esempio, sotto i piloni della tangenziale e a pochi metri dalla recinzione che separa i binari dalla strada, qualche disperato ha costruito una baracca fatta di cartoni, pezzi di legno ammuffito e scarti edili. Un rifugio ben visibile ai tanti pendolari che ogni giorno frequentano la stazione e che, guardando le pentole arrugginite

attaccate al pilone di cemento e il forno costruito ammucchiando qualche sasso, hanno ancora in mente l'omicidio di Giovanna Reggiani, la donna brutalmente uccisa da un romeno all'uscita della stazione Tor di Quinto. Qualche giorno dopo si era saputo con sicurezza il nome del suo assassino: Romulus Nicolae Maliat, di 24 anni.

E proprio su viale Tor di Quinto, all'altezza di via dei Due Ponti, le fronde degli alberi nascondono una baracca costruita in un giardinetto che separa le carreggiate. Qualche metro più avanti, la favela porta l'indirizzo dei cavalcavia di via Flaminia, dove tavolini arrugginiti, divani rotti, sedie traballanti, materassi nascosti accanto ai piloni e rimasugli di cibo testimoniano un accampamento di fortuna abitato da almeno una decina di famiglie. Disperati venuti a Roma con il sogno di trovare un lavoro e finiti a vivere, come scarti dell'umanità, tra i tubi di scappamento e i rifiuti.

Al fuoco! Al fuoco! Ma l'estintore è vuoto

6 dicembre 2007

Nella notte tra il 5 e il 6 dicembre è accaduto un grave incidente alla Thyssen Krupp di Torino. Il ministro Damiano viene al Senato per un'informativa urgente, e alcuni compagni mi chiedono di intervenire. Eccomi davanti al microfono:

> Nel 1962, Dario e io eravamo i conduttori di *Canzonissima* su Rai1. Nell'ottava puntata avevamo pronto un brano sulle cosiddette «morti bianche», problema già grave in quegli anni. I responsabili Rai hanno censurato il pezzo. Così abbiamo scoperto che in Italia la gente non deve sapere che si muore sul lavoro. Ci siamo rifiutati di accettare il veto e abbiamo

abbandonato la trasmissione, affrontando processi uno dietro l'altro. E per ben sedici anni siamo stati letteralmente cancellati da tutti i palinsesti televisivi. Oggi, dopo quarantacinque anni, i media informano sulle quasi quotidiane vittime del lavoro: dal 2001 al 2007 si denunciano 8376 morti, senza contare le innumerevoli malattie professionali che hanno colpito lavoratori, donne e uomini, la cui sopravvivenza è inesorabilmente segnata.
Il nostro presidente del Consiglio ha commentato tempo fa: «Quei morti sono martiri del lavoro». No, presidente Prodi, quei morti non sono martiri del lavoro, ma vittime di atti criminali: lavoro nero e risparmio sulle impalcature di protezione.
Che vale la vita di un immigrato clandestino? Che vale la vita di un lavoratore bianco in regola? Nulla! Anche lui può finire carbonizzato. Quello che vale è solo il vantaggio economico realizzato sulla pelle di chi è costretto a rischiare la vita ogni giorno per poter campare. Nel nostro paese, milioni di persone tutte le mattine vanno al lavoro con il rischio di non tornare... Come si recassero su un campo di battaglia.
Nella Guerra nel Golfo hanno perso la vita 3520 militari, i morti sul lavoro in Italia dal 2003 all'ottobre 2006 sono ben 5252 (rapporto Eurispes). Gli infortuni sul lavoro costano alla comunità circa 50 miliardi di euro l'anno: se questa enorme somma di denaro fosse destinata alla sicurezza del lavoratore, non saremmo qui ancora oggi a fare i notai di questa triste conta dei caduti. Occorre urgentemente una struttura di controllo rapida e incorruttibile che applichi soprattutto un codice che colpisca severamente gli imprenditori disonesti, anche con la carcerazione oltre a pesanti multe.
Lo so, chiedere giustizia nei riguardi di imprenditori è qualcosa che indigna le lobby dell'industria, ma senza giustizia si rischia di tornare al periodo della gleba.

Finalmente sono arrivata alla grande svolta

16 dicembre 2007

Ho passato la giornata a scrivere e riscrivere la mia lettera per le dimissioni dal Senato che consegnerò in settimana. Tante sono le cose da dire... accenno, propongo, scrivo e riscrivo. Rileggo e correggo. Aggiungo e taglio. Sono stanca. Non ho mai smesso di lavorare da questa mattina. Un boccone e riprendo, con Dario che grida: «Smettila. Riposati. Prendi un po' di fiato, altrimenti con 'ste dimissioni finisce che ti ammali!».

Dario mio, rappresentano tanto per me.

Credo possiate immaginare quello che sto provando. Vorrei raccontarvi la giornata di ieri con la gioia che ho vissuto, ma non riesco a togliermi la tristezza e il peso che mi sento addosso oggi. Prendetemi come sono.

Ieri mattina, sveglia alle 8. Veloci, con Dario e Gessica siamo partiti per Vicenza. Dopo un anno, eccoci qui ancora una volta a protestare contro la base americana voluta da Berlusconi e riconfermata dal nostro governo, con tante persone venute da ogni parte d'Italia e anche dall'Europa. C'erano pure alcuni americani.

Abbraccio Lara, Francesca, Gargantua, Max, gli amici di sempre, presenti a tutte le manifestazioni. L'ultima è stata quella del 20 ottobre a Roma.

Sole splendente. Lassù qualcuno ci ama. Alle 14 sono alla stazione con tutti gli altri e via che finalmente si parte (Dario ci raggiungerà più tardi, è andato a dormire per un'ora, era stravolto).

Mentre camminiamo mi si avvicinano compagne e compagni che mi stringono la mano e mi dicono: «Grazie!». Mi imbarazza molto essere ringraziata. Sono qui come tanti, felice per quello che sto facendo. Quanti chilometri abbiamo percorso? Mi dicono cinque.

Ci raggiunge Dario, festeggiato dalla folla. Sono passate da poco le quattro ed eccoci di nuovo al punto di partenza: la stazione. Cinzia e don Gallo, dal camion, fanno in continuazione interventi: «Americaaaniii a caaaasaaa!». Sale sul camion anche Dario.

Il nostro treno per Milano parte alle 17.15. Lo prendiamo per un pelo.

17 dicembre 2007

Mi sveglio sempre verso le 5, cerco sotto il cuscino la radiolina che mi ha regalato Gessica, inserisco l'auricolare perché Dario dorme accanto a me. Vado cercando un giornale radio. Ascolto qualche canzone, poi giro e giro finché trovo Radio Radicale. Tiro un bel respiro... ohh, sono a casa! Mi piace molto questa emittente politica (anche Radio Popolare, ma mi è più difficile trovarla). Qui c'è sempre Pannella (a qualsiasi ora) che fa discorsi su temi recenti o vecchi. Ci sono convegni e interventi quasi sempre interessanti. Mi assopisco, mi risveglio... Premo il pulsante del mio orologio parlante (10 euro): ore 6.59.

«Ci siamo» penso... *Prima pagina* sta per cominciare. È una trasmissione che seguo da anni. Bellissima. Per quindici minuti tutte le notizie dal mondo. Poi arriva il giornalista di turno che ti dice tutto quello che è capitato ieri. Una rassegna stampa con i fiocchi. Pubblicità. Poi telefonate degli ascoltatori. Tutti possono intervenire, se si ha la fortuna di trovare la linea libera. Le risposte sono sempre interessanti.

«Stai ascoltando la radio?»

«Sì, Dario...»

«Che novità ci sono? Fai ascoltare anche a me?»

«Ma certo!»

Si inserisce l'altro auricolare. Commentiamo le notizie, ci alziamo, caffè e latte, tre biscotti perché sono dimagrita, computer, blog, posta. Mamma mia! Ma che bella mattinata! Grazie. Non mi sentirò mai più sola e invisibile, giuro. Mi avete presa in braccio, baciata sulle guance come una bimba piccola, coccolata... Ma che ristoro!!! Devo avervi fatto una gran pena. Bene, bene. Ogni tanto bisogna togliersi la camicia e mostrarsi senza timore. Il giorno dopo voli felice... e questa felicità la devo a voi. Mi sento una meraviglia! Ieri sera ero depressa e stanca per la letterona-dimissioni che mi ha turbato non poco. Avevo talmente tante cose da dire... ma non ci sono state tutte.

Ora basta con le chiacchiere. Sto partendo per Roma... Voglio tornare a fare il mio mestiere: recitare... Voglio riprendere a ridere e a cantare... Voglio stare tra i miei amici, pranzare insieme, non voglio più essere sola.

19 dicembre 2007

È morto all'ospedale Villa Scassi di Genova, dopo dieci giorni d'agonia, Rosario Rodinò, l'operaio di ventisei anni rimasto gravemente ferito nell'incendio scoppiato all'acciaieria ThyssenKrupp di Torino. È una delle sette vittime del rogo causato da un getto di olio bollente in pressione. I rilievi della polizia hanno scoperto che di fatto non c'era nessuna protezione e rispetto minimo delle norme di sicurezza: perfino gli estintori erano scarichi. Naturalmente i proprietari hanno negato ogni addebito.

Una raffica di voti

Oggi, 19 dicembre, si vota anche per la finanziaria. L'Unione subito alla conta nell'aula di Palazzo Madama. Manca il numero legale... Si comincia bene! Venti minuti di sospensione. Questi sono segnali.

Nel frattempo, i gruppi dell'opposizione, nonostante gli ormai tre scontati voti di fiducia, ripresentano per l'aula del Senato i circa 340 emendamenti già respinti in commissione.

In serata, fra le 19 e le 20.30, il governo annuncerà la fiducia sulla finanziaria.

Terminate le repliche al veleno, si vota. Uno, due, tre voti. Col fiato sospeso. Il senatore Boccia è pallido in viso, altri sudano come fosse ferragosto, e invece siamo al 19 dicembre.

La fiducia alla finanziaria è andata in porto... Fra sei giorni è Natale, si chiude, buon Natale a tutti!

2008

Onorevoli?! Provate a togliere un soldo dalle loro tasche

7 gennaio 2008
L'anno inizia così: alla Camera il presidente Fausto Bertinotti ha deciso di bloccare lo scatto di aumento delle indennità dei deputati, che già viene incassato dai senatori.

Sono in molti a essere in disaccordo e a protestare vivacemente contro il presidente... Decido così di scrivere un comunicato stampa. Eccovelo:

> *Franca Rame: blocco degli aumenti delle indennità parlamentari.*
> [...] *Rinuncino anche i senatori*
> La discussione sugli «adeguamenti salariali» tra Palazzo Madama e Montecitorio non è conclusa.
> La senatrice Franca Rame loda il presidente Bertinotti per la decisione di bloccare lo scatto di 200 euro lordi mensili delle indennità parlamentari: «Credo sia un segnale positivo, che dimostra come il miglioramento sia possibile iniziando da piccoli gesti di buon senso; si tratterebbe, a conti fatti, di un risparmio di oltre un milione e mezzo di euro l'anno solo per la Camera, aggiungendo il Senato si arriverebbe a 2.284.800 euro, senza contare gli aumenti per le future pensioni.
> [...]

Sulle proteste dei deputati, la senatrice è *tranchante*: «Con quale coerenza si chiedono sacrifici ai cittadini per salvare i conti pubblici italiani, e poi ci si lamenta per il mancato aumento?». Continua Franca Rame: «Suggerirei invece ai colleghi senatori di adeguarci, rinunciando da subito al surplus. Sarebbe un gesto rivoluzionario, molto apprezzato dai cittadini, la maggioranza dei quali non riesce con il proprio stipendio ad arrivare a fine mese!». La senatrice conclude con una considerazione: «Credo inoltre che sarebbe un gesto molto "onorevole" da parte di chi già percepisce vitalizi, emolumenti extra e altre prebende, la rinuncia ad almeno sei mesi di pensione da parte di tutti i parlamentari». Già nel 1999 "l'Espresso" pubblicava i dati delle "pensioni d'oro": cifre da capogiro, che intere famiglie non arriverebbero ad accumulare in alcune generazioni. Un esempio: pensione da ex dg Banca d'Italia, ex ministro degli Esteri, ex presidente del Consiglio: 650.529.477 lire – 335.970,43 euro.

«Cosa sono sei mesi dopo tutto quello che hanno ricevuto? Coraggio, un po' di generosità! Avete già avuto!»

Dopo l'approvazione della finanziaria la maggioranza di governo decide di pianificare una «verifica». I rappresentanti di tutte le forze si riuniscono il 10 gennaio per verificare la solidità e fare il punto della situazione. Dalle dichiarazioni di questi giorni, pare che l'impasse – che con la finanziaria pareva insormontabile – sia stata superata.

Lettera di dimissioni

15 gennaio 2008

Gentile presidente Marini,
con questa lettera le presento le mie dimissioni irrevocabili

dal Senato della Repubblica, che lei autorevolmente rappresenta e presiede. Una scelta sofferta, ma convinta, che mi ha provocato molta ansia e anche malessere fisico, rispetto alla quale mi pare doveroso da parte mia riepilogare qui le ragioni. In verità basterebbero poche parole, prendendole a prestito da Leonardo Sciascia, che nel prologo alle proprie dimissioni dice: «Non ho, lo riconosco, il dono dell'opportunità e della prudenza, ma si è come si è». Il grande scrittore siciliano è, in effetti, persona che sento molto vicina (eravamo cari amici) sia per il suo impegno culturale e sociale di tutta la vita, sia perché a sua volta, nel 1983, a fine legislatura decise di lasciare la Camera dei deputati per tornare al suo lavoro di scrittore. Le mie motivazioni, forse, non sono dissimili dalle sue. Del resto, io mi sono sentita «prestata» temporaneamente alla politica istituzionale, mentre l'intera mia vita ho inteso spenderla nella battaglia culturale e in quella sociale, nella politica fatta dai movimenti, da cittadina e da donna impegnata. E questo era ed è il mandato di cui mi sono sentita investita dagli elettori: portare un contributo, una voce, un'esperienza, che provenendo dalla società venisse ascoltata e magari a tratti recepita dalle istituzioni parlamentari. Dopo diciannove mesi di questa esperienza debbo constatare, con rispetto, ma anche con qualche amarezza, che quelle istituzioni mi sono sembrate impermeabili e refrattarie a ogni sguardo, proposta e sollecitazione esterna, cioè non proveniente da chi è espressione organica di un partito o di un gruppo di interesse organizzato. Ma andiamo per ordine.
Nel marzo del 2006, l'Italia dei valori mi propose di candidarmi come senatrice alle elezioni. Ho riflettuto per un mese prima di sciogliere la mia riserva, mossa da opposti sentimenti, ma alla fine ho maturato la convinzione che per contribuire a ridurre i danni prodotti al paese dal governo retto da Silvio Berlusconi e dall'accentramento di poteri da lui rappresentato,

ogni democratico dovesse impegnarsi in prima persona nell'attività politica. Ho infine accettato, ringraziando l'onorevole Di Pietro per l'opportunità che mi aveva offerto, pensando, senza presunzione, che forse avrei potuto ricondurre alle urne qualcuna o qualcuno dei molti sfiduciati dalla politica.

Ecco così che il 12 aprile 2006 mi sono ritrovata a far parte, alla mia giovane età (!!), del Senato della Repubblica carica d'entusiasmo, decisa a impegnarmi in un programma di rinnovamento e progresso civile, seguendo le proposte portate avanti durante la campagna elettorale dell'Unione, soprattutto quella di riuscire a porre fine all'enorme e assurdo spreco di denaro pubblico.

Ho così impegnato la mia indennità parlamentare per lavorare in questa direzione, anche organizzando (giugno 2006) un convegno con un gruppo di professionisti tra i più valenti, al fine di tracciare le linee di un progetto in grado di tagliare miliardi di euro di spese dello Stato nel settore dei consumi energetici, delle disfunzioni della macchina giudiziaria e dell'organizzazione dei servizi. A questo convegno ho invitato senatori della Commissione ambiente e altri che ritenevo sensibili ai temi in discussione. Non ne è venuto uno.

Ho inoltre presentato un disegno di legge (4 luglio 2006) con cui chiedevo che i funzionari pubblici, condannati penalmente, venissero immediatamente licenziati, trovando su questo terreno l'adesione di parlamentari impegnati nella stessa direzione, quali i senatori Formisano, Giambrone, Caforio, D'Ambrosio, Casson, Bulgarelli, Villecco Calipari, Russo Spena e molti altri, compresi numerosi deputati. È nato così il progetto delle «10 leggi per cambiare l'Italia». Ho anche acquistato spazi su alcuni quotidiani e sul web per comunicare i punti essenziali di questo progetto. Ma anche questa iniziativa non ha suscitato interesse nei dirigenti dei partiti del centrosinistra. Nei quasi due anni trascorsi in Senato, ho presentato diverse interrogazioni. Tutte rimaste senza risposta. Ho presentato numerosi emendamenti, ma non sono stati quasi mai accolti. Questa, per la verità, è la sorte che capita a quasi tutti i senatori. In seguito a un'inchiesta da me condotta sul precariato in parlamento, sei mesi fa mi sono impegnata nella stesura di un disegno di legge (presentato il 18 luglio) in difesa dei diritti dei collaboratori dei parlamentari: illegalità, evasione contributiva e sfruttamento proprio all'interno dell'istituzione parlamentare! Il mio impegno non è stato accolto né considerato degno di essere discusso.

Mi sono contemporaneamente impegnata su questioni drammatiche e impellenti, quali la necessità che il ministero della Difesa riconoscesse lo status di «vittime di guerra» ai reduci dei conflitti nei Balcani, Iraq e Afghanistan, avvelenati dai residui dell'esplosione dei proiettili all'uranio impoverito. Quanti sono i militari deceduti? Mistero. Quanti gli ammalati ignorati senza assistenza medica né sostegno economico? Mistero. Le cifre che si conoscono sono molto contraddittorie. Quello che si sa con certezza è che ci sono famiglie che per curare il figlio si sono dissanguate e alla morte del congiunto non avevano nemmeno i mezzi per pagare la tomba.

Anche per questa tragica campagna d'informazione ho acquistato spazi su quotidiani e web. Grazie ad alcuni media e a *Striscia la notizia* di Antonio Ricci, il problema è stato portato per quattro volte al grande pubblico: giovani reduci dei Balcani gravemente colpiti raccontavano la tragedia che stavano vivendo. Dopo tanto insistere, finalmente il ministro Parisi se ne sta occupando: speriamo con qualche risultato concreto.

Posso dire serenamente di essermi, dall'inizio del mio mandato a oggi, impegnata con serietà e certamente senza risparmiarmi. Ma non posso fare a meno di dichiarare che questi diciannove mesi passati in Senato sono stati i più duri e faticosi della mia vita.

A volte mi capita di pensare che una vena di follia serpeggi in quest'ambiente ovattato e impregnato di potere, di scontri e trame di dominio.

L'agenda dei leader politici è dettata dalla sete spasmodica di visibilità, conquistata gareggiando in polemiche esasperate e strumentali, risse furibonde, sia in parlamento che in televisione e sui media. E spesso lo spettacolo a cui si assiste non «onora gli onorevoli». Al Senato non si usa ascoltare chi interviene, anche se l'argomento trattato è più che importante. No, la maggior parte dei presenti chiacchiera, telefona su due, tre cellulari, legge il giornale, sbriga la corrispondenza...

In Senato, che ho soprannominato «il frigorifero dei sentimenti», non ho trovato senso d'amicizia. Si parla, sì, è vero, ma in superficie. Se non sei all'interno di un partito è assai difficile guadagnarsi la «confidenza». A volte ho la sensazione che nessuno sappia niente di nessuno. O meglio, diciamo che io so pochissimo di tutti. In aula, quotidianamente, in entrambi gli schieramenti (meno a sinistra per via dei numeri risicati), vedi seggi vuoti con il duplicato della tessera da senatore inserita nell'apposita fessura, con l'intestatario non presente: così risulti sul posto, anche se non voti e non ti vengono trattenuti 258 euro e 35 centesimi per la tua assenza, dando inoltre la possibilità ai «pianisti» di votare anche per te, falsando i risultati.

Questo comportamento in un paese civile, dove le leggi vengono applicate e rispettate, si chiama «truffa». La vita del senatore non è per niente comoda e facile per chi voglia partecipare seriamente e attivamente ai lavori d'aula. Oltre l'aula ci sono le commissioni. Ne ho seguite quattro: Infanzia, Uranio impoverito, Lavori pubblici e comunicazione, Vigilanza Rai. A volte te ne capitano tre contemporaneamente e devi essere presente a ognuna o perché è necessario il numero legale o perché si deve votare. È la pazzia organizzata! Se queste riunioni si facessero via web si ridurrebbero i tempi e si potrebbe arrivare

velocemente alle conclusioni, ma l'era del computer non ha ancora toccato i vertici dello Stato! E tutto questo attivismo produce un effetto paradossale: la lentezza. Si va lenti... «lenti» in tutti i sensi. Nel nostro parlamento l'idea del tempo è quella che probabilmente hanno gli immortali: si ragiona in termini di ere geologiche, non certo sulla base della durata della vita umana e degli impellenti bisogni della gente.
Oltretutto mi sento complice di una indegnità democratica. Stiamo aspettando da diciannove mesi che vengano mantenute le promesse fatte in campagna elettorale. Non è stata ancora varata, per esempio, la legge sul conflitto d'interessi, e ritengo questo ritardo gravissimo. Non è stata liberata la Rai dai partiti, non è stato fissato un antitrust sulle televisioni, mentre in compenso tutte le leggi del governo Berlusconi, assai criticate anche all'estero, sono in vigore, il falso in bilancio continua a essere depenalizzato, la ex Cirielli continua a falcidiare migliaia di processi. Contemporaneamente il governo ha bloccato il processo sul sequestro di Abu Omar sollevando due conflitti d'attribuzione davanti alla Corte costituzionale. E ha creato i presupposti perché al pubblico ministero Luigi de Magistris vengano tolte le indagini su politici di destra e di sinistra e il giudice Clementina Forleo venga fatta passare per esaltata e bizzarra. Nonostante gli impegni programmatici sulla legge Bossi-Fini e sui centri di permanenza temporanea, che sarebbe più appropriato definire centri di detenzione, dove sono negati i diritti più elementari, non ci sono novità. Ora stiamo aspettando anche in Senato il disegno di legge che vieta ai giornali di pubblicare le intercettazioni e gli atti d'indagini giudiziarie, già votato alla Camera da 447 deputati, con soli 7 astenuti e nessun contrario. Ma dove sta andando la sinistra? Come andrà in Senato?
In tante occasioni ho fatto prevalere sui miei orientamenti personali la lealtà al governo e allo schieramento in cui sono stata eletta, ma questa volta non potrei che votare contro.

Il paese si trova in gran difficoltà economica: disoccupazione, precarietà, caro vita, caro affitti, caro tutto... pane compreso. Che dire della lontananza sconvolgente che c'è tra il governo e i reali problemi della popolazione? E che dire dei 1030 morti sul lavoro nel solo 2007 (cifra peraltro destinata a crescere con la stabilizzazione dei dati Inail)? Ben venga il disegno di legge del ministro Damiano e il nuovo Testo unico sulla sicurezza sul lavoro. Non è mai troppo tardi. Solo un po'... Che dire dell'indulto di «tre anni» approvato con una maggioranza di due terzi del Senato, con l'appoggio di Udc, Forza Italia e An? Era certamente indispensabile alleggerire il disumano e incivile affollamento delle carceri, ma con un criterio che rispondesse davvero al problema nella sua essenza, con un progetto di riforma strutturale del sistema penitenziario, con il coinvolgimento delle innumerevoli associazioni del volontariato privato-sociale, che storicamente operano sul territorio nazionale e locale. A migliaia si sono trovati per strada e molti senza un soldo né una casa, né tantomeno un lavoro. Dodici donne italiane e straniere furono dimesse dal carcere di Vigevano a notte fonda in piena e desolata campagna! La notte stessa e nei mesi a seguire, circa il 20 per cento degli scarcerati è ritornato in cella. Sono anni che le carceri scoppiano... nessuno ha mai mosso un dito. Di colpo arriva l'indulto! È difficile non sospettare che il vero obiettivo di questa legge proposta dal governo fosse soprattutto quello di salvare in fretta e furia dalla galera importanti e noti personaggi incriminati, industriali e grandi finanzieri, e soprattutto politici di destra e qualcuno anche di sinistra... Che dire dei deputati e senatori condannati e inquisiti che ogni giorno legiferano e votano come niente fosse? Che dire di una finanziaria insoddisfacente alla quale siamo stati obbligati a dare la fiducia, altrimenti non avrebbe avuto i voti per passare? Che dire del consenso dato dal governo Prodi nel 2006, e riconfermato «di persona» dal presidente Napolitano a Bush nel 2007, per la costruzione della più grande base americana d'Europa a Vicenza? Gli impegni presi da Berlusconi sono stati mantenuti. I vicentini hanno diritto di manifestare in centinaia di migliaia, con la solidarietà di molti italiani, ma non di ottenere dal governo attenzione e rispetto delle proprie ragioni. Che dire del costante ricatto, realizzato da questo o quell'onorevole, di far cadere il governo per cercare di ottenere privilegi o cariche? Quante volte, per non farlo cadere, 'sto benedetto governo, ho dovuto subire il ricatto e votare contro la mia coscienza? Troppe. Tanto da chiedermi spesso: «Cosa sono diventata? La vota rosso-vota verde?».

Avrei voluto da questo governo un atteggiamento più deciso nel ritiro delle truppe dall'estero, in particolare dai teatri di conflitti ancora aperti e sanguinosi come in Afghanistan, dove il nostro ruolo è sempre più belligerante. E invece le spese militari aumentano di anno in anno. La prima volta che ho sentito forte la necessità di allontanarmi da questa politica svuotata di socialità è stata proprio con il rifinanziamento delle missioni italiane «di pace» all'estero. Ero decisa a votare contro, ma per senso di responsabilità, e non mi è stato facile, mi sono dovuta ancora una volta piegare.

E non mi è piaciuto proprio. Credo che il mio malessere verso queste scelte sia ampiamente condiviso dai molti cittadini che hanno voluto questo governo, e giorno dopo giorno hanno sentito la delusione crescere, a seguito di decisioni sempre più distanti da loro, decisioni che li hanno alla fine allontanati dalla politica.

In queste condizioni non mi sento di continuare a restare in Senato dando, con la mia presenza, un sostegno a un governo che non ha soddisfatto le speranze mie e soprattutto quelle di tutti coloro che mi hanno voluta in parlamento e votata.

La prego quindi, signor presidente, di mettere all'ordine del giorno dell'Assemblea le mie irrevocabili dimissioni.
Non intendo abbandonare la politica, voglio tornare a farla per dire ciò che penso, senza ingessature né vincoli, senza dovermi preoccupare di maggioranze, governo e alchimie di potere in cui non mi riconosco. Non ho mai pensato al mio contributo come fondamentale, pure ritengo che stare in parlamento debba corrispondere non solo a un onore e a un privilegio ma soprattutto a un dovere di servizio, in base al quale ha senso esserci, se si contribuisce davvero a legiferare, a incidere e trasformare in meglio la realtà. Ciò, nel mio caso, non è successo, e non per mia volontà, né credo per mia insufficienza.
È stato un grande onore, per il rispetto che porto alle istituzioni fondanti della nostra Repubblica, l'elezione a senatrice, fatto per il quale ringrazio prima di tutto le donne e gli uomini che mi hanno votata, ma, proprio per non deludere le loro aspettative e tradire il mandato ricevuto, vorrei tornare a dire ciò che penso, essere irriverente col potere come lo sono sempre stata, senza dovermi mordere in continuazione la lingua, come mi è capitato troppo spesso in Senato.
Mi scuso per la lunga lettera, signor presidente, ma sono stata «in silenzio» per ben diciannove mesi! Roba da ammalarmi! [...] Augurandomi che lei possa comprendere le mie motivazioni, desidero ringraziarla per la gentilezza e disponibile accoglienza che mi ha accordato.
La saluto con stima sincera.

Franca Rame

Da questo momento sono in attesa che le mie dimissioni vengano accolte. Alcuni senatori da me interpellati sono scettici sul fatto che mi possano essere accordate in breve tempo. Va bene, aspetterò, ma sappiate che la mia pazienza sarà limitata.

16 gennaio 2008
Il ministro della Giustizia Clemente Mastella annuncia alla Camera dei deputati le sue dimissioni. Oddio, mi stanno copiando, vuoi vedere che sta nascendo negli onorevoli una sindrome da fuga immediata!? No, mi sono sbagliata, le ragioni delle dimissioni di Mastella non assomigliano alle mie. Infatti queste giungono dopo l'ordinanza di arresti domiciliari per la moglie, Sandra Lonardo, presidente del Consiglio regionale della Campania. Per fortuna io non ho una moglie da sistemare!

Nella stessa giornata, inoltre, il ministro viene indagato per concussione (posizione archiviata a fine marzo 2008) e la Corte costituzionale dà via libera ai tre referendum elettorali. Che peccato, non posso nemmeno recarmi da lui e fare i miei complimenti per la sua caduta.

Anche il nostro governo è arrivato a Waterloo

La disfatta è alle porte! Si apre la crisi di governo, e con questa la necessità di andare al voto di fiducia. La decisione viene dapprima timidamente confermata da un appoggio esterno al governo da parte dell'Udeur. Ma il vento cambia subito non appena il segretario del Pd, Walter Veltroni, annuncia durante un congresso che «i partiti piccoli sono inutili zavorre».

La situazione politica è davvero appesa a un filo: siamo a un passo dalla crisi di governo e la miccia è stata accesa dallo statista di Ceppaloni. Nega la fiducia, dice, perché non ha ricevuto la solidarietà del governo per le vicende giudiziarie che hanno travolto la sua famiglia e che, a quanto pare, nei prossimi giorni andranno crescendo.

Frattaglie e carne per gatti

Sì, perché come si legge su «il manifesto», oggi sarebbero dovuti arrivare alla giunta per le immunità i testi delle nove intercettazioni a carico del senatore Mastella. Fatto rilevante, unito alla notizia dei disperati tentativi dell'ex guardasigilli che da due mesi a questa parte premeva per le nomine delle procure di Salerno e Santa Maria Capua Vetere... Coincidenze sbalorditive!

Si aggiunga che proprio in questi giorni la I Commissione affari costituzionali avrebbe dovuto esaminare la cosiddetta «bozza Bianco», cioè una proposta di riforma della legge elettorale che avrebbe tagliato fuori i partiti più piccoli, come l'Udeur.

Così come lascia di sale la coincidenza della fustigata del presidente della Cei, il cardinale Bagnasco, e l'abbandono di Mastella: che sia vero quanto dice Giordano, leader di Rifondazione comunista: «Bagnasco chiama, Mastella risponde»? Quella a favore del Vaticano è una serrata di ranghi con una regia: prima i politici vengono chiamati a raccolta all'Angelus, dove si recano contriti a manifestare l'appoggio in piazza San Pietro a Benedetto XVI censurato alla Sapienza, poi il sibillino ordine del cardinale che invita i politici cattolici ad agire secondo la loro morale, e infine l'esecuzione della pena: Mastella abbandona il governo. Un, due, tre, stella.

Peccato, mi sono decisa ad andarmene di qua proprio nel momento in cui avrei avuto una possibilità straordinaria e gratuita di divertirmi ogni giorno come una pazza!

Infatti, il neomartire cristiano dichiara di subire, assieme alla moglie, il *fumus persecutionis* della giustizia, gli sgambetti dei laici e gli agguati dei comunisti. Vittima (di berlusconiano sapore) ma con poco senso della misura: intercettato e indagato in prima persona da de Magistris per le inchieste

«Why not» e «Poseidone», non ha paventato neanche per un secondo l'ipotesi di dimettersi. Lo fa, incredibilmente, questa volta, quando l'indagato numero uno è la moglie, Sandra Lonardo. *Coup de théâtre*! La signora Mastella dal canto suo, presidente del Consiglio regionale della Campania, pur agli arresti domiciliari, dichiara che rimarrà in carica.

Non è che sia esploso un eccesso di confusione in casa Mastella?

Di questo passo è chiaro che a far cadere questo governo alla fine non saranno le meritevoli battaglie per i salari del senatore Turigliatto, le denunce contro le missioni all'estero dei senatori Fernando Rossi, Fosco Giannini, Mauro Bulgarelli e Franca Rame. No, non cadremo per questioni di dignità e di giustizia, ma per questioni di famiglia.

Per ora ci è dato sapere che domani ci sarà il voto di fiducia alla Camera, mentre al Senato non è ancora stato calendarizzato. Le agenzie si rincorrono, una dichiarazione dopo l'altra, e tutto è gracile e incerto. Ciò che ha messo radici, invece, sono i diktat vaticani: revisione della legge sull'aborto, nessuna concessione per le coppie di fatto, nessuna revisione per le cure staminali e RU486, legittimazione dei contraccettivi o altro.

Tutto questo si consoliderà nel prossimo governo del Popolo-Partito della libertà, An, La Destra, Udc e, probabilmente, il nuovo alleato, l'Udeur. Chissà se la nuova compagine governativa sarà in grado di mettere a disposizione di Clemente Mastella e della sua pletora di attendenti quanto gli ha offerto l'Unione, diretta da Prodi: solo al Senato infatti i tre senatori del Campanile accentrano tre cariche di prestigio: c'è un ministro, un presidente di commissione e un segretario d'aula. Tutti qui a tuffarci nel mastella, pardon!, nel mastello...

Incredibile! Il 100 per cento dei membri ha incarichi rilevanti, pur avendo un peso elettorale ridottissimo! Non esiste, io credo, nella storia del Senato un precedente di questo tipo. Per ottenere il risultato in questione, però, ci sono voluti sforzi titanici: per premiare il senatore segretario d'aula, come dire del Senato, si è dovuto infatti modificare ad hoc il regolamento del Senato.

Tutti questi sforzi profusi, e così poca riconoscenza.

22 gennaio 2008

Mi sveglio prestissimo. Con la testa piena delle mille e mille parole ascoltate per tutta la giornata di ieri. Mastella. Mastella. Mastella (vi dispiace se lo chiamo «Ma»? È per via del tempo, ne ho poco). L'ho visto da ogni parte. Su tutti i canali a tutte le ore, a ripetere sempre le stese cose. Irato. Indignato. Aggressivo. Prepotente. Sicuro di sé. Si gode il suo momento di gloria, alla faccia della gloria!

«Ma», l'ombelico del mondo! Quanto è importante! Ne è conscio. Anche troppo. Il viso è teso, gonfio... accaldato. Gli occhi a tratti hanno guizzi di scintille. Attacca duro. È stanco e ne ha ben ragione. Son cinque giorni che produce orgasmi multipli... anche se la moglie è agli arresti domiciliari, e il suo partito anche. Che botta! Eccolo a *Porta a porta*. Vespa fa andare la coda e nel frattempo gli scoppiano quattro nei come fuochi d'artificio. Mentre osservo Mastella noto la sua eleganza. No, non fisica, parlo dell'abito. Trucco a posto. Non sembra più il «Ma» furioso vestito casual che ho visto e rivisto fino a un attimo prima.

Oggi il tempo è grigio, ma non c'è freddo. Mi fiondo all'edicola. Ho fame di notizie. Una bella mappata di giornali. Me la divido con Carlotta. Vediamo, vediamo. «Il manifesto», quanti anni sono che leggo «il manifesto»? Questo che sto sfogliando è il numero 18 del trentottesimo anno. Esagerati! Stiamo insieme da così tanto tempo? Scoppio a ridere. *Piove sul Bagnasco*: ma dove li trovate, ragazzacci, 'sti titoli che tutti vi invidiano?

> Con un terribile uno-due, Prodi va in crisi. Il cardinale Bagnasco attacca: «La visita del papa alla Sapienza stoppata dal governo. L'Italia è a pezzi a vantaggio dei pazzi». Poi detta il suo programma elettorale. Poco dopo Mastella annuncia: «Ce ne andiamo, l'alleanza è finita».

Non sputarci troppo sopra a 'sta alleanza... ti ha giovato e tanto, anche troppo!
«I vescovi sfiduciano il governo.» Anche loro?! Dio come mi sento sfiduciata, anzi scardinalizzata. Non esagerate, principi della Chiesa, e soprattutto giù le mani dall'aborto.

Alle 9 entro alla Camera. Mi sto proprio godendo questi ultimi giorni. Mi fanno sempre impressione gli scatti sull'attenti dei militari al mio passare. Dico ancora sottovoce: «Ciao ciao». Montecitorio mi è simpatico, sono in tanti, sembran tutti allegri... Chiedo notizie in giro. Alle 11.30 parlerà Prodi. Mi trovo con qualche difficoltà un posto tra la stampa in galleria. È piacevole vedere dall'alto, come dire dal di fuori, uno degli spazi in cui hai vissuto per quasi due anni!

I conti. Alla fine bisogna sempre tirare i conti

23 gennaio 2008
La coerenza è stata una costante assoluta della nostra vita (mia e di Dario), coerenza che abbiamo anche pagato caramente. Coerenza, sì, espressa sempre a ogni costo. E le rarissime volte che abbiamo mediato è stato solo perché non eravamo gli unici esseri viventi del pianeta con problemi

«solo nostri», ma c'erano altre persone coinvolte. Eravamo quindi costretti a riflettere su «causa ed effetto» nella totalità delle situazioni.

In questi ventidue mesi, come ho spesso ripetuto, m'è capitato più di una volta di dover votare contro coscienza. Perché? Proprio per rispettare la «causa e l'effetto». Il leitmotiv delle mie riflessioni girava sempre intorno a una domanda: dove porterà il governo di cui faccio parte il mio «voto contro» da anima bella?

Sono salita su questa strana nave che a momenti mi ricorda quella dei folli dipinta da Bosch, con esagitati appesi al palo di trinchetto... Anch'io come quelli pensavo di poter fare qualcosa di utile. Non è successo. Non mi è stato possibile. Non ce l'ho fatta. Essere coerenti con le proprie scelte ideologiche è onesto, giusto, indispensabile... ma se non te lo puoi permettere? Non ti resta che gettarti a mare: è quello che ho fatto! E ora nuoto, nuoto finché tengo fiato.

Oggi (salvo miracolo) il governo cadrà. I responsabili di 'sto sfacelo dovranno render conto del loro operato a «molti» italiani. Sì, non tutto è andato come si voleva. Sì, la gente sta male. Sì, siamo in guerra e la chiamano «missione di pace». Sì, i precari sono ormai il 32 per cento della popolazione. Sì, gli operai si alzano alle 5 e vedono i figli crescere solo quando dormono, la sera, al rientro. Sì, non s'è mosso un dito per il conflitto d'interessi e la cancellazione delle leggi *ad personam*... Sì, sì, sì... tutto giusto. Ma a che pro?

Il giorno del giudizio

24 gennaio 2008
Ventinove anni fa veniva ucciso a Genova Guido Rossa. È la prima volta che le Br arrivavano a uccidere un iscritto

al Pci e un sindacalista. Un operaio. Un operaio che aveva denunciato un fiancheggiatore delle Br impiegato nella sua stessa fabbrica. L'aula dimostra il suo sgomento decidendo un minuto di silenzio.

Si va al voto. Purtroppo sento che Prodi non ce la farà. I voti comprati da Berlusconi saranno determinanti.

Tempo fa ho letto un commento sulla storia di Salerio, imperatore del Basso Impero che pare si fosse fatto eleggere pagando cinque senatori della fazione opposta perché lo appoggiassero nella sua elezione. In seguito Salerio fu costretto alla fuga e i quattro senatori che avevano accettato di truccare la votazione ebbero in regalo, oltre al denaro, posti di comando, ma furono processati e condannati tutti quanti alle galere. State tranquilli, nel nostro ordinamento c'è molto rispetto per gli infami, quindi continueranno a campare indisturbati e sereni.

Alla fine della votazione arriva il responso. Il Senato ha respinto la mozione di fiducia posta dal governo con 161 voti contrari e 156 favorevoli. Scoppia un boato dai banchi della destra: sbucano bottiglie di spumante che trabocca dai bicchieri, volano coriandoli, cori e inni. Sembra il carnevale di Rio de Janeiro!

Il senatore Nino Strano tira fuori una fetta di mortadella, che si mangia simbolicamente davanti al governo. Che stile questa destra! Siamo a posto: siamo proprio sulla nave dei folli mentecatti, questi saranno gli uomini che ci governeranno nei prossimi anni.

Fuori dal Senato cori da stadio: gente che urla «Libertà! Libertà!»... Me ne vado a casa camminando come una sonnambula triste.

Penso che purtroppo il governo abbia raccolto ciò che ha seminato, e il paese si deve preparare al peggio.

Lettera al presidente del Consiglio uscente

6 febbraio 2008

La mattina, come mi levo, mi metto al computer decisa a scrivere una lettera a Prodi. Le parole scivolano sul monitor con facilità.

Gentile presidente Prodi,
mi scusi se la disturbo, ma non posso farne a meno: ho una domanda da porle che riguarda un grosso problema morale a cui la prego cortesemente di rispondere.
Quando è salito alla presidenza del Consiglio il suo programma di 280 pagine iniziava così: «Nei primi cento giorni risolverò il conflitto d'interessi, le leggi vergogna, il falso in bilancio» eccetera. Questa non era una vaga promessa, ma un impegno sacrosanto che si assumeva coi suoi elettori... Un impegno ribadito con forza subito dopo la vittoria elettorale.
Ne è passato di tempo, quasi due anni, ma di questo suo programma solo una parte ha visto la luce. Oltretutto, sui problemi più scottanti non si è neppure iniziato un dibattito, anzi, si sono accantonati come si fa coi quesiti fastidiosi. Come mai? Da cosa è stato causato questo escamotage?
Io mi rifiuto assolutamente di ritenerla un giocoliere da *Porta a porta*, che fa contratti con gli italiani e poi se la ride alle loro spalle. Temo piuttosto che lei non abbia potuto tener fede al suo programma perché a qualcuno della coalizione di sinistra o, meglio, sinistra-centrodestra non andava bene.
Il suo torto, presidente, mi permetta l'ardire e mi scusi, è stato quello di non denunciare subito, pubblicamente, le difficoltà in cui si veniva a trovare, a costo di recarsi in televisione e, a reti unificate, svelare la situazione con un discorso sul tipo di: «Mi rivolgo a voi, cittadini democratici che mi avete eletto vostro presidente, certi che avrei mantenuto le promesse fatte

in campagna elettorale. Promesse che era mia profonda intenzione attuare, ma purtroppo mi è stato impedito. Sto a Palazzo Chigi, sì, ma in una condizione che ben si potrebbe definire di libertà limitata. I miei custodi sono coloro che non gradiscono cambiamenti sostanziali. Essi anelano piuttosto a poltrone, privilegi e affari. Ecco i nomi: ...».
Credo che lei, presidente, più di una volta abbia pensato veramente di dar fiato a questa denuncia, ma il senso di responsabilità e il timore per un futuro negativo per il paese glielo hanno impedito. Però, a questo punto, lei non se ne può andare con un indice di gradimento che non si merita, come non merita che si provino sfiducia e senso d'ironia verso la sua persona. No, non può andarsene così, tra i lazzi di tanti rozzi cafoni che, ahimè, ci accompagneranno negli anni futuri. La rispetto troppo per accettarlo. Caro presidente, lei ha il dovere, l'obbligo di riacquistare la credibilità e la considerazione che merita. C'è una sola strada da percorrere, anche se faticosa. Ma lo deve al paese: fuori i nomi di chi le ha impedito di portare a termine gli obiettivi prefissati. A uno a uno, denunci tutta la casta e soprattutto le subdole scantonate ricattatorie con le quali è stato indotto ad affossare le parti essenziali del programma.
È indispensabile che i suoi elettori siano consci di ogni pressione alla quale ha dovuto adattarsi e cedere. È un diritto che ci spetta. E lei, professor Prodi, questo atto ce lo deve. Non solo per onorare la nostra lealtà ma anche la sua.
Chi le ha imposto quel numero spropositato di sottosegretari, ministri con e senza portafoglio?
Chi si è opposto all'abbattimento dei costi della politica?
Chi ha bloccato, nei fatti, la più severa applicazione della riforma in materia di sicurezza sul lavoro?
Chi sono le persone che hanno vanificato la realizzazione dei Dico?
Chi ha voluto la vergogna dell'indulto di tre anni?

Chi le ha tirato la giacchetta per portare a termine una legge-bavaglio sulle intercettazioni?

Chi ha voluto il commissario De Gennaro a Napoli, il super-poliziotto di buona memoria (maestro del pestaggio – vedi G8 Genova), senza alcuna esperienza in materia di gestione dei rifiuti?

Chi si è adoperato per l'esautorazione dei pm Forleo e De Magistris?

Chi si è messo di traverso per bloccare la tassazione delle rendite finanziarie?

Chi ha impedito un serio confronto sulle missioni all'estero? E sulla base di Vicenza?

Chi le ha fatto ingoiare l'accettazione di quell'impegno capestro? Tutte scelte soltanto sue? Ma chi ci può credere?!

Come diceva Socrate, «solo rovesciando la tunica lisa si può leggere con chiarezza la storia di chi l'indossava». Capovolga, per favore, quella tunica, presidente. Se non si assume, una volta per tutte, il coraggio politico di fare chiarezza, ci troveremo come sempre a roteare nel cerchio dell'ignavia, coinvolti in un gorgo senza sosta dal quale non si uscirà mai. E quando dico «mai» non lo faccio per terminare questa mia memoria con un effetto da *fin de partie*, ma perché sono convinta che soltanto un gesto straordinario possa accendere una piccola luce in fondo al tunnel, senza avere poi la terribile sorpresa di scoprire che si trattava solo dei fari di un camion.

Io non credo si possa rimontare da sotterrati. So che è duro, ma questo è il tempo di non accettare supinamente, senza un moto di orgoglio, d'esser gettati nella discarica dei *refusés* politici e soprattutto è ora di gridare chiaro i propri errori e le proprie infamità, evitando di incolpare la malasorte che sghignazza sempre nell'angolo basso della storia.

Con stima.

Franca Rame

Nella stessa collana

(ultimi volumi pubblicati)

Eugenio Benetazzo, Gianluca Versace
NEUROLANDIA

Stéphane Hessel, Edgar Morin
IL CAMMINO DELLA SPERANZA

Alex Corlazzoli
LA SCUOLA CHE RESISTE

Duccio Facchini, Michele Sasso, Francesco Vignarca
ARMI, UN AFFARE DI STATO

Pino Corrias, Renato Pezzini, Marco Travaglio
L'ILLUSIONISTA

Riccardo Iacona
SE QUESTI SONO GLI UOMINI

don Virginio Colmegna
ORA ET LABORA

Iolanda Romano
COSA FARE, COME FARE

Giuseppe Lo Bianco, Sandra Rizza
ANTONIO INGROIA. IO SO

Gianni Barbacetto
IL CELESTE

Claudio Sabelli Fioretti
L'OROSCOPO BASTARDO 2013

Simone Perotti
DOVE SONO GLI UOMINI?

Ali Ağca
MI AVEVANO PROMESSO IL PARADISO

Dario Fo, Gianroberto Casaleggio, Beppe Grillo
IL GRILLO CANTA SEMPRE AL TRAMONTO

Andrea De Benedetti, Luca Rastello
BINARIO MORTO

Giuseppe Gulotta (con Nicola Biondo)
ALKAMAR. LA MIA VITA IN CARCERE DA INNOCENTE

Andrea Camilleri
COME LA PENSO

Dario Bressanini
LE BUGIE NEL CARRELLO

don Andrea Gallo
IN CAMMINO CON FRANCESCO

Luigi Bisignani, Paolo Madron
L'UOMO CHE SUSSURRA AI POTENTI

Walter Passerini, Mario Vavassori
SENZA SOLDI

Giuseppe Salvaggiulo
IL PEGGIORE

Giuseppe Ciulla
UN'ESTATE IN GRECIA

Stefano Di Polito, Alberto Robiati, Raphael Rossi
C'È CHI DICE NO

Sandra Bonsanti
IL GIOCO GRANDE DEL POTERE

Luigi Zoja
UTOPIE MINIMALISTE

Finito di stampare
nel settembre 2013 presso
Grafica Veneta S.p.A. - Trebaseleghe (PD)